思想觀念的帶動者

文化現象的觀察者

本土經驗的整理者

生命故事的關懷者

心靈工坊 PsyGarden

STORY

在奔馳的想像中尋找情感的歸屬
在迷離的經驗中仰望生命的出口
在波動的人性中釐定掙扎的路徑
在卑微的靈魂中趨近深處的起落

◆

雅努什・柯札克
Janusz Korczak
著

麥提國王執政記
Król Maciuś Pierwszy

林蔚昀
譯

◆目錄◆

改變秩序，是存在的證據

馮喬蘭／人本教育基金會執行長

有一回我們基金會同仁內部進修，分組報告數學想想[1]，其中一組同仁演了齣戲「國王的新衣」。沒有改編太多劇情，同樣有個裸體國王遊街，同樣有個孩子說：「國王沒穿衣服」，同樣有一群媚俗的大人說：「亂講，這是國王的新衣，你看，多漂亮」。在改編的劇裡，此刻，小孩提問：「那不然來量量看，這件新衣有多重？！」眾聲譁然，小孩緩緩又說：「重量是存在的證據」。如果真的有新衣，國王穿上新衣後，重量一定有變化。

「重量是存在的證據」是那課數學想想的金句，在這故事裡被發揮得淋漓盡致。一旦存在，重量必然有變化，也就是，會對原有重量產生作用力，有所影響。我想，生命的存在也是。別說重量會被影響，原有生命的規律、秩序，也必然被改變。

鋪陳半天，我只是想要說：每個孩子來到世間，也都必然破壞原有秩序，那是生命存在的證據。

麥提國王也是。

對我而言，故事的設定在挑戰大人跟孩子之間的權力關係：我們要共同過什麼樣的生活，該由誰決策？大臣們考慮的是「照舊穩定下去吧」。他們認為小國王你不了解這世界已經有它的遊戲規則了，既然你現在還不懂，所以由我們來幫忙玩這場遊戲，等到有一天你能傳承這些已被前人建立的規則，那麼，你就可以被「舊大臣」們承認為王。

然而，麥提國王需要自己的真實體驗，而不是抽象的前人規則。他要自己去前線看看打一場仗是什麼意思。否則，他永遠也不會理解，大臣們苦心維持的那些規範到底有什麼意義。這種「不聽話」、「非要自己試試不可」的行為不是為挑戰誰，只是生命發展創造過程中必有的波折與存在痕跡。如果有任何一個大人以為小孩用自己的方式參與世界，就是在反叛或找大人麻煩，那都是大人的自我過剩。對有著「孩子靈魂」的人來說，重點不在如何學會、依循舊規則，而是「該如何走向未來」。所以，他必然得要有自己的方式與體驗。

在麥提國王離開宮殿，到真實戰場歷練時，大臣們安排了一個會揮手微笑的陶瓷娃娃，代替麥提「行使職權」。看到這安排，忍不住大笑。多麼符合期待的一個娃娃！有了娃娃，大臣可

1 數學想想 是人本教育基金會研發的小學數學教材，以此呈現教材教學的改革。

以很方便地處理朝政，維持秩序。但大臣們其實沒有惡意，他們只是感覺比較方便而已，一切都可以依自己設想，依自己習慣，依過去這個國家生存下來的方式運作，不需要被挑戰「是什麼」、「為什麼」。他們並沒有要放棄找回麥提國王，他們只是以為要找回的是一個待馴化、培養社會化反應的小國王。

故事並非主張階級鬥爭，回宮的麥提並沒有打算推翻舊有的一切，反倒是積極了解配合，但因為有過了自己的闖蕩體驗，他也得以琢磨其他可能性。麥提國王是不設限的學習者，在遊歷他國時，他能從各個不同生存姿態的國王身上，發現新的、他還不了解的世界。他學會了了解大人(臣)們的需要，但因為心中擺著跟他一樣是孩子的百姓們的生活，比起大人(臣)，他多了一份對於未知的信心。只能處理已知的，是僵化的生命，也許方便，但近乎死亡；存著已知，但能處理未知，才是活著的、真實的生命面貌。大人跟小孩，本來就不需要是新舊對立的關係，只要放下對原有秩序被改變的恐懼。

於是，麥提國王比起其他人更敢直接碰觸黑暗國度與黑暗大陸。故事在此也走向另一個階段。迎來更多真實的議題，使得改變不只是浪漫的心懷，而是充滿傷痕的成長。兒童與成人、黑暗王國與文明王國、信任與恐懼、天真與算計，呈現在故事情節裡，就算五味雜陳也始終無法迴避。非洲女孩克魯—克魯所帶來的挑戰又更有趣了，黑暗與未知確實潛藏無窮力量，但不也正因如此，才讓原來的社會不知所措嗎？而兒童議會到底是災難或是新希望？還是說，我們只是透過兒童議會，看到了沒經過漂亮語詞包裝、卻同樣存在於成人議會的欲望？而人們都能看到嗎？唉，這柯札克，真是留下太多題目給我們了。

在這一部故事的最後，雖然預告了下一部的希望，但閱讀時我仍然非常心傷。我常覺得比起大人對待孩子，孩子是更無條件地信任大人的，從骨子裡相信自己不會被背叛。但非常詭異的是，大人看待孩子，往往是從不信任的眼光出發的。也許這有我的職業偏見，但當我看到麥提得到初步勝利要往前衝，回頭卻發現那個他守護著的城市豎起白旗，無法挺他繼續向前時，忍不住想起許多孩子說不出的悲傷。更別說檢察官所代表的那股勢力，宣稱「只要麥提在，世界就沒有秩序與和平」，是多麼讓人心傷了。

柯札克說，「大人根本不該讀這本書，大人不會了解，還會嘲笑」，我總是硬解成柯札克一定是太希望大人可以了解，所以才這樣說。雖然知道大人善於背叛，可是每個大人，也都還有小孩靈魂的，是吧！一定是的。只要將小孩靈魂釋放出來，就一定可以懂。

追求人權與民主背後的省思

李偉文／作家、荒野保護協會榮譽理事長

這是一本非常難得而少見的兒童青少年小說，在坊間許多為孩子而寫的故事中，像《麥提國王執政記》這樣以政治、戰爭、人權、民主為主題的並不多。儘管書裡還是帶有像是食人族冒險傳奇這類孩子喜歡的元素，但《麥提國王執政記》有異於一般兒童小說人物總是好人、壞人黑白分明。故事從孩子的視角，呈現了人的複雜與軟弱。

我常常好奇，為什麼大人不願意跟孩子討論政治方面的議題？在頌揚民主與追求人權等的普世價值之餘，也不太提醒孩子反思這些權力背後應有什麼的限制？

當大人不跟孩子討論這些社會議題，孩子就只能從網路抓取一鱗半爪的資訊，可是如同許多學者憂慮的，在討論公共事務時，網路鄉民特別「酸」，習慣斷章取義，惡意扭曲，甚至竄改資料，更容易隨口亂罵，而且愈極端的言論愈容易引起注意，愈容易被傳播，因此在追求按讚與關注的社群中，往往就只剩下偏頗與誇張的意見了。

這是個複雜的世界，幾乎所有的事情都沒有簡單或終極的解答，偏偏現今從網路到傳統媒體的報導，都傾向「輕薄短小」，不可避免地會將訊息片面化且零碎化。現代人已經沒有時間，也沒有能力去深入了解一件事情為什麼會這樣？前因後果如何？對我們會有哪些影響？

這本十多萬字的兒童青少年小說，提供了比較詳盡的脈絡，供大人與孩子一起思考。

比如故事中的麥提國王成立了講求民主與人權的兒童議會，可以讓我們看到良法美意在真實世界失控的可能。民主是一個漸進的過程，仰賴許多努力與條件共同累積。朱熹在〈觀書有感〉的第二首這麼寫著：「昨夜江邊春水生，艨艟巨艦一毛輕；向來枉費推移力，此日中流自在行。」我想，歷史的迂迴或發展大概是如此吧！許多後來視為稀鬆平常，不必任何努力就自在而行的事情或觀念，在時代變遷中，都曾經歷漫長的等待與眾人的付出，形成足夠多的春水，到了某一天，該來的就會來！

當國民的教育程度不夠，法治基礎不足，若再加上政府公務體系效能不彰，推動民主都會遭遇阻礙。追求人權的同時卻沒有相應的自制及責任為輔，常會帶來許多後遺症。

這本書最不容易的地方，就是沒有用簡化的角度描述英雄如何對抗邪惡，反而是很真實地呈現不管大人或孩子都會有的虛偽與軟弱，刻畫了人在不同處境會有不同表現的事實。像這樣不去絕對地區分好人與壞人，在兒童故事中是很不容易的，畢竟連我們大人也常會用二分法來判斷周遭的人事物。

尤其在訊息排山倒海撲向每個人的時代裡，現代人愈加渴求真理，渴望一個清清楚楚、非黑即白的答案，就像小時候看電影總想搞明白：「到底誰是壞人？」對於錯綜複雜的社會問題，我們沒時間、沒精神，或許也沒能力搞清楚「到底我們該怎麼辦？」

關心社會的一般民眾這些年來一直很困惑，在看新聞時，不時聽到立場相反的論點，偏偏這些論點都是專家的意見，也都佐以大量的科學證據。我們如何能在紛亂或相反的事實中，做出正確的選擇呢？

我們要常常提醒自己，絕大部分的社會問題沒有簡單答案，當然更沒有標準答案，選擇的標準會因為看重的時間是現在或未來，擁有資源是多或少，甚至我們重視的價值、對未來的想像等因素，而有不同的答案抉擇。很少有皆大歡喜、沒有缺點的政策。

我覺得台灣的媒體，尤其電視評論的名嘴，總是把跟自己不同意見的人，不是視為笨蛋，就是居心叵測的壞蛋，極盡消遣謾罵之能事。所以，這些年民眾眼中的政治人物似乎要嘛腦滿肥腸、愚鈍可笑，不然就是利慾薰心、陰險狡詐，而他們的言行舉止，決策作為，似乎也荒腔走板。我們看了除了義憤填膺，搖頭嘆息，對國家、對社會有無能為力之感，彼此的互信與對話的機會也都失去了。

這是個多元的社會，每個族群、每個產業，甚至每個人，都有自己的績效或生存的利益考量，大家如何在彼此立場不同的情況下共同往前邁進，而不是一再彼此拉扯、原地空轉，或許需要的只是彼此的相互尊重與傾聽，在每次不同的選擇中，讓困境都能改進一點點。當我們要表達自己意見時，也一定要溫柔婉轉，理直時都要氣和了，何況很多事情沒有所謂是非對錯，只有不同觀點與不同情境下的不同選擇。

這是台灣民眾最需要培養的態度，盼望透過這本書，大人可以與孩子一起學習如何傾聽跟我們不同意見的人。

至今，我們仍說著麥提的故事

幸佳慧／兒少文學作家

儘管柯札克是個生於一百多年前的波蘭人，但任何關心兒童教養與權益的人都不能不認識他，因為他六十三年的生命歷程所迸發的光輝，直到二十一世紀的現在，仍耀眼得令我們仰望、驚嘆與深思。我相信還不認識他的人在讀完這本小說後，將會對他產生濃厚興趣，並開始收集他的資料。十幾二十年前我便是讀了他的作品，一回頭便發現自己已置身在他鋪設的大道上，一起和其他夥伴築路同行至今。

柯札克的身分相當特別，他是兒科醫生、孤兒院院長，也是童書作家、教育家與人道主義者，且每個角色都被他扮演得淋漓盡致，這等成就與他的家族系譜有關，以致於年少便失去父親的他，依著家族成員的軌跡，很快便成為一個熱切投注社會並付出關懷的人。他對社會的觀察既廣博又細膩，始終譴責人類不公不義的惡行，除了為貧窮、失業、剝削等社會問題發聲，更使力於弱勢兒童的醫療與教育。

本書於一九二二年在波蘭出版後的市場反應，有如《愛麗絲夢遊仙境》、《小飛俠彼得潘》在英語世界受歡迎的程度。主角麥提王子在父親突然病逝而加冕為王後的生活，也有如意外掉進兔子洞的愛麗絲，得正面迎擊另類世界裡令人難以理解的邏輯與現象。但柯札克與路易斯・卡羅（Lewis Carroll）或詹姆斯・巴利（James Matthew Barrie）不同的地方，在於他寫的國度並非奇幻或烏托邦，雖然也有不少童話元素，但十歲的麥提晉身國王並非是大夢一場。

事實上，你會發現小說中大篇幅描繪了現代戰爭的場景與戰略心理，麥提不僅登基後得時時面臨鄰國挑起衝突的威脅，他本人也從真槍實彈的煙硝中歷練蛻變。這些描述並非兒戲或鬧劇，其實正反應了當時的時空背景，現實的波蘭在幾百年內便是處在不斷被併吞、消滅又復國的情況，而這本書出版前後，波蘭更是兩次世界大戰中被砲火波及的主要戰場之一。

這份臨場的著墨，除了源於柯札克年輕時曾是前線軍醫的經驗，因而熟知戰場敵我攻防的情況，更是柯氏教育法的理念：他善用故事協助孩子克服在成長過程中心理巨大的轉換衝突，但他並非採取浪漫主義的歌頌或逃避主義的閃躲姿態，相反的，他帶著孩子誠懇的面對現實，在不捨棄理想的前提下，克服真實世界中從未止歇的各種挑戰。

因此，當麥提國王意外的提早踏入成人世界，他除了維持理解問題的意願並且承擔責任外，同時不忘自己身為兒童的身分與需要。為此，他更想為孩子爭取建構一個接近烏托邦的理想社會。而很重要的是，這個烏托邦並非建立在魔法或成人的施捨上，而是建立在孩子享有福祉的同時，得參與、付出的法理基礎上，這就是柯札克藉此闡釋兒童權的理念架構。

關於劇情，值得一提的是，故事中非洲人被描繪成「食人族」與「野蠻人」的鋪陳，恐有種族歧視的疑慮，儘管這是當時典型的輿論，但畢竟食人與野蠻絕非某地域專屬，而是人類共有的歷史。童話《糖果屋》裡的巫婆就告訴我們，歐洲白人也不例外。柯札克這種刻意加重的形塑，確實有加深刻板印象的危險，但讀者在警覺這份不安的同時，更重要的是讀出他藉由邦・德魯瑪國王跟他的女兒克魯——克魯，來讚揚原始主義的特質，並藉此反諷「文明」與「白人或成人」的意含。

回到麥提身上，這個角色其實投射了柯札克摸索兒童權益的經驗，他們倆的影子彼此重疊不少，兩人都在年少時失去父親，生活因此有了巨大的改變。麥提不斷為兒童爭取遊戲、物質、醫療、教育的權益而推動政策改革，讓孩子自組議會、辦報，現實的柯札克也以醫療跟教育的專業成為孩子的護主，不但挑戰成人既有的兒童觀，也給孩子實踐理念的機會。

尤其，若你已知道在納粹血染歐洲猶太人時，柯札克是如何多次放棄自己被釋放或脫逃的機會，與他護守的孩子們同在，堅持到最後，陪著他們走進毒氣室，那麼，在本書末了，你將會驚奇地讀到逐漸成熟的麥提正如作者一樣，直到最後都不背叛自己該堅守的理念，即使步上執行檯等待極刑的一分一秒，他們仍死守著想改變世界的意念。

當然，我們不該在最後此等從容就義的結局中悵然失落，也不會因為那等壯烈的光榮而滿足放下書本，就像柯札克的身體雖然被人類惡行給迫害，但他的理念卻孕育許多兒童權益組織與志士，以及聯合國的《兒童權利公約》與相關法案。麥提的故事不會就此劃下句點，我們將會在續集《麥提國王在無人島》，以及作者影響後世的種種事蹟上，繼續說著麥提的故事。

離開金絲雀的牢籠，進入成年的戰場

林蔚昀／作家、本書譯者

麥提國王的故事一開始，就是戰爭。

當然，故事不是從這裡說起的。故事一開始，老國王死了，按照法律規定，他年幼的兒子麥提繼承了王位。但是很快地，戰爭就爆發了，大臣們覺得麥提太年幼，事事瞞著他，麥提於是隱瞞身份、自己上了戰場，成了志願兵。

也許有人會說，小孩上戰場，這不太寫實吧？但我們知道，童兵的歷史悠久，甚至今天在某些地區也依然存在。又有人會說，好吧，現實中有這樣殘酷的事，但是一本少年小說以此為主題，實在是太沉重了。不只如此，這本書中還充滿了政治、陰謀、間諜、殖民、叛國、民主、改革等主題。

這不是應該是《都鐸王朝》或是《紙牌屋》的情節嗎？少年小說怎麼會以這為主題呢？少年小說不是應該講兒童或青少年的成長經驗，比如校園霸凌、初戀、升學壓力、和家人的相處、這些比較平易近人的經驗嗎？

如果麥提不是國王，那他可能會有這樣的經驗。如果他來自底層，他的故事可能會像《三毛流浪記》或《孤雛淚》。如果他出身中產階級，他可能會被一堆規定和旁人的期待壓得窒息，像是《你的孩子不是你的孩子》。但是，麥提是國王，於是，他的世界就是國家。

孩子怎麼可能當國王？如果我們這樣想，就落入了柯札克批判的、大人們先入為主地認為「孩子能做什麼、不能做什麼」的僵化思考。再說，在歷史上，也有這樣的小國王，溥儀是小皇帝，而被囚在獄中、從來沒有執政的路易十七也是小國王。

就像這些小國王、小皇帝一樣，麥提的處境也很險峻。大部分人不是想把他當傀儡，就是想殺掉他、毀滅他。但是，憑著勇氣和智慧，還有身邊善心人士的幫助（老醫生、憂鬱的國王、黑人國王）及支持（孩子們），麥提開始在顛簸中學習執政，在錯誤中學習成長的代價。

雖然麥提執政這件事，有童話的色彩（在現實中，大人根本不會讓他有機會握有實權，也不會和他溝通對話），但是柯札克並不想說一個迪士尼的故事，而是想透過這個包著玫瑰色玻璃紙的童話或寓言，讓我們看到現實生命的殘酷。他先用精彩的冒險和遠大的理想（兒童當國王，還爭取兒童權益！）把讀者騙上路，然後一點一滴地讓讀者經歷到失望及幻滅，就像麥提離開了王宮的同溫層和舒適圈後，發現人們沒有想像中這麼愛戴他，也經常把他當蠢蛋。這體悟是辛酸的，但卻是成長不可或缺的一部分。

麥提的國家打了勝仗，但國家還是缺錢，因為他沒有和大臣商量就簽了和平協議，沒有和敵國索賠。雖然他贏了戰爭，但其他的國家依然蠢蠢欲動，逮到機會就要打擊他。他必須去非洲找資金進行改革，同時找動物來蓋動物園。

麥提想當個改革者，想給孩子們自由，讓他們擁有權利，但是沒有限制、沒有制衡的民主有可能演變為民粹。有一些孩子有了自由，獨攬大權（在此同時，大人們都被迫去上學），只想為所欲為，他們不知道怎麼使用自由，也不知道如何平衡自由與社會規範。而另一些孩子即使想好好治理國家，也不知道從何做起，因為他們缺乏經驗和能力。

在敵國有心人士的操弄下，麥提的國家陷入無政府狀態。面臨內憂外患，麥提誤信親信，輸了戰爭，被迫離開自己的國家，被流放到無人島上。

看起來是很殘酷的故事，但是很真實。麥提離開了金絲雀的牢籠（童年、王宮），來到現實世界，一座更大的監獄，這是他必經的破滅，也是每個想要成長的人、每個想要努力邁向民主的政權必須經歷的破滅。成長就是破滅了、失望了，但依然往前走。長大、獨立的人沒有放下自己的玫瑰色眼鏡，只是把它收在口袋，被灰暗刺得太痛時，偶爾拿出來看一看，然後再收起來，繼續往前走。

麥提接下來的故事如何呢？我們會在《麥提國王在無人島》上看到。書還沒出版，我在此不想透露太多，但我可以說，它比《麥提國王執政記》更動人，但也有更多的絕望和希望。和不停有事情發生的「執政記」不同，「無人島」的節奏慢了下來，有更多關於自己的沉思，更多自省、還有個人與世界如何相處的辯證。

我相信，成長到最後，都是面對自己，每個人都必須自己找到關於世界的答案，自己決定，要如何面對這個世界的鑽石和灰燼，自己決定，王冠的責任和權力。

《麥提國王執政記》雖然是一九二二年出版的，但在今天看起來依然歷久彌新，比如柯札克提倡性別平權（一百年前，女性受到壓迫，一百年後依然受到壓迫），或是他描述孩子被大人看輕、處處受限，因此主張必須讓他們擁有表達意見、決定自己命運的權利。

不過，這本書因為是快一百年前寫的，有些事情在今天看來已經政治不正確。比如殖民主義把掠奪當協助的傲慢、白人對黑人的歧視及白人優越感、把動物抓來關進動物園等。這些地方會令人不舒服，為忠於原作我在翻譯時予以保留，但我希望讀者在閱讀時，留意這些事，抱著批判性的眼光，不要對書中的一切全盤接受。

有些波蘭朋友曾勸我，不要翻譯這本書，他們說，這本書太悶了，太多政治、戰爭和陰謀。他們說，柯札克的《巫師卡特》（*Kajtusz Czarodziej*）比較好看，還說這是波蘭版的哈利波特。

但我仍然選擇了麥提國王。和他們說的相反，我認為這個故事高潮迭起，一點都不悶，很多地方超好笑，尤其是諷刺大人虛偽、無能的部分，這方面柯札克真的很會，看了很痛快，但又令人心驚慚愧。它是一個孩子成長的故事，坐三望四、依然在成長路上顛簸前行的我可以在書中找到共鳴。它也是一個國家成長的故事，身為台灣人，有著顛簸民主、艱困現實的我們也可在書中找到共鳴。

成長都是不易的，但成長也都是美麗的。這是麥提國王告訴我們的事。

麥提國王執政記

Król Maciuś Pierwszy

所以我曾經是個孩子，就像這張照片中的一樣。那時候，我想要做所有我在這本書裡寫到的事。然後我忘了這些事，變成現在的我，一個老人。現在我沒有時間，也沒有力氣和人打仗，或是去拜訪食人族了。我在這裡放這張照片，是因為我認為我真的想成為國王的那段日子才是重要的，而不是我寫下《麥提國王執政記》的此刻。

我覺得，國王、旅行家和作家的照片也不應該是老氣橫秋的。因為那樣子，人們就會覺得他們一生下來就是很有智慧的大人，從來不曾是孩子。孩子們也會認為，自己不能當大臣、旅行家和國王，但這不是事實。

大人根本不應該讀我寫的這本書，因為在裡面有許多不雅的章節，大人不會了解，然後會嘲笑這本書。但是如果他們真的想讀，那就讓他們試試看吧。畢竟我們無法禁止大人，他們是不會聽話的——你又能拿他們怎麼樣呢？

※照片由華沙博物館柯札克研究中心提供

1.

I

故事是這樣的……

醫生說，如果國王三天內沒有康復，情況會很糟。

醫生是這麼說的：「國王病得很重，如果三天內沒有好起來，情況會很糟。」

大家都很擔心，總理大臣放下眼鏡，自言自語：「如果國王不會好起來，那會怎樣？」

醫生不想說得太清楚，但是大家都明白了，國王會死。

總理大臣很擔心，於是召集了所有的大臣來開會。

大臣們聚集在一個大房間裡，圍著一張長桌，坐在舒服的扶手椅上。在每個大臣面前都有一張紙和兩枝鉛筆，一枝是普通的筆，另一枝一端是紅色，一端是藍色。在總理大臣面前，還有一個鈴鐺。

大臣們把門鎖了起來，這樣就不會有任何人來打擾。他們打開了電燈，什麼也不說。

然後總理大臣搖了搖鈴鐺，說：「現在我們要討論，接下來該怎麼做。因為國王生病了，無法治理國家。」

「我看，」戰爭大臣說：「必須叫醫生來。就讓他講清楚說明白，他到底能不能醫好國王。」

所有的大臣都怕戰爭大臣，因為他總是帶著軍刀和手槍，於是他們聽了他的話。

「好，我們會叫醫生來。」其他的大臣說。

他們立刻去叫醫生，但是醫生不能過來，因為他正在給國王拔罐，他在國王身上放了二十四個罐。

「沒辦法，我們只能等。」總理大臣說：「在此同時，我們來談談，如果國王死了我們該怎麼辦。」

「我知道。」司法大臣說：「根據法律，國王死後他的長子應該繼承王位，這就是為什麼我們叫他王儲。如果國王死了，他的長子會成為國王。」

「國王只有一個兒子。」

「用不著更多。」

「嗯，沒錯，但是國王的兒子是麥提——他怎麼能當國王呢？麥提甚至還不會寫字。」

「這也是沒辦法的事。」司法大臣回答：「在我們的國家還沒有這樣的先例，但是在西班牙、比利時還有許多其他國家，已經有過這樣的例子：國王死了，留下年幼的王子。那時候，這孩子就得當國王。」

「沒錯，沒錯。」電信大臣說：「我甚至還在郵票上看過這些小國王的頭像。」

「但是尊貴的先生們，」教育大臣說：「國王不會寫字、不會算術，這怎麼行啊！如果是不懂地理或文法那倒還好。」

「我也這麼覺得。」財務大臣說：「如果國王連九九乘法都不會，他要怎麼算帳，怎麼知道要印多少新鈔？」

「各位，最糟的是，」戰爭大臣說：「沒有人會怕這樣的小國王。他要怎麼對付士兵和將軍？」

「我也覺得，」內政大臣說：「這樣的小國王不只士兵不怕，也沒有任何人會怕。我們會有解決不完的罷工和抗爭。如果你們讓麥提當國王，我無法擔保不會發生什麼壞事。」

「我不知道未來會如何。」司法大臣氣得整張臉都脹紅了，說：「我只知道：法律規定，國王死後他的兒子要當國王。」

「但是麥提太小了！」所有的大臣齊聲大叫。

他們本來一定會大吵一架，但是這時候門開了——一位外國大使走了進來。

你也許會覺得奇怪，為什麼外國大使會在大臣們開會時走進來，而且門不是應該鎖上了嗎？所以我必須說：大臣們一定是去找醫生來的時候，忘了把門關上。有些人後來還說，這是司法大臣的背叛，他一定是故意沒有把門關上，因為他知道大使會來。

「晚安。」大使說：「我代表敝國國王來此，他要求麥提一世繼承王位，如果你們不想這麼做，那我國就會和貴國宣戰。」

大臣們的領袖（也就是總理大臣）很害怕，但是他假裝他一點也不在乎——他用藍色鉛筆在紙上寫：「很好，那就開戰吧。」然後把這張紙遞給大使。

大使接過紙，鞠了個躬然後說：「好的，我會通知我國政府。」

就在這時醫生進來了，所有的大臣都開始拜託他，請他救救國王，因為可能會有戰爭，如果國王死了，國家將面臨不幸。

「我已經給了國王所有我知道的藥方。我也給他拔了罐，除此之外沒什麼我可以做的了。但是你們或許還可以找其他的醫生來。」

大臣們聽了醫生的話，找了許多名醫來開會，商量如何救國王。他們派皇宮的車子去城裡接醫生，同時也把王宮的廚師找來做晚餐，因為他們都很餓了，他們不知道會議會進行這麼久——他們在出發來王宮前，都還沒有在家裡吃過午餐。

廚師把裝了菜餚的銀盤子放在桌上，把最好的酒倒進大臣們的酒杯裡，因為他想在老國王死後繼續留在王宮工作。

所以大臣們就開始吃飯喝酒，甚至高興了起來；在此同時，名醫們也來到了王宮，正在開會。

「依我之見，」一個留著鬍子的老醫生說：「必須給國王動手術。」

「而我認為，」另一個醫生說：「我們得給國王熱敷，還要讓他漱喉嚨。」

「而且他一定得吃藥粉。」一個優秀的教授說。

「藥水的效果絕對比藥粉好。」另一個人又說。

每個醫生都帶來一本厚厚的醫學書，他們翻開書指出，在自己的書上寫著治癒國王的最佳良方，每個人的方法都不一樣。

時間已經很晚，大臣們都想睡了，但是他們必須等醫生得出結論。整個皇宮充滿吵鬧的噪音，麥提，國王的兒子，也就是王儲，已經兩次被吵醒了。

「我得去看看發生了什麼事。」麥提想，他從床上起來，很快穿好衣服，然後來到了走廊。

他走到餐室的門前。他沒有打算偷聽，但是王宮的門把都設計得很高，麥提無法自行打開。

「國王的酒真好喝。」財務大臣大喊：「各位，我們再多喝點吧。如果麥提當上國王，他不會需要酒的，因為小孩子不可以喝酒。」

「也不可以抽雪茄。所以我們可以帶一點雪茄回家。」貿易大臣大叫。

「我向你們保證，如果發生戰爭，這座王宮會被夷為平地，因為麥提是不會保護我們的。」

所有人都開始笑，並且大叫：「敬我們的守護者，偉大的麥提國王一世！」

麥提不是很明白他們說的話，他知道爸爸病了，也知道大臣們經常聚在一起開會。但是他們為什麼取笑他？又為什麼叫他國王？他們口中的戰爭是什麼？他一點都不明白。

他有點愛睏，有點害怕地繼續沿著走廊往前走去，然後在會議室的門前又聽到了另一場對話。

「我告訴你們，國王會死。你們愛給他吃什麼藥就給他吃什麼藥——不管怎樣，都是沒用的。」

「國王一週內會死，沒死我頭給你。」

麥提不想再聽了。他迅速地跑過走廊，經過兩個大房間——然後他氣喘吁吁地來到了國王的寢室。

國王躺在床上，臉色蒼白，呼吸沉重。在他身邊，坐著那唯一誠實的醫生，當麥提身體不舒服的時候，也是這位醫生給他看病的。

「爸爸，爸爸！」麥提流著淚叫：「我不想要你死掉。」

國王睜開眼，憂鬱地看著兒子。

「我也不想死。」國王低聲說：「我不想把你一個人留在世上，兒子。」

醫生把麥提抱到他膝上——然後沒有人說任何話了。

麥提想起來，他以前也曾經像這樣被人抱著坐在床邊。只是那時候他是坐在父親的膝上，床上躺著的是媽媽，臉色也是那麼蒼白，呼吸也是那麼沉重。

「爸爸會死，就像媽媽死了。」麥提想。

他心中充滿了絕望，這讓他幾乎不能呼吸——同時，他對大臣們感到憤怒不滿。那些人不只嘲笑他，還拿他父親的死開玩笑。

「等我當上國王，我就要給他們好看。」麥提想。

◇◇◇

國王的葬禮盛大隆重。路燈罩上了黑色的罩子，所有的鐘都敲響了，交響樂團演奏著喪禮進行曲，大砲和軍隊魚貫而行，喪禮上的鮮花，是特別用火車從溫暖的國家運送來的。大家都很悲傷，報紙上寫著，全國都因為他們敬愛的國王離去了而哭泣。

麥提難過地坐在自己的房間，雖然他要成為國王了，他卻失去了父親——現在，他在世上真的一個親人都沒有了。

麥提記得自己的媽媽，「麥提」這個名字就是媽媽給他取的。雖然媽媽貴為王后，但她一點也不驕傲。她會和麥提玩，和他一起堆積木，說故事給他聽，指書上的圖畫給他看。麥提和父親相處的時間比較少，因為國王常常要去視察軍隊或是接見客人——他們都是來自各個國家的國王。不然，他就是在和大臣討論事情或開會。

但即使如此，國王有時候還是會撥出一點時間給麥提。他們會一起玩保齡球，一起去王宮花園長長的大道上騎馬——國王騎大馬，麥提騎小馬。

接下來會如何呢？只有那位無聊的外國家教會來給他上課，他的臉色總是很難看，彷彿才剛喝了一大杯醋。

當國王是件好玩的事嗎？也許不是吧？如果真的有戰爭，那還可以和人打仗。但是在和平的時期，國王要做什麼？

當麥提孤零零坐在自己的房間，他感到很悲傷。當他透過御花園的欄杆往外看，看到僕人們在王宮的院子裡高興地玩耍，他感到很悲傷。

那裡有七個男孩在玩——他們最常玩的是戰爭遊戲。有一個矮個子的、十分開朗的男孩帶領他們發動攻擊、訓練他們。他的名字是菲列克。其他的男孩是這麼叫他的。

好幾次，麥提都想要把菲列克叫來，透過欄杆和他說說話。但是他不知道他能不能這樣做，還有這樣做是否妥當。他也不知道要和他說什麼好，不知道要怎麼開始一段對話。

在此同時，所有的街上都貼了斗大的告示，上面寫著麥提即將成為國王，說他問候自己所有的子民，還說大臣們就是以前那些大臣，他們會輔佐年輕的國王治理國家。

所有的商店裡都充滿了麥提的照片。麥提坐在小馬上，麥提穿著水手服，麥提穿著軍裝，麥提在閱兵。電影院裡也放映著麥提的影片，在所有國內外的週報上，都看得到麥提。

事實是：大家都喜歡麥提。老人同情他這麼小就父母雙亡，男孩們則很高興他們之中終於有了一個代表，而且所有人都必須聽他的話，甚至將軍們都必須在他面前立正站好，士兵們則對他舉槍致敬。女孩們覺得坐在小馬上的小國王很可愛。而最愛麥提的人，就是孤兒了。

王后還在的時候，她總是在節日派人送糖果到孤兒院。她過世後，國王保留了這個傳統。雖然麥提並不知道這件事，但是王宮長久以來用他的名義送甜點和玩具給孩子。直到很久以後麥提才明白，如果在國家的經費中有規劃這樣一個項目，你就可以帶給人們許多歡樂，即使你對此一無所知。

在麥提當上國王半年後，他成為了一個非常受歡迎的國王。我的意思是，每個人都在談論他。並不是因為他是國王，只是因為他做了一件讓人們高興的事。

現在我就要來告訴你們事情的經過。

麥提透過醫生的協助，拿到了可以去城裡散步的許可。麥提一直纏著醫生，要他至少一個星期讓他去公園一次，因為所有的小孩都在那裡玩耍。

「我知道御花園很漂亮，但即使在最漂亮的花園，一個人玩也很難受呀。」

最後醫生答應了，他透過宮廷總管接觸到宮廷的管理委員會，然後管委會請國王的監護人在大臣們的會議上提出要求，讓麥提可以在兩個星期內外出三次。

你也許會覺得奇怪，為什麼國王出門一趟要這麼麻煩，不就只是散步而已嗎？我還要附帶一提：王宮總管之所以答應醫生的要求，完全只是因為他欠了醫生一份人情——最近他吃了一條不新鮮的魚肚子痛，是醫生把他治好的。宮廷的管理委員會從很久以前開始就想要爭取預算來蓋馬廄（使用者包括國王的監護人）。內政大臣同意讓麥提出去散步，但財政大臣氣得牙癢癢的。因為國王出去很花錢，每當他出去一次，王宮的警察就會得到三千達克特幣[1]，而衛生部門則會得到一桶古龍水和一千金幣。

在國王出門之前，兩百個工人和一百個女人就會去把公園徹底打掃一遍。他們掃地、給公園的長椅上漆、用古龍水噴灑公園所有的大道，還把樹葉上的灰塵擦得乾乾淨淨。醫生會確認公園一塵不染，因為污垢和灰塵對健康有害。另一方面，警察在公園巡邏，確保在國王散步期間不會有搗蛋鬼丟石頭、推擠、打架、鬼吼鬼叫。

麥提國王玩得很開心。他穿著平民的衣服，沒有人知道他是國王，沒有人認出他來。甚至沒有人想得到，國王會到平民的公園來玩。麥提國王在公園裡繞了兩圈，然後說他想坐在小廣場的長椅上，那裡有一群孩子在玩耍。他才沒坐多久，就有一個女孩走過來對他說：「您想和我們一起繞圈圈跳舞嗎？」

她牽起麥提的手——然後他們就一起玩。女孩們唱各種不同的歌，一邊繞著圈圈。然後，當他們等待玩新遊戲的時候，那個來找他的女孩開始和他聊天。

「您有姊妹嗎？」

「沒有。」

「您父親是做什麼的？」

「我爸爸死了，他曾經是國王。」

女孩也許覺得麥提在開玩笑，因為她哈哈大笑然後說：「如果我爸爸是國王，他必須給我買像天花板那麼高的娃娃。」

麥提國王從女孩口中得知，她爸爸是消防隊長，她的名字是伊蓮娜，她很喜歡消防隊員，因為他們有時候會讓她騎馬。

麥提想要留下來多玩一會兒，但是他只被允許在城裡待到四點二十分又四十三秒。

麥提不耐煩地等待下一次散步的機會到來，但是那天下雨，大人們擔心他會生病，不准他出去。

麥提第二次出去時，發生了一件意外。他像上次一樣和女孩們一起玩繞圈圈跳舞的遊戲，但這一次有幾個男孩靠近他們，其中一個人大喊：「你們看！這個男孩竟然和女孩們玩！」然後開始笑。

1 Dukar，從中世紀到二十世紀期間，在歐洲流通的一種金幣或銀幣。

麥提國王注意到，在圈圈裡跳舞的男孩真的只有他一個。

「你最好來和我們一起玩。」男孩說，麥提仔細地看了看他然後發現：啊，那是菲列克，那個他一直想要認識的菲列克。

菲列克也仔細打量他，然後扯開嗓門叫：「你們瞧，他長得多像麥提國王啊！」

麥提覺得很丟臉，因為所有人全部突然開始看他，所以他加快腳步跑到附屬官身邊——附屬官也為了隱藏身分裝扮成平民的樣子。但是他可能跑得太快了，或是因為不好意思，於是跌了一跤，膝蓋磨破了一塊皮。

大臣們開會決定，不能再允許國王到公園裡玩。他們會做任何國王想要他們做的事，除了讓國王去平民的公園，因為那裡有壞孩子，他們會騷擾國王、嘲笑國王，而大臣們不能容許這種事發生，這有損王室的尊嚴。

麥提為此很憂愁，他不斷回想他在平民的公園和孩子們玩得多麼愉快，然後他想起了伊蓮娜的願望。

「她想要有一個和天花板一樣高的娃娃。」

這想法讓他坐立難安。

「我畢竟是國王啊，我有權下命令。但是另一方面我必須聽所有人的話。我必須學讀書寫字，就像所有的孩子一樣。我必須洗耳朵和脖子，刷牙，就像所有的孩子一樣。九九乘法對國王和其他的孩子來說，並沒有什麼不同。所以我為什麼要當國王？」

麥提決心反抗，他於是在下一次接見大臣時，大聲地向總理大臣要求，說要買一個最大的娃娃，世界上最大的，送給伊蓮娜。

「尊貴的國王，我想請您留意一件事……」總理大臣開始說。

麥提馬上就猜到他接下來要說什麼：這個討厭的傢伙會說一堆他聽不懂的長篇大論——最後他還是得不到他要的娃娃。麥提想起有一次總理大臣也像現在一樣，開始對他的父親解釋某件事，那時候國王跺著腳，說：「我嚴正要求此事，不可駁回。」

於是，麥提也跺了跺腳，大聲說：「大臣先生，我嚴正要求此事，不可駁回。」

總理大臣很驚訝地看著麥提，然後在自己的筆記本裡寫下幾個字，低聲說：「我會在會議上向大家提出您的要求。」

沒有人知道大臣們在會議上討論了些什麼，因為會議是關起門來進行的。不過，他們最後決定要買娃娃，貿易大臣跑遍所有的商店，看了所有的大型娃娃，但是沒有一個地方找得到這麼大的娃娃。所以貿易大臣找來所有的工廠老闆開會，最後一間工廠接下了任務，用一大筆錢花了四個星期製造這個娃娃。當娃娃做好後，工廠老闆把它放在商店櫥窗裡，旁邊寫著一句話：

「受王宮委託，我們做了這個娃娃給消防隊長的女兒，伊蓮娜。」

報紙馬上刊登了消防隊員們滅火的照片，還有伊蓮娜和娃娃的合照。人們說，麥提國王很喜歡看消防隊員滅火，也喜歡看房子燃燒。有人投書給報紙，表示如果敬愛的麥提國王喜歡火災，他可以把自己的房子燒掉。許多女孩子們寫信給麥提，說她們也想要有娃娃。但是王宮的秘書長根本沒有把這些信讀給麥提聽，因為憤怒的總理大臣禁止他這麼做。

大批的群眾在商店前聚集了三天，大家都來看國王的禮物。到了第四天，在警長的命令下，娃娃從櫥窗裡被拿了出來，這樣才不會阻礙電車和車輛通行。

有好長一段時間，人們都在談論麥提，說他送了一個好漂亮的禮物給伊蓮娜。

◇ ◇ ◇

麥提早上七點起來，自己梳洗穿衣、清理鞋子、鋪床。這個習慣是麥提的曾祖父，驍勇善戰的勝利者帕威爾立下的。梳洗完畢、穿好衣服的麥提喝下一杯魚油，然後吃早餐。早餐的時間不能超過十六分又三十五秒，為什麼是這個長度？因為麥提的祖父，善良的尤里須就是在這段時間內吃完早餐的。之後麥提會到謁見室，在那個冰冷的房間接見大臣。那裡沒有火爐，因為麥提聰明的曾祖母，虔誠的安娜小時候差一點被火爐冒出的一氧化碳燻死。為了紀念她成功被救回來，王宮裡的人們決定：今後五百年，在謁見室內都不能燒火爐。

麥提坐在王位上，冷得牙齒打顫，一邊聽大臣們向他報告國事。這是件令人很不舒服的事，因為不知怎麼搞的，所有的消息都不是什麼好消息。

外交大臣告訴麥提，誰生他們的氣，誰想要和他們做朋友——而麥提幾乎聽不懂外交大臣在說什麼。

戰爭大臣一個一個地數給麥提聽，有哪些堡壘毀壞了，有多少大砲不能用了，還有，有多少士兵生病了，不能上戰場打仗。

鐵路大臣向麥提解釋，該買新的火車頭了。

教育大臣向麥提抱怨，說孩子們的學習狀況不佳，他們常常遲到，男孩子們躲起來抽菸，還把筆記本上的紙撕下來。女孩們生彼此的氣，一直吵架，男孩們則老是在打架、丟石頭、打破玻璃。

財務大臣總是氣呼呼的，說國家沒有錢。他不想買新的大砲也不想買新的機器，因為都太貴了。

之後麥提去御花園，他可以在那裡奔跑玩耍整整一個小時，但是自己一個人一點都不好玩。所以當他要回來上課時，他還挺樂意的。麥提認真學習，因為他知道，沒有知識，是不能當國王的。他很快學會了用高貴、漂亮的書法簽自己的名字。他也必須學法文和各種其他的語言，這樣他去拜訪其他國王的時候，才能和他們溝通。

如果麥提在上課時能提出各種問題，他會更樂意學習，也會學得更好。

長久以來，麥提一直在想一個問題：能不能發明一種從遠距把火藥燒掉的凸透鏡？如果麥提發明了這種凸透鏡，他就會和所有的國王宣戰，然後在戰爭開始前把敵人的火藥庫通通引爆，這樣他就會贏得勝利，因為只有他一個人有火藥。那時候他會成為最偉大的國王，雖然他年紀那麼小。麥提問了這個問題，但家教只是聳聳肩，皺了皺眉頭，什麼都沒說。

另一次，麥提問家教：當父親過世的時候，能不能也把自己的智慧傳給兒子？麥提的爸爸智者史蒂芬是個很聰明的人。現在麥提坐在爸爸曾經坐過的王位上，戴著他戴過的王冠，但是必須從頭學習所有的事物——而且他也不知道，有一天他是否能學會所有的事。如果麥提在繼承王位的時候，也能同時繼承祖先的能力，現在他就會像帕威爾一樣勇敢，像安娜一樣虔誠，像爸爸一樣聰明了。

但是麥提問的這個問題也沒有獲得友善的回應。

麥提想了很久、很久——到底他能不能弄到一頂隱形帽。如果有隱形帽的話，那該有多好：他就什麼地方都能去，而且沒有人能看到他。他會先告訴大人他頭痛，他們會讓他一整天都躺在床上休息，這樣他就可以好好地養精蓄銳。然後夜晚他就會戴上隱形帽到城裡散步，好好逛一逛這座首都，瀏覽商店的櫥窗，甚至到劇院去看戲。

麥提只去過劇院一次，那是當爸爸媽媽還在的時候。那天的表演十分隆重，麥提當時還小，幾乎什麼都不記得了，但是他知道表演很好看。

如果麥提有隱形帽，他就會從王宮的御花園走出去，去找菲列克，和他做朋友。他也可以任意出入王宮的任何一個角落，到廚房去看人們怎麼做飯，到馬廄去看馬，到各式各樣現在他不被允許進入的樓房和房間去。

你也許會覺得很奇怪，國王竟然有這麼多事不能做？我必須在此和你解釋，王宮裡有很多嚴格的禮儀和規矩。從古到今，所有的國王都遵守這些規矩，而新國王也不能打破它們，如果他做了不一樣的事，他就會失去尊嚴，再也沒有人會害怕他、尊敬他。因為標新立異代表他不尊重自己的國王父親、國王祖父、國王曾祖父。如果國王想要做不一樣的事，他必須詢問宮廷司儀，他負責維持宮廷的禮儀，知道以前的國王們如何應對進退。

我剛才說過，麥提吃早餐的時間是十六分又三十五秒，這是因為他的祖父就是花這麼長的時間吃早餐。在麥提接見大臣的謁見室沒有火爐，因為她的祖母希望如此。她已經死了很久，現在也沒辦法問她，是不是已經可以裝一個新火爐了。

有時候國王可以做出一些小小的改變，但是管委會必須開很久的會，就像決定麥提能不能到城裡散步一樣。提出請求、然後要花很長的時間等待決定，並不是一件令人愉快的事。

麥提國王的情況又比其他國王更糟一點，因為這些規矩畢竟是為身為成年人的國王設下的，而麥提是個孩子。所以應該要做出一些改變。這就是為什麼麥提喝的是兩杯魚油，不是美酒，而麥提一點也不喜歡喝魚油。這也是為什麼麥提不讀報紙，只看圖片，因為他的閱讀能力還不是很強。

如果麥提有他爸爸的智慧和隱形帽，一切都會不同。那時候他就會是個真正的國王，而不是像現在這樣。有時候，他自己也不知道哪個比較好：當個國王，還是出生在平凡的家庭，當個平凡的男孩，像所有人一樣去上學、把筆記本裡的紙撕下來、丟石頭。

直到有一天，麥提想到，如果他可以寫字，他就可以寫張卡片給菲列克——也許菲列克會回信——這樣一來，就像是他和菲列克在聊天一樣了。

從這一刻起，麥提國王開始認真地學寫字。他整天都在寫，從書上抄下各式各樣的小故事和小詩。如果大臣們允許他不去御花園散步，他可以從早寫到晚。但是他無法這麼做，因為王宮的禮儀要求國王在接見完大臣後，到花園去散步。已經有二十個僕人在自己的崗位上準備好，要在國王從謁見室走到花園時幫他開門。如果麥提不去花園，這二十個僕人就沒事可做，他們會覺得很無聊。

也許有人會說，開門有什麼難的啊？這根本不能算是工作。如果有人這麼想，就表示他一點也不懂宮廷的禮儀。我必須在此解釋一下，這些僕人總共要忙上五個小時。每天早上他們要洗冷水澡，然後理髮師會給他們梳頭、刮鬍子——他們的衣服必須很乾淨，一塵不染。三百年前，當暴躁的亨利國王在位時，一隻跳蚤從一個僕人身上跳到國王的權杖上，那個粗心大意的僕人於是被砍了頭，而宮廷總管出於僥倖才逃過一死。從今以後，檢查員會檢查僕人的衣著和儀容是否整潔，然後從上午十一點零七分到下午一點十七分，宮廷司儀會再親自給他們檢查一遍。他們必須非常小心仔細，因為如果僕人的扣子沒扣好，就得坐六年的牢。頭髮沒梳整齊，四年的勞改。敬禮沒敬好——關禁閉兩個月，只能吃粗麵包、喝清水。

關於這件事，麥提已經有些概念，所以他壓根沒想過不去花園。再說，誰知道呢？也許歷史上曾經有過一位國王完全不去花園——然後大人們就會要麥提有樣學樣。那時候麥提就算學會了寫字，也沒什麼用處，因為他要怎麼把信透過欄杆拿給菲列克呢？

麥提很有天分，而且意志堅強。他說：「我要在一個月後給菲列克寫第一封信。」雖然遇上重重困難，但是麥提還是大量地寫了又寫。終於在一個月後，他不靠任何人的幫助，就把給菲列克的信寫好了。

麥提寫道：

親愛的菲列克，我已經觀察了很久，看到你們在院子裡快樂地玩耍。我也想和你們一起玩。我是國王，所以無法這麼做。但是我很喜歡你。寫信告訴我，你是個什麼樣的人，因為我想認識你。如果你的爸爸是武官，也許他會讓你有時候到御花園來找我。

麥提國王

當麥提在欄杆這頭呼喚菲列克，把信交給他的時候，他的心緊張得砰砰跳。然後第二天，當他以同樣的方式從菲列克手中接到回信，他的心也跳得很厲害。

菲列克寫道：

國王，我爸爸是宮廷的排長，他是武官——我非常想去御花園。國王，我會對您效忠，而且我準備好為您赴湯蹈火，為了保護您犧牲生命。無論何時，只要您需要我，就吹口哨，我會立刻趕到您身邊。

菲列克

麥提把這封信藏到抽屜底層，藏在所有的書本下，然後開始努力學習吹口哨。麥提很小心，他不想讓任何人知道這件事：因為如果他要求大人們讓菲列克進來，他們馬上就會開始開會，問一堆問題：為什麼？他怎麼知道菲列克的名字？他們怎麼認識的？如果他們開始調查，最後不允許怎麼辦？排長的兒子——如果是個中尉的兒子還比較好，因為他們也許會同意讓軍官的兒子進來，但排長的兒子一定不行的。

「得等一陣子。」麥提決定：「在那之前我先學會吹口哨。」

如果沒有人教你怎麼吹，吹口哨一點也不容易。但是麥提的意志堅定，所以他學會了。然後他吹了口哨。

他只是想要試試看，為了證明他會吹口哨。過了一會兒，當他看到菲列克本人在他面前立正站好，他是多麼驚訝啊。

「你怎麼進來的？」

「我從欄杆間擠進來的。」

在御花園長著一叢很濃密的覆盆子樹，麥提就和他的好朋友躲在那裡，商量接下來該怎麼辦。

◇◇◇

「聽我說，菲列克，我是一個很不快樂的國王。從我開始會寫字，我就給所有的文件簽名。人們說，我統治這個國家，但我只是做別人叫我做的事，這些事都很無聊。而所有愉快的事，他們則禁止我去做。」

「是誰命令您，又是誰禁止您？」

「大臣們。」麥提回答：「爸爸還在的時候，他怎麼說，我就怎麼做。」

「嗯，沒錯，那時候您是王子，王位的繼承人，而您父親是國王。但是現在……」
「現在比以前糟糕太多了。現在有一大堆大臣。」
「他們是武官還是文官？」
「只有一個武官，戰爭大臣。」
「其他的都是文官？」
「我不知道文官是什麼。」
「文官就是不穿軍服，不佩軍刀的。」
「嗯，那他們是文官。」

菲列克塞了一把覆盆子到嘴巴裡，然後沉思著。然後他慢慢地、有點遲疑地問：「御花園裡有櫻桃樹嗎？」

麥提對這個問題感到有點驚訝，但是他很信任菲列克，於是告訴他，花園裡有櫻桃樹和梨子樹，並且承諾他會透過欄杆拿水果給他，他想要多少就有多少。

「好，我們無法常常見面，因為他們可能會調查我們。我們要假裝不認識。我們會寫信給彼此，把信放在籬笆上，信的旁邊可以擺些櫻桃。當您把信放在這裡，就吹口哨——我會把信拿走。」

「那你回信給我的時候，你也吹口哨。」麥提高興地說。

「我不能對國王吹口哨。」菲列克很快地說：「我的密語是布穀鳥的叫聲，我會站在遠處學布穀鳥叫。」

「好。」麥提同意：「你下次什麼時候來？」

菲列克遲疑了一陣子，最後終於說：「沒有允許，我其實不能來這裡。我父親是排長，他眼力很好。他甚至不准我接近御花園的籬笆，他好幾次告訴我：『菲列克，我警告你，你想都別想去御花園摘櫻桃。記住，雖然我是你的親生父親，但是如果我在那裡逮到你，我會剝了你的皮，你休想活著離開。』」

麥提非常擔憂。

這太可怕了：他好不容易才找到朋友。然而這朋友會被活活剝皮，而那會是他——麥提——的錯。不，這真的太危險了。

「嗯，那你現在怎麼回家？」麥提不安地問。

「陛下，您可以先行離開，我自己會想辦法的。」

麥提覺得這個建議很好，於是就從覆盆子樹林中走出來。他出來的時機恰到好處，因為外國家教發現國王不見了很擔心，正在御花園中四處尋找。

菲列克和麥提現在是同盟了，雖然他們被柵欄分隔兩地。每個星期，醫生會來給麥提量身高體重，一方面確認小國王有在長大，一方面也藉此預測他何時才會成人。麥提經常在醫生面前唉聲嘆氣，哀怨地說自己好孤單，有一次他甚至還在戰爭大臣面前說，他想要上軍訓課。

「也許您認識某個排長，他可以給我上軍訓課？」

「當然，陛下想要知道更多關於戰爭的事，這很值得敬佩。但是為什麼您要排長來教您呢？」

「或者是排長的兒子，也可以呀。」麥提高興地說。

戰爭大臣揚了揚眉毛，然後把國王的願望記在筆記本上。麥提嘆了一口氣，他已經知道戰爭大臣接下來要說什麼。

「我們會在下一次的會議中討論您的要求。」

這一切努力都徒勞無功。他們一定會叫一個老將軍來當他的老師。

但是事情的發展卻出乎麥提的意料。

在下一次的會議上，大臣們只討論了一件事：三個國家同時向麥提的國家宣戰。

戰爭！

麥提不愧是勝利者帕威爾的曾孫，他全身熱血沸騰。

啊，如果他有可以把敵人的火藥引爆的放大鏡和隱形帽就好了。

麥提等到晚上，等到隔天中午，都沒有任何動靜。關於戰爭的消息，是菲列克向他通風報信的。之前，菲列克拿信來的時候，都只會學布穀鳥叫三次，這次菲列克叫了大概有一百次。麥提明白了，信中的消息非常重要。但是他那時候還不知道，這消息有多重要。這個國家已經很久沒有發生戰爭了，因為麥提的父親，也就是智者史蒂芬，知道怎麼和鄰居們和平共處。雖然大家彼此之間沒什麼偉大的友誼，但是麥提的父親從來沒有和任何人公開宣戰，也沒有任何人敢和他宣戰。

很明顯地，這些人看準了麥提沒有經驗，年紀又小。但是正因為如此，麥提更想向他們證明，他們搞錯了。雖然麥提年紀小，但是他知道怎麼保衛自己的國家。菲列克的信上這麼寫：

三個國家同時向我國宣戰。我父親總是說，當他聽到戰爭的消息就要舉杯慶祝。我等您的消息，因為我們必須見面。

麥提也在等，他以為大臣們在當天晚上會找他去開緊急會議，這時候他——麥提，王位的法定繼承人——就可以掌舵，主導國家的命運。緊急會議確實在半夜召開，但是沒有人找麥提去開會。

隔天，外國的家教依然來給麥提上課，一切一如往常。

麥提熟悉宮廷的禮儀，他知道國王不可以鬧情緒、固執己見、生氣，尤其是在這樣的關鍵時刻，他更不想讓自己身為國王的尊嚴掃地。他只是皺緊了眉頭。然後在上課途中，當麥提抬頭在鏡中看到愁眉苦臉、額頭上都是皺紋的自己，他想：「我看起來好像暴躁的亨利國王。」

麥提等待接見大臣的時刻來臨。

當宮廷司儀告訴他，和大臣的會面取消時，麥提平靜、滿臉蒼白但堅定地說：「我嚴正要求戰爭大臣來謁見室見我，不可駁回。」

麥提特意強調了「戰爭」這個字，司儀立刻明白，麥提已經知道了一切。

「戰爭大臣正在開會。」

「那我也要去開會。」麥提堅持，並且朝會議室的方向走去。

「陛下，請您等等。陛下，請您可憐可憐我吧，我不能讓您這麼做，我要負責的啊。」

老司儀就這麼在麥提面前放聲大哭。

麥提同情這個老人，他對國王可以做什麼，不可以做什麼瞭若指掌。好幾次，他們在火爐旁聊到深夜，麥提很喜歡聽老司儀講他的國王爸爸和王后媽媽的事，以及宮廷的禮儀、國王曾經參加過的外國宴會、劇院演出和戰爭演習。

麥提的良心很不安。寫信給排長的兒子，是很嚴重的違規事件，偷偷摘櫻桃和覆盆子給菲列克，更是讓麥提愧疚。雖然花園是麥提的，而且他也不是為自己摘，是摘給朋友當禮物，但偷就是偷。誰知道，他的行為會不會已經玷汙了祖先的騎士尊嚴？

麥提畢竟是聰明的虔誠安娜的孫子，他有一副好心腸，老人的眼淚讓他不忍。麥提差一點就被司儀感動，做出錯誤的決定，還好他及時清醒，把眉頭鎖得更緊，冷冷地說：「我會等十分鐘。」

司儀拔腿狂奔，上氣不接下氣地跑過整座王宮。

「麥提是怎麼知道的？」內政大臣不爽地說。

「這毛頭小子想幹什麼？」總理大臣憤怒地大叫。

就在這時，司法大臣提醒總理大臣注意他的言行：「總理大臣先生，法律明文禁止您用這種方式談論國王。私底下，您愛怎麼說就怎麼說，但今天我們在開一場正式會議，您只能這麼想，不能說出口。」

「會議現在被打斷了。」害怕的總理大臣試圖辯解。

「您應該通知大家，您要打斷會議，但是您沒有這麼做。」

「我忘了，對不起。」

戰爭大臣看了看錶，說：「各位，國王給我們十分鐘。四分鐘已經過了，所以我們不要再吵了。我是武官，我必須遵從國王的命令。」

可憐的總理大臣有害怕的理由。在桌上放著一張紙，上面清楚地用藍色的鉛筆寫著：

很好，那就開戰。

逞英雄很容易，但是現在要為不小心寫下的字負責，就成了一件難事。再說，如果國王問起，為什麼他寫下這句話，他要怎麼回答？所有的一切都是從老國王的死開始的——當他過逝，大臣們不想要選麥提當國王。

所有的大臣們都知道這件事，他們甚至有點高興，因為他們不喜歡總理大臣，他太專斷，而且又太驕傲。

沒有人想要提出建議，每個人腦袋裡想的都是：要怎麼做，才能把向國王隱瞞如此重大消息的責任推到別人身上去。

「只剩一分鐘。」戰爭大臣說，他扣起扣子，整理了一下勳章和鬍子，拿起放在桌上的槍——一分鐘後，他已經在國王面前立正站好。

「所以要開戰了？」麥提輕聲問。

「是的，陛下。」

麥提心中的一塊大石頭落了地。我必須告訴你們：這十分鐘，麥提也在極度的緊張不安中度過。

因為也許菲列克只是隨便寫寫而已？也許這不是真的？也許他在開玩笑？

簡短的「是的」吹散了所有的疑慮。戰爭要開始了，而且這是一場很大的戰爭。他們想要瞞著他自行解決，而麥提不知道怎麼地，揭穿了他們的祕密。

一個小時後，街上的報童們大吼：「號外！大臣們要換人了！」

意思是，大臣們吵架了。

◇◇◇

大臣們吵架的過程是這樣的：總理大臣假裝他受到了污辱，拒絕繼續擔任總理大臣。鐵路大臣說，他不能載軍隊去打仗，因為沒有足夠的蒸汽火車。教育大臣說，老師們若都去打仗，學生會沒人管，學校裡會有更多被打破的玻璃和被弄壞的桌椅，所以他也要辭職。

大臣們決定在四點召開緊急會議。

麥提國王趁亂偷偷溜到了御花園，著急地一次又一次吹口哨，但是菲列克沒出現。

在這重要的時刻，到底要向誰尋求建議？麥提感到身上背負著重責大任，但是他不知道該怎麼做，不知道要往哪個方向去。

他突然想起，每當遇上大事，都應該先禱告。這是他善良的媽媽教他的。

麥提國王慎重地往花園深處走去，這樣就沒有人會看到他。然後他熱切地向神禱告：「神啊，我是個小男孩。」他說：「沒有祢的協助，我不知道該怎麼辦。我在祢的意旨下當上了國王，所以幫助我吧，因為我遇上大麻煩了。」

麥提向神懇求了很久，臉上流滿了熱淚。在神面前，即使是國王也可以放心哭泣，不用覺得不好意思。

麥提哭泣、禱告、然後又哭泣、禱告。最後，他倚著一棵被砍斷的樺樹的樹幹，睡著了。

他夢到他父親坐在王位上，所有的大臣都直挺挺地站在他面前。突然，謁見室的大鐘響了（這座鐘上一次上發條是在四百年前），發出像教堂鐘聲一樣的聲音。司儀來到謁見室，而在他身後跟著二十個僕人，扛著一個金色的棺木。這時麥提的父親從王位上走下來，躺進棺木，司儀從老國王頭上摘下王冠，把它戴到麥提頭上。麥提想要坐到王位上，但是當他抬頭一看——他父親還坐在那裡，但他頭上沒有王冠，而且樣子有點奇怪，好像只有影子。父親說：「麥提，司儀給了你我的王冠，現在我要給你我的智慧。」

國王的影子把頭拿在手上——麥提的心跳幾乎停止，他不知道接下來會發生什麼事。

但是有人在麥提的耳邊說話——然後麥提醒來了。

「陛下，快要四點了。」

麥提從草地上起身，他剛才在草地上打了個盹。他感到很愉快，甚至比從床上起來還要愉快。他這時還不知道，接下來他會在草地上度過許多個夜晚，而且他要和王宮寢室裡的床分開很長一段時間。

就像他在夢中所看到的一樣，司儀把王冠拿給了他。四點整，麥提國王敲響了鈴，說：「各位，我們開始開會吧。」

「我想要發言。」總理大臣說。

然後他進行了一段冗長的演說，他說，他無法繼續工作。他很遺憾必須在這麼危急的時刻留下國王一個人，但是他必須辭職，他生病了。

其他四個大臣也說了同樣的話。

麥提一點也不怕，只說：「你們都說得很有道理，但現在是戰爭期間，我們沒有時間疲倦，也沒有時間生病。總理大臣，您熟悉所有的一切，您必須留下。等我們打贏了戰爭後，再來商量辭職的事。」

「但是報紙上已經寫了我會辭職。」

「現在報紙會寫你留下，因為這是我的請求。」

麥提國王本來想說：「因為這是我的命令。」但是顯然地，父親的影子在這重要的時刻給了他建議，要他把「命令」改成「請求」。

「各位，我們必須保衛我們的祖國，我們必須保衛我們的尊嚴。」

「所以陛下，您要同時和三個國家交戰？」戰爭大臣問。

「戰爭大臣，您想要我怎麼做？和他們求和嗎？我是勝利者尤里安的曾孫，神也會幫助我們的。」

大臣們喜歡麥提說的話。總理大臣很高興國王對他提出了請求，雖然他做了做拒絕的樣子，但最後同意留下來。

他們開了很久的會。當會議結束，街上的報童們大喊：「號外！衝突化解了！」意思是，大臣們已經握手言和了。

麥提有點驚訝，在會議上大臣們完全沒提到，麥提要對人民演講，或是他要騎著白馬走在軍隊最前方。他們反而談論了鐵路、錢、乾糧、軍靴、稻草、燕麥、牛和豬，彷彿他們談的不是戰爭，而是完全不同的事。

麥提會這麼想，是因為他聽說了很多關於古代戰爭的事，卻對現代戰爭一竅不通。他現在才剛要開始認識它，再過不久，麥提就會親身體會乾糧和軍靴的功用，以及它們和戰爭的關係了。

第二天，當外國家教一如往常來給麥提上課，麥提感到更不安了。課才上了一半，大臣們就請麥提去謁見室。

「和我國宣戰那三個國家的使節要離開了。」

「他們要去哪裡？」

「回到自己的國家。」

麥提覺得很奇怪，這些使節竟然可以平平安安回家去。他還寧願這些使節會被釘上木樁，或是受到其他的刑罰。

「那他們來這裡幹嘛？」

「他們要向陛下道別。」

「我要表現出生氣的樣子嗎？」麥提悄聲問，不讓僕人們聽到，免得他們失去對他的尊敬。

「不用，請您和善地和他們道別。再說，他們也會主動這麼做。」

使節們既沒有被綁起來，身上也沒有手鐐腳銬。

「我們來此向國王陛下道別。我們很遺憾，戰爭不可避免。我們盡了一切努力避免戰爭，可惜沒有成功。我們必須把您頒給我們的動章還給您，因為我們不能配戴敵國的動章。」

宮廷司儀取下了使節們的動章。

「感謝您在您美麗的首都接待我們，我們會帶著最愉快的回憶離開。我們很確定，這小小的紛爭很快就會獲得解決，屆時我們雙方的政府會再次恢復往日的情誼。」

麥提站起來，以平靜的聲音說：「告訴你們的政府，我真的很高興戰爭爆發了。我會盡量以最快的速度打敗你們，並且對你們寬大為懷，不會高額索賠，因為我的祖先們就是這麼做的。」

一位使節微微笑了，深深鞠了一躬，司儀用銀手杖敲了地板三次，說：「會面結束。」

所有的報紙都重複了麥提說的話，他的話獲得人們廣大的讚揚。

大批群眾湧到了宮廷前，歡呼聲不絕於耳。

就這樣過了三天。麥提一直在等，大臣們什麼時候會再找他去，但是卻一直沒有等到。戰爭應該不是這樣的吧？難道戰爭的目的，是讓國王一直在學文法、做聽寫、解決算術習題嗎？

擔憂無比的麥提走入花園，這時他聽到了熟悉的布穀鳥叫聲。沒多久，他就拿到了來自菲列克的珍貴書信。

◊◊◊

我要上前線。我父親喝醉了酒，就像他之前預告的。但是他喝完酒沒有去睡，反而開始打包。他找不到水壺、摺刀和裝子彈的腰帶，以為是我拿的，於是毒打我一頓。今天或明天晚上我就要逃家。我去過車站了，士兵們答應帶我上路。如果陛下要給我指令，我會在七點等您。我在路上會需要香腸（最好是乾的）、一瓶伏特加和幾包香菸。

真是糟糕，國王竟然必須偷偷摸摸地從宮中溜出來，像是個賊。更糟的是，他在溜出來之前，還得先偷一瓶干邑白蘭地、一罐魚子醬和一大片鮭魚。

「戰爭！」麥提想：「在戰場上你甚至可以殺人。」

麥提很憂愁，但菲列克很開心。

「干邑白蘭地比伏特加好太多了！沒有香菸沒關係，我會把一些菸草葉曬乾來捲菸，之後進了部隊，他們就會發香菸給士兵了。我們的部隊很不賴，只可惜總司令是個草包。」

「什麼草包？總司令是誰？」

麥提氣得腦門充血。大臣們再一次欺騙了他。事實上，軍隊早在一個星期前就上路了，而且還打了兩場不怎麼漂亮的仗，指揮戰爭的是個老將軍──那個人啊，就連麥提的父親都說他是個蠢材（雖然，父親是在喝了點酒後才說這句話的）。在大臣們心目中，麥提可以上戰場，但是要留在安全的地方；麥提要用功讀書，而國家會保護他；當傷兵被帶到首都，麥提會去醫院探望他們；如果敵人殺死將軍，麥提會出席他的葬禮。

「怎麼可能？不是我要保家衛國，而是國家要保護我？這符合國王的尊嚴嗎？伊蓮娜會怎麼想我？」所以，身為一國之君，麥提的職責只有唸書和給女孩們買和天花板一樣高的玩偶。不，如果大臣們是這樣想的，那他們根本不了解麥提。

菲列克正吃下一把覆盆子，這時，麥提抓住他的手臂然後說：

「菲列克！」

「遵命，陛下。」

「你想當我的朋友嗎？」

「遵命，陛下。」

「菲列克，現在我要對你說的話，是最高機密。記住，你不能背叛我。」

「遵命，陛下。」

「今晚我要和你一起走，去前線。」

「遵命，陛下。」

「親我的臉，表示你的友情。」

「遵命，陛下。」

「不要叫我陛下，用『你』來稱呼我。」

「遵命，陛下。」

「我已經不是國王了，我是……等等，我要叫什麼才好？我是大拇指湯姆。我叫你菲列克，你叫我湯姆。」[2]

「遵命。」菲列克說，匆忙地把一塊鮭魚塞到嘴裡。

他們決定，今天凌晨兩點麥提會到柵欄前等菲列克。

「聽著，湯姆，如果我們有兩個人，我們要多帶一些食物上路。」

「好。」麥提不情願地說，因為他覺得，在這種緊要關頭不應該想填飽肚子的事。

外國家教看到麥提的臉頰上有覆盆子汁（菲列克親吻的痕跡），覺得不太高興。但是，連宮廷中都因為這場戰爭而一片混亂，所以他什麼都沒說。

這真是不可思議：昨天有人從王宮的食物儲藏室中拿走了一瓶才剛開封的干邑白蘭地、美味無比的香腸和半條鮭魚。這些都是家教在當上太子師時（那時候老國王還在世），就預定好的珍饈。而今天，史無前例地，這一切都被奪走了。雖然廚師很想盡快彌補損失，但在此之前，要先提出新的申請，然後宮廷委員會要蓋章，宮廷總務還要簽名，到那時候，地窖的總管才能提供一瓶新的酒。如果有人堅持要在調查結束後才批准，那麼家教就只好和親愛的白蘭地暫別一個月，或甚至更久了。

家教憤怒地倒了一杯魚油給國王，然後讓麥提提早五秒鐘下課——雖然這不符合規定。

2 大拇指湯姆，格林童話中的人物，是一個拇指大小的男孩，憑著機智冒險犯難，擊退壞人。

2.

II

「湯姆，你在嗎？」

「我在，是你嗎，菲列克？」

「是我。見鬼，好黑。我們會遇上守衛的。」

麥提花了好大一番工夫才爬上樹，然後又從樹上爬到欄杆，最後才從欄杆跳到地上。

「明明是國王，卻像個女孩一樣笨手笨腳。」菲列克看到麥提從不怎麼高的欄杆跳下來，對自己嘀咕。遠處傳來宮廷守衛的聲音：「是誰？」

「不要出聲。」菲列克小聲說。

麥提跳到地上時，手掌擦破了一塊皮。這是他在這場戰爭中受的第一個傷。

他們偷偷摸摸從路上滑進水溝，在水溝裡匍匐前進，溜過守衛眼皮底下，然後一直爬到楊樹大道，那是通往軍營的道路。他們跟著監獄大燈打出來的光線，從右側繞過軍營，通過一座橋，然後來到一條平坦的道路，直接通往軍隊的中央車站。現在出現在麥提眼前的景象，讓他想起他讀過的古代故事。沒錯，這就是軍隊紮營的地方。四處可見營火，士兵們都圍在火堆旁煮茶、聊天或睡覺。

菲列克用最短的時間找到了他們的部隊，對此，麥提並不感到驚訝。他以為，所有宮廷外的男孩都像菲列克這麼能幹。但即使在十分勇敢的男孩之中，菲列克也是出類拔萃的。車站上擠滿了人，火車每小時都會運來新的部隊。部隊經常會更換位置，不然就是更靠近鐵路，不然就是換到更適合駐紮的地方。在這一團騷亂中，是很容易迷失方向的，即使是菲列克，也好幾次站在路當中不知所措。他雖然在白天來過這裡，但是從白天到夜晚之間，許多事情改變了。幾個小時前，這裡本來有許多大砲，但是現在火車把它們帶走了，取而代之的是野戰醫院。工兵部隊移動到鐵路鋪著碎石的地方，而電信兵則接管了他們原本的位置。有些營帳燈火通明，有些營帳隱匿在黑暗中。更糟的是，還開始下雨，草地被踩得一團稀爛，走在上面，腳都會陷在泥淖中。

麥提不敢停下來，他怕追不上菲列克。他氣喘吁吁，因為菲列克幾乎是用跑的，一路上撞到許多別的士兵，也被別人撞到。

「我想，應該就在這附近。」他突然說，瞇著眼四下張望。突然，他的目光停在麥提身上。

「你沒帶外套？」

「沒有，我的外套掛在宮廷的衣架上。」

「你也沒帶背包？喂，只有愛哭鬼才會這樣去上戰場。」菲列克脫口而出。

「或是英雄。」感到受辱的麥提回答。

菲列克住了嘴，他忘了，麥提不管怎樣都是國王。但是他很生氣，現在在下雨，本來承諾要把他藏在車廂中的士兵不見人影，他帶上了麥提，但是沒有清楚告訴他要帶什麼東西上路。菲列克雖然被父親痛打了一頓，但是他身上有水壺、摺刀和裝子彈的腰帶，沒有這些東西，任何心智正常的人都不會上戰場。而麥提穿著上了漆的皮鞋（天啊），打著綠色的領帶（因為匆忙而沒有綁好，還沾了泥），這讓麥提的臉看起來很悲慘。如果不是因為眼前的問題一堆（為什麼沒有早點想到這些事呢？），菲列克還真想大笑。

「菲列克！菲列克！」突然有人在叫他。

一個大男孩走近他們，他也是志願兵，穿著軍人的大衣，看起來就像個真正的士兵。

「我特地在這裡等你。我們的部隊已經在車站了，一小時後就要上路，快點。」

「再快一點！」麥提國王想。

「這娘娘腔是誰？」男孩指著麥提問。

「聽著，我等下再和你說。這是個很長的故事，我必須帶著他。」

「哼，哼，這我可不敢保證。要不是我，他們根本不會帶上你，而你還帶了個乳臭未乾的小子來。」

「別嘰嘰歪歪。」菲列克生氣地說：「感謝他，我才有一瓶干邑白蘭地。」後面這句話，菲列克是小聲說的，免得麥提聽到。

「拿來嚐嚐。」

「我們看著辦。」

三個志願兵沉默地走了一段很長的路。最大的男孩很氣菲列克不聽他的話，菲列克則擔心自己惹上了天大的麻煩，而麥提覺得非常受辱，要不是現在必須沉默，他肯定會對那個污辱他的傢伙說句什麼話，就像受辱的國王會說的。

「聽著，菲列克。」帶頭的大男孩突然說：「如果你現在不給我那瓶白蘭地，你就自己去吧。我弄了個位置給你，你答應要聽我的話。你現在就反抗我，那我們之後要怎麼相處？」

他們開始吵架，搞不好等下會打架，但就在這時，一箱火箭彈意外爆炸，八成是有人不小心點燃了它。兩匹拉大砲的馬驚慌地抬起前腳，一團混亂中，傳來一聲淒厲的叫聲。菲列克和麥提驚魂未定，抬眼一看——為他們領路的男孩，現在已經躺在一灘血泊中，被壓斷了一條腿。

菲列克和麥提不知如何是好。要怎麼辦？他們準備好面對死亡、流血和受傷，但那應該是在戰場上——是之後才會發生的事呀。

「小孩子在這邊幹什麼？真是世風日下。」一個看起來像是醫生的人邊嘟噥，邊把菲列克和麥提推到旁邊。「讓我來猜猜：你們八成是志願兵。你們應該留在家裡吃奶，你們這些乳臭味乾的小子。」他嘀咕著，用剪刀把斷腿男孩的褲腳剪開。

「湯姆，我們閃人！」菲列克突然說，他看到醫護人員抬著擔架過來，兩位軍警也走在他們身邊。

「我們要丟下他嗎？」麥提不確定地問。

「不然怎樣？他會被送去醫院，他反正不能打仗了。」

他們躲在營帳的陰影中。過了一會兒，人都走光了，只留下一隻鞋子、一件大衣（醫護人員把斷腿男孩抬上擔架時，把他的大衣留下了），還有泥地上的一灘血。

「大衣派得上用場。」菲列克說。「等他好起來，我會還他的。」他彷彿要辯解，加了一句。

「走吧，我們去車站。我們浪費了十分鐘。」

他們費了一番力氣來到月台上，部隊剛好在點名。

「不要亂跑。」年輕的中尉說：「我馬上回來。」

菲列克向一個志願兵描述了他們的歷險，然後略帶膽怯地介紹了麥提。

「他會說什麼呢？」麥提好奇地想。

「中尉會在第一個車站讓他下車。至於你，我們已經和他討論過了，他臉色很難看。」

「欸，這位小兄弟，你幾歲？」

「十歲。」

「沒用的。如果他想要上車，可以，但是中尉會讓他下車，然後痛罵我們一頓。」

「如果中尉讓我下車，我就自己走過去。」麥提生氣地大叫。

麥提氣得流下了眼淚。怎麼會這樣？他，麥提國王，總是騎著白馬率領巡邏的隊伍，人們看見他都會從窗戶灑下花瓣，現在他為了保衛國家和人民，像個小偷一樣偷偷摸摸來到這裡，人們卻接二連三地嘲笑他。

不過，白蘭地和鮭魚倒是很快地讓士兵們眉開眼笑。

「國王喝的白蘭地，國王吃的鮭魚。」

麥提看著士兵們暢飲家教的白蘭地，心裡頗為高興。

「喂，小兄弟，你也來一杯吧，喝了你也會叫好的。讓我們看看，你有沒有上戰場的能耐。」

終於，麥提喝了他的國王祖先喝過的酒。

「滾開吧！你這像暴君一樣的魚油！」

「嘿，嘿，我們這裡有一位革命家。」年輕的下士說。「你叫誰暴君啊？不會是麥提國王吧？小子，說話可要小心點。光是一句『滾開』，就能讓你被槍斃。」

「麥提國王才不會這樣。」麥提激烈反對。

「他現在還小，誰知道長大會是什麼樣。」

麥提還想多說，但是菲列克圓滑地轉換了話題。

「我告訴你們，我們本來三個人一起走，但是突然轟地一聲巨響，我還以為是飛機投炸彈，結果是火箭彈爆炸。然後從天空中落下了一大堆火星。」

「搞屁啊，打仗要火箭彈幹嘛。」

「這樣沒有照明的時候，才看得到路。」

「然後旁邊有很重的大砲。馬嚇得抬起前腳，大砲就往我們砸了下來，我們兩個站在旁邊，而那個男孩來不及逃跑。」

「他傷得很重嗎？」

「他流了很多血，醫護人員很快就把他帶走了。」

「這就是戰爭啊。」有人嘆氣。「你們還有白蘭地嗎？為什麼火車還沒來？」

就在此時，火車發出尖銳的聲音，進站了。月台上一片鬧哄哄，大家爭先恐後地跑向火車，亂成一團。

「還不要上車！」中尉從遠處跑過來，一邊大叫。

但是他的叫聲被噪音淹沒了。

士兵們把麥提和菲列克丟上火車，像是兩件行李。兩匹馬倔強地不肯上車。有些車廂要和別的車廂分開，有些要接上。火車動了一下，發出喀拉喀拉的聲響，然後又回到原地。

有人拿著手電筒到火車上點名。之後，士兵們帶著鍋子去盛湯。

麥提彷彿看到、聽到這一切，但是他的眼皮很沉重，快要睜不開。他不知道火車是什麼時候真正開始動的。當他醒來的時候，聽到火車車輪規律撞擊鐵軌的聲音，知道他們已經全速前進了。

「我上路了。」麥提國王想，然後再次進入夢鄉。

◇◇◇

火車共有三十個貨物車廂，裡面坐著士兵。有幾個沒有牆、也沒有屋頂的車廂則裝著推車和步槍，還有一個車廂是專門給軍官坐的。

麥提醒了過來，頭有點痛。除此之外他的腳、背和眼睛也在痛。他的手又髒又黏，而且身上還奇癢無比。

「快起來，小鬼，不然你的湯要冷了。」

麥提吃不慣士兵的伙食，才吃兩口就不吃了。

「快吃，兄弟，因為沒別的東西可以吃。」菲列克勸他，但是沒什麼效果。

「我頭痛。」

「聽著，湯姆，千萬別生病。」菲列克擔憂地說：「在戰場上可以受傷，但不能生病。」

然後菲列克也突然開始搔癢。

「我老爸說得沒錯。」他說：「這些混帳已經來了。牠們沒咬你嗎？」

「誰？」麥提問。

「還有誰？跳蚤啊，或是更糟的東西。我老爸說，在戰場上這些小東西比子彈還難搞。」

麥提知道那個不幸的國王僕人的故事，他想：「那隻讓國王如此憤怒的昆蟲，它到底長什麼樣子？」但是他沒時間細想，因為下士突然叫：「快躲起來，中尉來了！」

士兵們把麥提和菲列克藏到車廂角落，掩護他們。

大家清點了衣服，發現有人缺這缺那。剛好在車廂裡有個士兵是裁縫，他熱愛自己的職業，很高興可以在無聊沉悶的旅途中，為志願兵縫製軍服。但是說到鞋子的情況，就比較糟糕了。

「聽著，小伙子們，你們真的想打仗嗎？」

「我們就是為此而來的。」

「是這樣沒錯，但是行軍很辛苦。對士兵來說，鞋子的重要性僅次於步槍。你的雙腳健康，你就還是個士兵，你的腳擦傷了，你就和乞丐或一條死狗沒兩樣，一點用處都沒有。」

他們就這樣聊著天，緩慢地行進。火車三不五時停下來等待。有時候他們會在車站停一個小時，或是移到旁邊的軌道，這樣才能讓比較重要的火車先行通過。有時候，火車站擠滿了火車，無法開入，他們就會退回上一站，或是停在車站外幾俄里處[1]，等待進站。

士兵們唱著歌，隔壁車廂有人吹起口琴，他們甚至在月台上跳起了舞。這些等待的時光對麥提和菲列克來說特別漫長，因為他們不被允許離開車廂。

「不要往外張望，中尉會看到你們的。」

麥提覺得好疲累，好像他不是經歷一場戰役，而是同時經歷五場。他想要休息，但是睡不著，因為渾身癢個不停。他想要出去，但是不行，而車廂裡很悶。

「嘿，你們知道我們為什麼要在這裡等這麼久嗎？」一個士兵帶著新消息走過來，他精神奕奕、興高采烈，他不斷跑到別的車廂，聽別人說話，然後再回來轉述。

「為什麼？一定是敵人把橋炸了，或是鐵軌壞了啊。」

「不，我們的軍隊把橋保衛得好好的。」

「那就是煤炭準備得不夠，因為鐵路部門的人不知道會有那麼多火車。」

「或是間諜破壞了蒸汽機。」

「不是。所有的火車都停下來了，是因為皇家火車即將駕到。」

1　俄里是古代俄羅斯的長度單位，大約是一點零六公里。

「哇靠，誰會搭這輛火車來？該不會是麥提國王本人吧。」

「哼哼，前線需要他嘛。」

「需要或不需要都不重要，他是個國王，就這樣。」

「現在的國王都不上戰場了。」

「其他的國王可能不會上戰場，但麥提會上戰場。」麥提突然插嘴，雖然菲列克拉了拉他的外套要他別說話。

「所有的國王都一樣。以前也許和現在不同啦。」

「我們怎麼知道以前是怎樣。也許那時候的國王們也躺在羽毛被底下睡大覺，但是沒有人記得，所以他們說謊。」

「他們沒有理由撒謊。」

「那你說說，有多少個國王在戰爭中被殺，又有多少個士兵被殺？」

「嗯，那是因為國王只有一個，而士兵有很多個啊。」

「你還想要更多國王喔？一個國王就已經夠麻煩了。」

麥提不敢相信自己的耳朵。他聽了那麼多人民愛戴國王的美言，尤其是來自軍隊的。昨天他還以為，他必須隱藏自己的身份，這樣人們才不會因為出於對國王瘋狂的熱愛而對他做什麼壞事。現在他看到，就算人們發現他是誰，這事實也不會引起任何人的讚嘆。

真奇怪：軍隊上前線，是為了他們並不愛的國王而戰。

麥提很擔心，士兵們會不會說他父親的壞話。但是他們沒有這麼做，反而稱讚他：

「已故的老國王不喜歡戰爭。他自己不喜歡打仗，也不會強迫人民上戰場。」

聽到這句話，麥提心中沉重的一塊大石頭落了地。

「而且說真的，國王要在戰場上做什麼？在草地上睡一晚，第二天就會流鼻涕。跳蚤不會讓他睡好覺。軍服的氣味讓他頭痛。他這麼細皮嫩肉，鼻子也特別敏感。」

麥提是個公正的人。他無法反駁士兵們的話。他昨晚睡在草地上，今天鼻涕就流不停。他頭痛，而且全身癢得要命。

「嗯，小伙子們，我們別煩惱這些吧，反正也不能做什麼，還是來唱首令人開心的歌吧。」

「上路了！」有人大喊。

火車真的很快地開動了。很奇怪：只要有人說火車要停留很久，火車就會突然開始動，士兵們於是急急忙忙跳上車，好幾個人來不及上車，就被留在後頭。

「他們大概是要教我們隨時留神，不要東張西望。」有人猜測。

他們來到一個比較大的車站。正如之前那個士兵所說的，一個大人物即將到來。四處飄揚著旗子，幾個穿著體面的士兵在場恭候，還有幾位身著白衣的女士，以及兩個小孩手裡捧著美麗的獻花。

「戰爭大臣坐著皇家火車來到前線了。」

麥提他們坐的火車再一次被移到旁邊的軌道，並且在那裡停留了一晚。麥提又餓、又累、又難過，他整晚睡得很沉，什麼都沒夢到。

一大早，就有人來清洗、打掃車廂，中尉跑來跑去，親自檢查一切。

「小伙子們，得把你們藏起來，不然就有大麻煩了。」下士對麥提和菲列克說。

菲列克和麥提來到了鐵道員簡陋的小房間。鐵道員好心的太太接待他們，也很好奇地東問西問，覺得從小孩身上也許可以套出更多訊息。

「喔，孩子們。」她哀嘆：「你們幹嘛來這裡參加戰爭，去上學不會比較好嗎？你們在軍隊待了很久嗎？你們去了哪裡，要到哪裡去？」

「好心的女主人，」菲列克陰沉地回答：「我們的父親是個排長。我們上路時他告訴我們，一個好士兵的腳要用來行軍，手要用來拿槍，眼睛要留意四周，耳朵要仔細聽風吹草動，而舌頭呢，則要留在牙齒後，只有在喝湯的時候才伸出來。一個拿槍的士兵只能保護他自己，但要是說錯了話，害的就不只是自己，還可能是整個部隊。我們從哪裡來，要到哪裡去？這是軍隊的機密。我們什麼都不知道，也什麼都不會說。」

鐵道員的太太驚訝地張大了嘴巴。

「誰會想到，你年紀小小，講起話來卻那麼老練。你說的沒錯，軍隊中有很多間諜，他們穿上部隊的衣服，東問西問，一得到消息就立刻回報給敵人。」

出於尊敬，鐵道員的太太給他們泡了熱茶，還給了他們香腸。

麥提吃了一頓美味的早餐，不只如此，還好好梳洗了一番。

「皇家火車駕到了！皇家火車駕到了！」有人大聲呼喊。

菲列克和麥提爬到牛棚旁的梯子上，往遠處張望。

「來了。」

一輛有著大窗戶的美麗載客火車駛入車站。樂隊演奏國歌，而在窗戶後方則站著麥提熟悉的戰爭大臣。

戰爭大臣和麥提短暫地四目交會。

麥提抖了一下，很快低下頭：如果戰爭大臣認出他的話，會怎麼樣？

但是戰爭大臣沒有認出麥提。第一，他的心思專注在更重要的事情上；第二，麥提逃跑後，總理大臣向大家隱瞞了這件事（細節我之後會再交代）——麥提的替身還在戰爭大臣離開首都時，祝他一路順風呢。

外交大臣命令戰爭大臣準備和一個國家交戰，但事實上，他要和三個國家打仗。

戰爭大臣現在必須好好思考：說「去吧，去打仗」很簡單，但是你可是有三個敵人打算給你好看啊！就算收拾了一個、兩個那又怎樣？如果第三個敵人打敗了你，那還是白忙一場。

士兵的人數也許夠，但是沒有足夠的槍、大砲、軍服。於是，戰爭大臣想出了這個辦法：首先，出其不意地攻擊第一個敵人，拿走他的軍備，然後再去攻打第二個敵人。

麥提看到軍隊在戰爭大臣面前立正站好，給他獻花，樂團也不停地演奏，他覺得有點難過。

「這一切本來應該屬於我。」他想。

但是麥提是個公正的人，他對自己解釋：沒錯，去閱兵、聽音樂、接受獻花是很容易的事。但是，小麥提，你知道怎麼帶兵打仗嗎？畢竟你連地理都不懂啊。

那麥提知道什麼呢？他知道一點關於河川、山脈和島嶼的事，知道地球是圓的，繞著太陽轉，但是戰爭大臣必須熟悉所有的堡壘、道路、森林小徑。麥提的高祖父打過一場漂亮的勝仗，因為當敵人來攻打他的時候，他躲入森林，然後等敵人深入森林後，他穿過濃密的小徑從後方襲擊，把敵人打得落花流水。敵人以為，他會在前面遇到高祖父的軍隊，但是高祖父的軍隊則從後方出其不意地發動攻擊，還把敵人推進了沼澤。而麥提熟悉自己的森林和沼澤嗎？

他現在就在認識它們。當他在首都的時候，他只認識自己的御花園。當他離開王宮，他會認識自己所有的領土。

士兵們嘲笑麥提，有他們的道理。麥提還是個小國王，還有很多事要學。真是遺憾，戰爭在他登基沒多久就爆發了。如果再等個一兩年，那該有多好。

◇◇◇

現在我必須告訴你們，王宮裡的人發現國王不見後，發生了什麼事。

僕人的總管早上來到國王的寢室，不敢相信自己的眼睛：床鋪亂成一團，而麥提不見蹤影。

總管是個聰明人。他鎖上寢室，跑到還在夢鄉中的宮廷司儀那裡，把他叫醒，對著他的耳朵悄聲說：「尊貴的司儀，國王不見了。」

宮廷司儀極度小心、極度祕密地打了個電話給總理大臣。

不到十分鐘，三輛車就以瘋狂的速度趕到王宮，上面載著總理大臣、內政大臣和警長。

「他們綁走了國王。」

這很明顯。敵人很想要綁架國王。軍隊要是知道國王不在了，就不會想要打仗——然後，就能不費吹灰之力拿下首都。

「有誰知道國王不在了？」

「沒有人。」

「很好。」

「我們只需要知道，麥提是被綁走，還是被殺。警長，請你去調查。我一個小時後等你回覆。」

御花園裡有個池塘。也許他們在那裡淹死了麥提？大臣們從海防部借來了潛水衣，有鐵製的頭盔，還有一個管子，幫浦可以透過管子提供空氣。警長戴上頭盔，潛到池塘底部來回搜尋，海軍士兵則從上面用幫浦給他打空氣。但是，警長並沒有在池中找到麥提。

醫生和貿易大臣也被找進了王宮。雖然所有的一切都祕密進行，但還是必須對外面的人說些什麼。畢竟宮裡的僕人們看到大臣們一早就在宮中忙進忙出，他們知道，一定發生了什麼事。

於是大臣們說：麥提生病了，醫生要他早餐吃小龍蝦，這就是為什麼警長會去潛水。

大臣們也對外國家教說，麥提今天一整天都要待在床上休養，不會去上課。因為醫生在場，大家於是相信這整件事是真的。

「嗯，好啦，所以我們可以不用煩惱今天了。」內政大臣說：「但是明天怎麼辦？」

「我是總理大臣，我可是靠著過人的機智才爬到這個位置的，你們等著瞧。」

貿易大臣來到王宮了。

「您還記得那個麥提命人買給伊蓮娜的娃娃嗎？」

「當然記得！財政大臣還為此和我吵了一架，說我們花錢買無聊的蠢東西。」

「我現在就要您去那家工廠，告訴他們：明天我們就要一個根據麥提肖像製作的娃娃。這娃娃一定要惟妙惟肖，讓每個看到的人都認不出來這是娃娃，還會以為它就是真正的麥提。」

警長從水池裡出來，為了掩飾，他特地從裡面抓出了十隻小龍蝦，然後發出許多噪音、唯恐天下不知地把小龍蝦送進了御廚房。接著，醫生寫下藥膳的食譜：

藥方

小龍蝦湯

十隻小龍蝦

每兩小時喝一湯匙

幫國王製作娃娃的工廠老闆聽到，貿易大臣在辦公室裡等他，樂不可支地想：「一定是國王又有了什麼新主意。」

他很需要這個訂單。自從戰爭爆發，幾乎所有的當父親當叔伯的人都上戰場了，沒有人有心情買娃娃。

「老闆，我們這是急件，娃娃必須明天做好。」

「這很困難。幾乎所有的工人都去打仗了，只留下女工和生病的工人。因為這場戰爭，我們簡直忙不過來，所有的父親在上戰場前都會給小孩買娃娃，這樣他們就會乖乖聽話，不會因為思念父親而哭鬧。」

工廠老闆撒了個瞞天大謊。他的工人們沒有一個上戰場，他付他們的薪水少得可憐，每個人都又餓又病，根本無法通過體檢去打仗。他也沒有任何訂單，他會這麼說，純粹只是因為想要獅子大開口，大撈一筆。

當工廠老闆聽到，這個娃娃是要仿製麥提本人，他的眼睛都在笑了。

「聽著：國王必須四處奔波，出席各種場合，這樣大家才不會認為國王害怕戰爭，躲在宮中。但是，幹嘛要這麼折騰孩子呢？可能會下雨，麥提也許會感冒什麼的。您瞧，我們做這一切都是為了呵護國王的健康。」

工廠老闆太聰明，聰明到猜得出來事情背後必有蹊蹺，貿易大臣那些場面話只是拿來掩飾真相的。

「所以一定明天就要？」

「明天早上九點。」

工廠老闆拿起筆，開始東算西算——麥提娃娃當然要用上好的陶瓷製作，他不知道他是否有足夠的材料。沒錯，上好的陶瓷一定很貴。要多付工人一點錢，這樣才能封他們的口。他的機器壞了，修好機器也要花很多錢啊！然後，因為接了這個訂單，原本的訂單必須延後。他算來算去，算了很久。

「貿易大臣，如果不是戰爭……我明白，現在錢要用在刀口上，軍隊和大砲都要錢……如果不是這場戰爭，你們應該要付雙倍的錢。但是因為有戰爭，所以只要付這麼多，您看看，這是最後的價格……」

然後他說了一個價錢，貿易大臣一聽到，就慘叫了一聲。

「這根本是搶劫。」

「大臣啊，您這麼說是對我國工業的污辱。」

貿易大臣打電話給總理大臣，因為他很怕要付那麼一大筆錢。但是他又怕有人聽到這場對話，所以他把「娃娃」二字換成了「大砲」。

「總理大臣，他們的大砲超級貴。」

總理大臣立刻明白了貿易大臣的意思，於是他說：「不要討價還價，只要告訴他，這個大砲要一拉繩子就能敬禮。」

電話接線生覺得很奇怪，到底是哪一種大砲要會敬禮？工廠老闆則開始抱怨：他接這個訂單根本是做賠本生意，讓娃娃敬禮不是他的專長，這應該是機械師傅或鐘錶師傅的事。他是一個殷實的工業家，不是魔術師。麥提可以眨眼睛，但是敬禮？不，真是夠了。不過，最後他還是同意了，而且沒有降半毛錢。

貿易大臣滿頭大汗、飢腸轆轆地回到了家。

警長滿頭大汗、飢腸轆轆地回到了宮殿。

「我已經知道敵人是如何綁架麥提的。我仔細調查了一切，事情是這樣的：麥提在睡覺的時候，敵人用布袋罩住他的頭，把他帶到御花園長著覆盆子的地方。在覆盆子樹叢之間有一塊被人踩過的草地，麥提就是在那裡昏倒的。為了叫醒他，敵人給他吃覆盆子和櫻桃，我們在現場可以看到六顆櫻桃子。當敵人把麥提從柵欄上方抬過去的時候，麥提一定有掙扎，因為在樹幹上可以看到一些血跡。為了讓人認不出來，敵人讓麥提坐在牛上，我親眼看到地上有牛的蹄印。之後這些足跡通往森林，我就是在那裡發現布袋的。我們一定可以找到還活著的麥提，只是不知道要去哪裡找，因為我沒有很多時間，為了不洩漏祕密，也沒有很多人可以問。我們得看好那個外國的家教，因為他很可疑，他在問：他能不能探望麥提。這邊是櫻桃子和我找到的布袋。」

總理大臣把布袋和櫻桃子收進一個盒子，上了鎖，還用紅色的臘封起來，然後在上面用拉丁文寫了「證據」二字。

因為大家都這麼覺得：如果你不知道某事，也不希望別人知道此事，你就用拉丁文寫。

隔天，戰爭大臣和國王道別，動身去前線。麥提娃娃什麼也沒說，只是敬了個禮。

同時，在所有的街角都貼了告示，告訴首都的人們，他們可以安心工作，因為每天麥提國王都會乘著車，到街上散步。

◊　◊　◊

戰爭大臣的計畫進行得很順利。三個敵人都認為，麥提的軍隊會同時對所有人發動攻擊，但是戰爭大臣卻把所有的士兵集中在一處，全力攻擊一個敵人，也得勝了。軍隊獲得了許多裝備，並且把步槍、鞋子和背包分發給沒有這些東西的士兵。

大家在分配戰利品的時候，麥提剛好在前線。

「你們也是士兵？」負責分發衣服和鞋子的軍需官看到麥提和菲列克，驚訝地問。

「我們和其他士兵沒什麼不同。」菲列克說：「只是年紀比較小一點。」

每個人都得到了一雙鞋、手槍、步槍和背包。菲列克甚至覺得遺憾，他拿了父親的腰帶和摺刀，還因此被痛打一頓，根本沒必要。但是誰又能料到。戰爭會帶來什麼樣的驚喜呢？

人們說，總司令不是很聰明，這還真不是空穴來風。他拿了戰利品，本該往後退，在當地挖壕溝，但是他沒有這麼做，反而往前進。他拿下了五、六個城市（根本沒必要），然後才命人挖壕溝，但為時已晚，因為其他兩個敵人已經趕來幫忙第一個敵人。

人們是後來才說這些的。但是在事情發生時，麥提的部隊什麼都不知道，因為在戰場上，所有的一切都是最高機密。

命令說，現在要去這裡去那裡，命令說，現在要做這個做那個。聽到命令就去做，什麼都不要問，也什麼都不要說。

當他們來到被征服的外國城市，麥提很喜歡那裡的一切。他們睡在舒服的大房間裡，雖然是睡地上，但總比睡在擁擠的農舍或草地上強。

麥提滿懷期待地等著第一場戰役。目前為止，他已經聽了許多關於戰爭的趣事，但是從來沒親眼看過。真可惜，他們來晚了一步。

他們在那座城市只停了一夜，第二天就去了別的地方。

「現在停下來，挖壕溝。」

麥提完全不知道現代的戰爭長什麼樣。他以為在戰場上只有打鬥、策馬追擊和用馬蹄踩爛敵人。挖壕溝、在壕溝前架鐵絲網、一個禮拜都待在壕溝裡——這些麥提壓根沒想過，所以這是他不太想做這些事的原因。他很累，而且很虛弱，全身痠痛。和敵人戰鬥是國王的工作，而挖壕溝，其他人都做得比他好。

而在戰場上，一個命令後面還有另一個命令。要趕快，因為敵人逼近了。甚至在遠處，已經可以聽見大砲的轟隆聲。

有一次，工兵上校開車衝了過來，握拳大吼，威脅要把不好好挖壕溝的人槍斃。

「明天就要打仗了，而他們什麼也不做。」

「這兩個傢伙在這裡幹嘛？」他震怒地吼：「這對像是阿山阿樹兄弟的小子是從哪來的？」[2]

2　原文是Waligóra和Wyrwidab，是波蘭民間故事中的一對大力士雙胞胎，他們名字的意思是「把山剷平的人」和「把橡樹拔起來的人」，中譯為了精簡，改為「阿山」、「阿樹」。

工兵上校的憤怒有可能會全部轉移到麥提與菲列克身上，但幸運的是，這時他們頭頂傳來敵軍飛機的轟隆聲。

上校透過望遠鏡望向天空，但是很快就轉過身，坐上車跑走了。砰——砰——砰，連續掉下三顆炸彈，沒有人受傷，但是大家都跳進了挖好的壕溝裡，因為那裡最安全。

炸彈和大砲的構造是這樣的：裡面有許多子彈和鐵片。當彈砲射出的時候，裡面的子彈和鐵片會往四面八方飛去，讓人受傷或死亡。如果你躲在壕溝裡，子彈和鐵片會從你頭上飛過，但打不到你。有時候，彈炮會打到壕溝裡，但發生的機率很低，因為彈砲的射程只有幾俄里，在這樣的距離下，很難把目標對準壕溝。

這三顆炸彈教會了麥提許多事。他不再抱怨、反抗，而是拿起鏟子奮力挖掘，直到他累得不能再挖為止。然後，他就像一塊木頭般滾進壕溝，沉沉睡去。士兵們沒有叫醒他，而是就著火箭彈的光亮，徹夜挖掘壕溝。然後，隨著清晨來臨，敵人的第一波攻擊也開始了。

四個騎著馬的騎士出現了。這些人是偵察兵，他們的任務是來確認麥提的部隊所在的位置。麥提的部隊對這些人開槍，一個士兵落馬（八成死了），另外三個逃走了。

「馬上就要開打了！」中尉下令：「待在壕溝裡不要動，拿好步槍，靜靜等待。」

果然，敵軍沒多久就出現了。兩方都開始射擊，只是麥提的部隊躲在壕溝裡，他們只聽到子彈從頭上飛嘯而過的聲音，但沒有受傷。另一方面，敵軍則從曠野中穿過，走在麥提的部隊射出的子彈中。

麥提現在明白，昨天上校這麼生氣是有道理的。他也明白，在戰爭中每個命令都必須以最快的速度完成，不能多餘地嚼舌根。

沒錯，平民可以決定自己要服從命令或不服從，可以拖拖拉拉又耍嘴砲，但是軍隊只知道一件事：「命令一定要儘快完成，而且使命必達。」

前進就是前進，後退就是後退，挖壕溝就是挖壕溝。

戰役進行了一整天。最後敵人終於明白，他們無法攻下麥提部隊的據點，再戰只會讓自己的士兵白白犧牲，因為鐵絲網擋住了他們。於是他們撤退，開始挖壕溝。但是在和平時期、在沒有人干擾的情況下挖壕溝是一回事，而在槍林彈雨下挖壕溝又是另一回事。

夜晚，三不五時就有火箭砲發射，所以大家看得見一切——雖然雙方都比較少開火了（因為大家很累了，輪流睡覺和開槍），但是戰役依然持續進行。

「我們沒有打敗。」士兵們高興地說。

「我們沒有打敗。」中尉向參謀部報告，他們在戰役開始前及時裝上了電話。

士兵堅定地守住了據點。這就是為什麼當部隊在隔天接到撤退的命令時，他們既驚訝又憤怒。

「為什麼？我們挖了壕溝，擋下了敵人，我們可以繼續防守！」

如果麥提是中尉，他一定不會服從命令。這一定是場誤會。上校應該親自來現場看看，他們打了一場多麼漂亮的仗。敵人死傷如此眾多，而他們只有一個人手受了傷，因為當他在壕溝裡開槍時，手伸得太高，擦到了敵人的子彈。上校遠在天邊，他怎麼可能知道這裡的一切？

有一瞬間，麥提準備好要站起來大叫：「我是麥提國王！上校愛下什麼命令是他的事，但是我不允許撤退，國王比上校有權力。」

但是他沒有這麼做，因為他不知道人們會不會相信他，還有，會不會嘲笑他。

再一次，麥提確認了一件事：在戰場上不能討論，而是要儘快完成命令。

真是可惜呀，他們必須放棄花了那麼多時間和心血挖好的壕溝，還有部分的糧草、麵包、糖和豬油。當他們經過村莊，聽到村民們驚訝地問：「你們為什麼逃跑？」這也多麼令人難受。

在路上，上校還派人快馬送來了信，要他們加速前進，不要停下來休息。

說的比做的容易：他們已經連續兩晚沒睡好，一個晚上挖壕溝，另一個晚上和敵人交戰，不休息就往前是辦不到的。而且他們的存糧不夠，大家的心情也不好，既憤怒又擔憂。如果是往前，那你還可以拿出最後一點力氣，但是撤退——那連最後一點力氣都拿不出來了。

他們走著、走著、走著、走著，突然，子彈從左右兩邊同時飛了過來。

「我懂了！」中尉大叫：「我們前進的時候走得太遠，而敵人從後面包抄了我們。上校叫我們快逃是對的，不然敵人會把我們全部俘虜。」

「真是太棒了，現在換我們要穿過這槍林彈雨。」一個士兵氣呼呼地說。

喔，真是艱難啊！現在是敵人躲在壕溝裡從兩邊向他們發射子彈，而他們則要在槍林彈雨中逃亡。

◊◊◊

現在麥提明白，為什麼在開會討論時，大臣們會提到鞋子、糧草和乾糧。

如果背包裡沒有乾糧，士兵們就會餓死，因為連續三天他們只能吃乾糧。他們輪流睡覺，一個人只能睡幾小時。他們的腳因為行軍而受傷，血都在鞋子裡發出汨汨聲。

他們像是影子一樣安靜地穿過森林逃亡，中尉不停看地圖，想找到某個山谷或密林，讓他們可以停下來躲藏。

敵軍的偵察兵一次又一次地出現，來追蹤他們逃亡的路線，這樣就可以繼續追擊。

如果你們看到那時候的麥提，你們一定會很驚訝。他變得又瘦又乾，彎腰駝背，身形比以前更瘦小了。許多士兵扔下了自己的步槍，但是麥提緊緊地用麻木的手指抓住自己的步槍。

這幾天他經歷了這麼多事！

「父親，父親，」麥提想：「喔，要當一個指揮戰爭的國王，是一件多不容易的事。我對敵人說：『我們不怕，我會像我偉大的曾祖父一樣打敗你們。』說這句話很簡單，但做起來很難。

喔，我那時候真是個輕率的孩子。我只想到，我會身騎白馬離開首都，而人們會對我撒下花瓣。但我沒有想到，會有多少人死。」

人們被子彈射中倒下。麥提能夠活下來，或許是因為他個子很小。

喔，當他們終於遇到自己的軍隊，而且不只是軍隊，還有挖好的壕溝，他們是多麼高興啊！

「現在他們會嘲笑我們了。」麥提想。但是他很快就認識到，即使在戰場上，也有正義。

當麥提的部隊在壕溝裡吃飽喝足了，上級命令他們到後方去。

新的士兵跳進壕溝，開始對敵人開槍，而他們繼續走了五俄里，來到後方，在一個小鎮休息。

在小鎮的廣場，工兵上校迎接了他們，但是他一點也沒生氣，只是說：「現在你們這些勇士知道，為什麼我們需要壕溝了嗎？」

喔，他們知道了，而且這堂課的學費好高啊。

之後，他們把士兵分成兩批：一批是丟下了步槍的，另一批是沒有丟下步槍的。沒有丟下步槍的士兵，將軍親自對他們說：「你們保衛了自己的武器，我要嘉許你們。真正的英雄不是靠成就來論斷，而是看他在落難時的表現。」

「你們看，這裡有兩個小孩！」工兵上校大喊。「是阿山和阿樹兩兄弟，讓我們為他們歡呼！」

之後在大家口中，菲列克就成了阿山，而麥提成了阿樹，人們已不會叫他們的本名了。

「喂，阿山，把那桶水提過來。」

「阿樹，把柴丟進火裡。」

部隊愛上了這兩個男孩。在休息的時候，他們得知，戰爭大臣和總司令大吵了一架，是麥提國王讓他們和好的。

麥提不知道在首都有個他的娃娃替身，他只是覺得很奇怪，人們談論他的方式彷彿他還在王宮。麥提還是個很年輕的國王，他不知道外交是什麼。而外交——就是謊報一切，這樣敵人才不會得知任何消息。

於是他們休息了，也吃飽了，然後在壕溝中據守。開始了所謂的塹壕戰。意思是，麥提的軍隊和敵軍都會朝對方開火，但是子彈會在所有人頭頂飛來飛去，因為士兵們都躲在地下的壕溝裡。只有在他們覺得無聊時，他們才會發動攻擊。有時候是麥提的軍隊，有時候是敵軍。他們會往前走幾俄里，或是往後退幾俄里。

士兵們在壕溝中走動，玩遊戲，唱歌，打牌，而麥提則努力地學習。

麥提的老師是中尉，他也在壕溝中覺得無聊。他早上會派守衛觀察敵軍有沒有要來攻擊，打電話給參謀部，報告一切正常——然後接下來一整天都沒事做。所以他很樂意教導小阿樹。和他一起上課很有趣。麥提坐在壕溝中，學習地理，學唱童軍歌曲〈雲雀〉。除了有時候子彈會從頭頂飛過，氣氛很愉快而且安靜。

突然，傳來一陣像狗兒哀鳴的聲音。

開始了！

這裡是野戰的小砲。

而那裡：砰！砰！大砲發出巨響。

開始了。步槍的聲音像蛙鳴一樣綿延不絕，一下子彷彿口哨，一下子發出嘶聲，砰砰！咚咚！轟隆！轟隆！

攻擊大概持續了半小時到一小時。有時候砲彈會掉入壕溝然後爆炸，殺死幾個士兵，讓幾個人受傷。但是大家對此已習慣了，不會有太多反應。

「真可惜，他是個好傢伙。」

「願他獲得永恆的安息。」大家為死者禱告，醫生接著照顧傷兵，晚上他們會被送到野戰醫院。

沒辦法，這就是戰爭。

麥提也無法避免地受了傷。要去醫院讓他覺得很難過，這只是個小傷啊，甚至骨頭都沒傷到，但是醫生很堅持他一定要去醫院。

四個月來第一次，麥提躺在床上。啊，多麼幸運。床墊、枕頭、被子、白色的床單、棉布毛巾、床邊的白色小桌子、杯子、盤子，湯匙和他在宮殿裡用的還有點像。

他的傷很快就好了。護士和醫生都很和善，如果不是因為在這裡很不安全，麥提甚至會覺得愉快。

「你們看，他長得真像麥提國王啊。」有一次，上校的妻子說。

「真的耶，難怪我覺得他有點面熟，但想不起來像誰。」

然後他們想給他拍照，寄去報紙。

「我才不要。」

人們對他說，如果麥提國王看到軍隊中有年紀這麼小的士兵，搞不好會給他一個獎牌。他們說破了嘴，但麥提依然沒有改變心意。

「小笨蛋，把照片寄給你爸爸看，他會很高興的。」

「不要就是不要！」

麥提受夠了這些照片。而且他的恐懼是有理由的，如果人們認出他，猜出他是誰，那可怎麼辦。

「不要煩他啦，他已經說了他不想拍。也許他是對的，如果麥提國王知道自己每天坐車在首都逛來逛去，而他的同輩卻在戰場上受傷，他搞不好會生氣。」

「靠北，他們口中的麥提到底是誰？」麥提想。他用了「靠北」這個字，因為他早已忘了宮廷的禮儀，反倒學會了士兵的語言。

「還好我逃出來了，而且人在前線。」他又想。

醫院的人不想讓麥提出院。他們甚至請求他留下來，說他在這裡很有幫助：他可以給傷兵倒茶，在廚房當幫手。

麥提氣得半死。

不，他才不要！就讓那個在首都的麥提去醫院送禮物、去參加軍官的葬禮吧！他，真正的麥提國王，會再一次進入壕溝。

於是，他回去了。

◊◊◊

「菲列克呢？」

「他不在。」

菲列克在壕溝中覺得很無聊。他是個好動的男孩——在同一個地方待著簡直要他的命，而現在他要在壕溝中待上好幾個禮拜，頭都不能伸出去，因為敵軍會開槍射擊，而中尉會火大。

「你到底要不要把你那愚蠢的頭低下去？」中尉大喊：「他們會對笨蛋開槍，之後我們還要把笨蛋送進醫院，給他療傷。我們問題已經夠多了，拜託不要再添麻煩。」

中尉喊了一兩次，第三次就把菲列克送去關禁閉，只讓他吃麵包和喝水。事情的經過是這樣的：

敵人的壕溝更換了部隊。原本的部隊去休息，而新的部隊在晚上交接。他們的新壕溝現在如此靠近，一方在大喊，另一方都聽得到。所以兩方現在開始互相叫陣了。

「你們的國王是個乳臭味乾的小子。」壕溝中的敵軍喊。

「而你們的是個又弱又廢的老頭。」

「你們窮死了，鞋子都有破洞。」

「你們根本吃不飽，你們喝的不是咖啡，是有咖啡味道的水。」

「有種過來喝喝看啊。」

「你們的俘虜在我們這裡狼吞虎嚥，平常都沒吃飽吧。」

「你們才是餓鬼、窮鬼，衣服破破爛爛。」

「你們上次逃得還真快，像是腳底抹了油。」

「但是在我們逃走之前，你們還不是被我們打得慘兮兮。」

「你們連開槍都不會，你們的子彈都打到烏鴉了。」

「那你們又好到哪裡去？」

「我們當然知道怎麼開槍！」

菲列克氣得從壕溝中跳出來，背對敵人，彎下腰，把大衣撩起來，大叫：「那你們就試試看啊！」

敵人連開四槍，但是都沒有射中。

「哈，真是神槍手。」

士兵們哈哈大笑，但是中尉很生氣，於是把菲列克關禁閉。

禁閉室是一個很深的地洞，洞穴中鋪著木板。士兵們從破舊的農舍中拿來木板，把它鋪在地洞中，做成牆壁、地板、涼亭，這樣洞穴才不會被雨打溼，弄得到處都是泥濘。

菲列克只在這個木籠中待了兩天，因為後來中尉就原諒他了。但是即使如此，他也無法再忍受了。

「我不想當步兵了。」

「那你要去哪裡？」

「我要去空軍。」

剛好，麥提的國家正缺汽油。沒有汽油，飛機很難承載很重的東西。於是軍隊頒布了一道命令：只有最輕的士兵才能坐上飛機。

「喂，香腸，你要不要去試試看啊。」士兵們這麼開一個胖子的玩笑。

大家討論了一會兒，決定讓菲列克去。畢竟，還有誰會比十二歲的男孩更輕？飛行員開飛機，而菲列克則會投炸彈。

菲列克不在，這讓麥提有點擔心，又有點高興。

菲列克是唯一知道麥提真實身份的人。確實，是麥提自己要求菲列克，要他叫他湯姆。但是，菲列克真的把他當成平輩看待，這又有點不對勁。而且，如果他確實把麥提當成平輩，那還算好。麥提比菲列克小兩歲，於是菲列克會輕視麥提。比如說，菲列克會喝伏特加、抽菸，如果有人也想讓麥提試試看，菲列克就會說：「不要給他，他還小。」

麥提不喜歡喝酒也不喜歡抽菸，但是他想要自己說：「不，謝謝。」而不是由菲列克來幫他說。

當士兵在夜晚出去偵查，菲列克每次都會說：「不要帶他去，他能幫到你們什麼呢？」於是，士兵就帶了菲列克去。

偵查是很危險、困難的工作。你必須不發出一點聲音地匍匐前進，來到敵人的鐵絲網前，用剪刀剪斷鐵絲網或是找到敵人隱藏的哨崗。有時候你得躺在同一個地方整整一小時，因為如果敵人聽到任何風吹草動，他們就會向你開槍或射火箭炮。士兵們不忍心讓麥提受苦，因為他年紀比較小，又比較細皮嫩肉，所以他們比較常帶菲列克去，而麥提因此感到難受。

現在只剩下麥提一個人了，於是他為部隊做出了很多貢獻：他拿食物去給哨兵，他爬過鐵絲網底下潛入敵人的壕溝，他甚至還變裝，溜到敵人的陣營兩次。

麥提把自己裝扮成一個牧羊人，爬過鐵絲網，走了兩俄里路，坐在一個頹傾的農舍前，開始抽抽噎噎。

「你哭什麼？」一個士兵發現他，問。

「我怎麼能不哭？我們的農舍被燒了，媽媽走了，我不知道她去了哪裡。」

士兵們把麥提帶到參謀部，給他喝咖啡，這讓麥提覺得很糟。

啊，這些好心人給他吃喝，還給他舊衣服穿，因為他渾身發抖（他為了不讓人認出來，身上只裹了件破布）。啊，這些人真是善良，而他，麥提，則欺騙了他們。

麥提本來已經打算，不要對軍官們說任何事。就讓他們認為他是個什麼都不知道的笨小子，以後不會再叫他來偵查敵情。他不想當間諜。但就在這時，敵軍的軍官叫他過去。

「小子，你叫什麼名字？」

「我叫湯姆。」

「聽著，湯姆，如果你願意，你可以留在軍隊裡，直到你媽媽回來。我們會給你衣服、食物和錢。但是你必須到敵人的軍隊那裡，看他們的火藥庫在哪裡。」

「火藥庫是什麼？」麥提裝傻。於是，軍官們把他帶到火藥庫，告訴他砲彈、炸彈和手榴彈分別在什麼地方，還有火藥和存糧又在哪裡。

「你現在知道了？」

「知道了。」

「那你現在就去敵軍那裡看看，他們把這些東西藏在哪裡，然後回來向我報告。」

「好。」麥提答應了。

敵軍的軍官很高興，這麼容易就可以刺探到敵方的軍情。他甚至高興到給了麥提一整塊巧克力。

「所以就是這樣？」麥提鬆了一口氣地想：「如果我必須當間諜，那我還是寧願當我軍的間諜。」

敵軍把麥提送到壕溝，然後讓他上路。為了不讓別人聽到麥提的腳步聲，他們對空中開了幾槍。

麥提回來了，他很高興，一邊吃巧克力，一邊四肢並用匍匐前進。

突然傳來砰、砰兩聲——他自己的弟兄朝他開了槍。他們甚至可能會殺了他，因為他們看到有人爬過來，但是不知道那是誰。

「發射三個火箭彈！」中尉大喊。

他拿起望遠鏡，仔細一看，然後嚇得發抖，再次大喊：「不要開槍！是阿樹回來了。」

麥提平安地回到了自己的陣營，告訴軍官們他所看到的一切。中尉立刻打電話給炮兵隊，他們馬上向敵軍的火藥庫開火。他們發射了十二次都沒有射中，但第十三次就射中了。敵軍的陣營傳來一陣巨響，整片天空都被染紅，陣陣濃煙嗆得人幾乎無法呼吸。

敵軍的壕溝一陣混亂。中尉高高舉起麥提，大聲說了三次：「勇敢的男孩！勇敢的男孩！勇敢的男孩！」

太好了。士兵們因此更喜愛他了。部隊得到了一整桶伏特加做為獎賞——現在敵人沒有彈藥了，他們接下來三天可以好好睡覺。中尉也不再禁止他們從壕溝中出來一下伸個懶腰。而敵軍在對面氣得要死，但是什麼也不能做。

「真奇怪。我那時候想發明一個凸透鏡，把敵人的火藥庫燒掉。雖然我沒有完全達成我的願望，但也很接近了。」

於是，秋天就這樣過完了，冬天接著到來。

雪落下來了。後方送來了保暖的衣物。到處一片雪白、安靜。

◊ ◊ ◊

再一次，麥提學到了重要的新事物。畢竟，軍隊不能一直坐在壕溝裡面。因為那樣要待到多久？戰爭要如何結束？

前線沒什麼戰事，但是在首都的準備工作正如火如荼進行中。當你把軍隊帶到前線，你必須做好一切準備，這樣才能集中火力在一處攻擊敵人，突破對方的防線。如果壕溝有了缺口，敵人就得全軍撤退，因為我方的軍隊會從這個缺口進入，從後方攻擊敵人。

冬天，中尉升上了上尉，而麥提得到了一個勳章。喔，他是多麼高興啊。他們的部隊因為英勇作戰，而被上級表揚了兩次。

將軍親自來到壕溝，對他們宣讀了命令：

「以麥提國王之名，我感謝你們爆破了敵人的火藥庫，英勇地保衛了我們的家園和子民。現在我要給你們一個祕密任務。當天氣變暖的時候，我要你們突破敵人的防線。」

那是非常尊貴的榮耀。

他們立刻開始祕密地準備。從後方運來了許多大砲和砲彈，騎兵也來到他們後面預備行動。每天士兵們都望著太陽，觀察什麼時候會變暖，因為他們已經等得不耐煩了。

他們等待了這麼久，準備了那麼久，而他們不知道到底要等到多暖才能行動。上尉想出了一個欺敵的方法：他們會在第一天只派一部分的部隊去攻擊，做做樣子，然後馬上回來，這樣敵人就會認為他們兵力很弱，然後第二天他們會全力攻擊，突破敵人的防線。

於是他們就這麼做了。

上尉命令一半的部隊去攻打敵人。在攻擊之前，他先讓炮兵隊一直開火射擊敵人的鐵絲網，在上面弄出一些洞，好讓步兵通過。

「前進！」

啊，從那令人無法忍受的潮濕壕溝中跳出來，盡全力往前跑，大叫：「萬歲！前進！殺敵！」這是多麼令人愉快的事啊。當敵人看到麥提的軍隊向他們揮舞刺刀，他們嚇壞了，甚至沒怎麼開槍反擊，即便開了槍，也零零落落。他們已經衝到破了洞的鐵絲網前，這時，上尉下令撤退。

但是，麥提和幾個士兵不知是沒聽到命令，還是跑得太遠——他們被敵人的士兵包圍，然後就被俘虜了。

「啊哈，你們的士兵還真膽小。」敵方的士兵說：「你們跑啊跑的，弄出一堆噪音，但是當我們的人追到你們，你們就逃了。你們的人一點都不多嘛。」

敵方的士兵這麼說，是因為他們很羞愧。他們嚇得屁滾尿流，甚至忘了開槍。

麥提第二次來到了參謀部。只是，第一次他變了裝，以軍事情報員的身份來到這裡，而這次他則穿著軍服，以俘虜的身份到來。

「我們認識你，你這個小騙子！」敵軍的軍官憤怒地大吼：「你在冬天的時候來到我們這裡，就是因為你，我們的火藥庫才會爆炸。呵，呵！現在你已經逃不出我們的手掌心了。喂，你們去把其他士兵帶到俘虜營，而這個小傢伙我們要把他以間諜罪吊死。」

「我是個士兵！」麥提大叫：「你們有權利槍斃我，但是沒有權利吊死我。」

「你還真滑頭啊！」軍官大吼：「你們看看，他死到臨頭還嘴硬。你現在也許是個士兵，但你當時是湯姆，而你背叛了我們。我們會吊死你。」

「你們不能這麼做。」麥提堅決反對。「我那時也是個士兵，我變裝來到這裡搜集情報，我是故意坐在燒毀的農舍前的。」

「哼，說夠了沒有。去，把他關到監牢裡嚴加看守，明天軍事法庭會審理這個案件。如果你那時真的是個士兵，也許他們會給你一顆子彈，雖然我個人還是偏好繩子。」

第二天，野戰法庭開庭了。

「我控告這個男孩。」軍官在法庭上說：「他在冬天的時候來偵查我們的火藥庫在哪，然後把情報傳給敵方的炮兵隊。他們對我們開火十二次，沒有打到，但是第十三次打中了，把我們的火藥全部引爆。」

「事實是如此嗎？你是否認罪？」擔任法官的白髮將軍問。

「事實並非如此。我沒有刻意去偵查火藥庫的位置，是你們這位軍官帶我去看，然後命令我去調查我們的火藥庫在哪，然後把消息回報給他。他還為此給了我一塊巧克力。你們可以問他，情況是否如我所說？」

軍官漲紅了臉，因為他那時確實犯了錯，他不應該告訴任何人彈藥的位置。

「我那時是個士兵，我的軍隊要我去偵查敵情，而你們的軍官要我當他的間諜。」麥提大膽地說下去。

「我怎麼知道他是間諜？」軍官開始為自己辯護，但是將軍不讓他說完。

「軍官，您被這麼小的孩子騙了，真是丟臉。您的行為失當，必須接受處罰。但是我們也不能原諒這個男孩。律師，您覺得我們該如何處置被告？」

律師開始為麥提辯護。

「法官，被告——也就是阿樹，或者大拇指湯姆——無罪。他是個士兵，必須聽從指令。他來偵測敵情，因為他的軍隊要他這麼做。我想，最好的方法是比照其他被俘士兵，把他送到俘虜營。」

將軍有點高興，因為他有點同情麥提。但是他什麼也沒說，因為在軍隊中你沒有權利讓人看到你同情某個人。而且，那還是敵軍的士兵啊。

於是，他只是低下頭，翻看那本軍事法典，尋找關於戰犯的法條。

「喔喔喔，在這裡。」他終於說：「如果間諜是為了錢而背叛的平民，必須直接把他們吊死。軍事情報員可以馬上槍斃，但如果律師不同意，就要把所有的文件送到更高的法庭，暫緩行刑。」

「我要求，」律師說：「把案件送到更高的法庭審理。」

「同意。」將軍和所有的法官說。於是，麥提又被帶回自己的監獄。麥提的監獄是個普通的農舍，因為在前線畢竟沒有高大的、窗戶上有欄杆的石頭屋。城市裡有這種「方便」的監獄，但在前線沒有。所以，麥提被關在農舍裡，只是在窗戶前和門前分別站著兩個士兵，手裡拿著步槍和手槍，隨時戒備。

麥提坐在監牢裡，想著自己艱困的處境。但是不知為何，他完全沒有喪失希望。

「他們本來要吊死我，但是最後沒有吊死我。也許他們也不會槍斃我，我已經和不知多少顆子彈擦身而過了。」

他吃了晚餐，食慾良好，甚至可說是津津有味——因為死囚的伙食都不錯，這已經是某種定律，而麥提是被當作死囚來看待的。

麥提坐在窗前望向天空，看到許多架飛機飛來飛去。「是我們的，還是敵人的？」他想。

就在這時，三顆炸彈從空中落了下來，所有的炸彈都非常靠近麥提的監獄。

之後發生了什麼事，麥提不記得了。因為數不清的炸彈又像冰雹般落了下來。其中一個打中了麥提的農舍——有什麼東西猛烈搖晃，有人呻吟，有人吼叫，有尖嘯聲。有人抓住了麥提，但是麥提低垂著頭，看不清來人是誰。當麥提醒來，他已經躺在一張大床上，在一個有著漂亮家具的房間。

3.

III

「陛下，您感覺如何？」那個在冬天把勳章頒給麥提的老將軍一邊敬禮，一邊問。

「我是大拇指湯姆，阿樹，一個普通士兵，將軍！」麥提從床上跳起來大叫。

「好了好了。」將軍大笑，說：「我們會知道真相的。喂，去叫菲列克進來。」

菲列克穿著空軍的服裝進來了。

「菲列克，你說說，這位是誰？」

「他是尊貴的國王陛下，麥提國王一世。」

麥提無法再堅持，再說，現在也沒有必要偽裝了。相反地，戰況如此緊急，現在應該要大聲對整個軍隊以及全國人民說：麥提國王還活著，而且在前線。

「國王陛下，您已經可以和大家一起開會了嗎？」

「可以。」麥提說。

所以事情是這樣的：將軍告訴麥提，大臣們做了一個他的替身娃娃，而這個娃娃每天都會坐車在首都遊行。總理大臣甚至還讓這個娃娃坐上王位，接見大臣，用繩子讓娃娃點頭、敬禮。

麥提娃娃不是用走的，而是被抬上車，因為麥提國王說——報紙上是這麼寫的——只要國家一天不自由，只要國土上還有一個敵人的士兵，他就不會把腳踩在地上。

這個騙局成功地維持了很久——人們相信那就是麥提，只是覺得很奇怪，為什麼麥提國王總是以同樣的姿勢坐在王位上、坐在車子裡，從來都不笑而且什麼都不說，只是有時候點頭或敬禮。

人們開始懷疑、猜測。況且，也有許多人本來就知道麥提國王失蹤了。

敵人也開始猜到了一些事，從自己的間諜那裡得到了情報。但是他們假裝什麼都不知道，因為他們管這些幹嘛？那時候是冬天，冬天沒什麼別的事好做，只能躲在壕溝裡。

當敵人得知，麥提的軍隊想要突破防線，他們於是開始認真地搜集情報，於是發現了所有的祕密。

在麥提的軍隊發動攻擊的前一天，他們雇用了一個無賴，要他用全身的力氣對麥提娃娃丟石頭。

麥提娃娃破了，陶瓷碎了一地，只有娃娃的手還在空中敬禮，因為頭已經沒了。有人開始絕望地大喊，有人很憤怒他們被騙了，說要發起一場革命，其他人則哈哈大笑。

在麥提被俘虜的欺敵攻擊過後隔天，本來應該是發動正式攻擊的日子。突然，軍隊上方飛來許多飛機，但是他們丟下來的不是炸彈，而是很多宣傳的紙張，紙上寫著：

士兵們！你們的將軍和大臣騙了你們。麥提已經不在了。從戰爭一開始，在首都遊行的麥提只不過是個陶瓷娃娃，今天有個無賴用石頭把它打碎了。回家吧，別打了。

軍官們花了好大一番力氣才說服士兵，告訴他們那可能是謊言，再等一下。但是士兵們已經不想上戰場了。這時候，菲列克說出了真相。

將軍們很高興，打電話給上尉，要他立刻把麥提送到參謀部。當他們得知，麥提在欺敵攻擊中被俘，他們是多麼恐慌啊。

該怎麼辦？

告訴抗命的士兵，麥提被俘虜了——他們已經被騙過一次，這次不會再相信。將軍們於是召開緊急會議，決定派飛機攻擊敵人，趁亂把麥提救回來。

所有的飛機被分為四個小隊：第一小隊攻擊俘虜營，第二小隊攻擊監獄，第三小隊爆破火藥庫，第四小隊攻擊敵軍的參謀部。

於是他們就這麼做了。第四小隊用炸彈轟炸所有軍官都在的那棟房子，這樣就沒有人能再發號施令。第三小隊在他們覺得是火藥庫的地方投了很多炸彈，但是任務失敗了，因為火藥庫不在那裡。第一小隊攻擊俘虜營，試著尋找麥提，但沒有找到。只有第二小隊成功搶回了麥提，並且花了好大一番力氣把暈倒的他帶回部隊。

「你們幹得很漂亮。我軍失去了幾架飛機？」

「我們派了三十四架飛機去，回來十五架。」

「攻擊持續多久？」麥提問。

「從飛機出發到回來，四十分鐘。」

「很好。」麥提說：「明天我們發動正式攻擊。」

軍官們因為興奮而拍起手來。

「這真是出乎意料的驚喜。太好了！整個前線的士兵今晚就會知道，麥提國王還活著，和他們一起在前線，並且會親自指揮攻擊。他們一定會士氣高昂，像獅子一樣驍勇作戰。」

霎時，電話聲和電報聲此起彼落，把消息傳給軍隊和首都。

晚上，所有的報紙都加印了號外。

麥提寫了兩個公告，一個給士兵，一個給全體國民。已經沒有人在想革命的事了，只有青少年和孩子們在總理大臣的宮殿外製造噪音嘲笑他。

所有的大臣也立即開會，宣布了自己的公告，說這一切都是故意的，目的是為了欺敵。

軍隊裡的士氣如此高昂，大家都等不及早晨快點來到，不停向彼此詢問，現在幾點了。當時間到來，他們立刻整裝上路，發動攻擊。

三個國王和麥提交戰。一個國王被打得落花流水，成了俘虜，另一個國王失去了所有的大砲和一半的軍隊，三個月內不能再作戰。只剩下第三個國王在後方鎮守。

戰役結束時，麥提和將軍們又開了一場會。在場的有總司令，還有特地從首都坐特快車來的戰爭大臣。

「我們要追擊敵人，還是不要？」

「一定要追！」總司令大喊：「當敵人有三個的時候，我們也可以對付他們，現在敵人只有一個，沒有理由打不敗他。」

「我主張不要追。」戰爭大臣說：「我們已經有前車之鑑了，上一次我們跑得太遠，敵人就從後方包抄我們。」

「那和這不一樣。」總司令說。

所有人都在等麥提發言。

麥提好想要乘勝追擊那些想把他吊死的敵人，即使只追一下子也好。追趕敵人的通常是騎兵，而麥提在這場戰爭中從來沒騎過馬。他聽過好多關於國王們騎馬追擊敵人的故事，而他匍匐前進了那麼多次，一直在壕溝中低著頭，要是能騎一會兒馬，那該有多好啊。

但是麥提記得戰爭的開頭。他們跑得太遠，差一點輸了戰爭。他記得人們說總司令是個草包。他也記得他在大使們離開時答應他們，會以最快的速度結束這場戰爭，並且不會提出嚴苛的賠償條件。

麥提沉默了很長一段時間，大家也在沉默中等待。

「被俘虜的國王在哪？」麥提突然問。

「離這不遠。」

「請帶他過來。」

敵國的國王戴著手銬，被帶到麥提面前。

「把手銬解開！」麥提大喊。

國王的手銬於是被解開了，只是他旁邊的守衛站得更近了一些，防止他逃跑。

「戰敗的國王，」麥提說：「我嘗過不自由的滋味，現在我要給你自由。你被打敗了，所以請你把剩下的軍隊帶離我的國土。」

麥提的軍隊把國王載到壕溝那裡，然後之後就放他下車，讓他走回自己的部隊。

◇◇◇

第二天，來了一封信，三個敵國的國王都簽了名。

他們寫道：

麥提國王：您是個勇敢、理智、尊貴的國王。我們為何要爭戰？我們想和您做朋友。我們會回到我們的國家，您同意嗎？

麥提同意。他們於是簽訂了和平協議。

士兵們都很高興，他們的妻子、母親和孩子們也都很高興。或許，不高興的只有在戰爭期間偷搶拐騙、發戰爭財的人，但是這樣的人並不多。

於是，當國王坐著火車班師回朝，人民高興、熱烈地歡迎他。

麥提命人在一個車站停車，然後自己走去找誠實的鐵道員太太。

「我來和您共享咖啡。」麥提微笑地說。

鐵道員太太實在太高興了，高興到手足無措。

「真是太榮幸了，太榮幸了。」她說，眼中流下喜悅的淚水。

在首都，已經有一輛車在等麥提了，但是他命人牽來了白馬。

老司儀高興地抱住了頭，說：「啊，麥提真聰明，國王打了勝仗就該騎馬進城，而不是坐車。」

麥提騎著馬，繞過首都的所有街道，所有的窗戶前都擠滿了人，大部分是孩子。

孩子們對麥提撒下最多的花瓣，最大聲地叫：「萬歲！麥提國王萬歲！萬歲，萬歲，萬萬歲！」

麥提表面上看起來與平日無異，但其實他身心俱疲。這一路上，他經歷了攻擊、俘虜、逃亡、會議、再次征戰、旅途……，現在，人們的尖叫聲則讓他更加疲累，有時候，他感到腦袋裡有轟隆隆的聲音，眼前則不停閃爍，彷彿看到星星。

有人往空中拋了一頂帽子，而這帽子不偏不倚，剛好掉到麥提座騎的頭頂上。這是一匹皇家的純種馬，性情敏感，馬側身一翻，麥提就落馬了。

人們立刻把麥提帶上車，加速開到皇宮。麥提沒什麼大礙，他沒有昏倒，只是沉沉睡去。他一直睡，一直睡，睡過晚上，然後又睡過早上，直到中午才起來。

「靠北，快拿吃的過來！」麥提大吼，僕人嚇得臉都白了。

不到一分鐘，國王的床頭床尾就堆滿了一百個盤子，上面裝滿了珍饈美味。

「把那些外國的食物拿走！」麥提大吼：「我要吃香腸、包心菜，喝啤酒。」

老天爺啊，在皇宮裡一根香腸都沒有。幸好，在宮廷擔任守衛的下士借了他們一根。

「啊，你們這些媽寶、小鬼、溫室花朵、長不大的傢伙。」麥提說：「我馬上會好好修理你們。」

麥提狼吞虎嚥地吃著香腸。他心想：「現在他們總算會知道，真正的國王回來了，他們一定得聽我的話。」

麥提已經有預感，在他打了勝仗後，還有一場更大的仗要打，對手就是他的大臣們。

麥提還在前線的時候，就聽說財務大臣氣得半死。

「打了勝仗很棒嘛。」他說：「但是為什麼不向敵人索賠？打敗仗的人付錢，天經地義。他想表現自己很高貴？很好很好，那就讓他自己去想辦法找錢，國庫裡一毛錢也沒有。就讓他去付錢給做大砲的工廠、做鞋的鞋匠、提供燕麥、豆子和蕎麥的商人。戰爭持續時，大家可以等，而現在，每個人都要錢，我們卻不知道錢從哪裡來。」

外交大臣也很生氣。

「從古到今，從來沒人聽說過，和平條約可以在外交大臣不在場的情況下簽署。我是拿來幹嘛的？政府官員都在笑我。」

貿易大臣的日子也不好過，做娃娃的工廠老闆一天到晚追著他，要他付陶瓷娃娃的錢。

總理大臣背著麥提，做了見不得人的勾當（是他想出了陶瓷娃娃的主意），警長內心也七上八下，那時候，他解釋麥提逃亡的方式，實在不是很高明。

麥提對這些事多少有所聞，如果沒聽到，那也猜到了八九成。他決定，要好好整治這些大臣們。

他受夠了這些大臣們的政府。從現在起，他們要不就乖乖聽話，要不就被趕出王宮。現在總理大臣就算裝病，麥提也不會挽留他。

麥提吃完了香腸，意猶未盡地舔舔嘴巴，往地毯上吐了一口口水，然後命人給他用冷水洗澡。

「士兵就是這樣洗澡的。」他高興地說。

他戴上王冠，來到接見大臣的房間。戰爭大臣已經在那裡了。

「其他人呢？」

「他們不知道國王要和他們開會。」

「難道他們以為，我從戰場上回來後，還會去和家教上課？然後他們可以繼續為所欲為？……哼，他們搞錯了。戰爭大臣，我將在兩點召開會議。當我們在開會的時候，我要你派一隊士兵悄悄地守在走廊，靜觀其變。當我拍手，士兵就要進來。我可以告訴您這個祕密：如果大臣們還是想要照戰爭以前那樣搞，靠北，我就會叫士兵們把他們抓起來。但這是機密。」

「遵命，國王。」戰爭大臣說。麥提脫下王冠，到御花園去。他已經好久沒去那裡了。

「啊，沒錯。」他叫：「我完全忘了菲列克。」

他吹了口哨，然後聽到布穀鳥聲的回應。

「過來，菲列克，不要怕。現在我是真正的國王了，我們不必對任何人解釋我們的關係。」

「嗯，沒錯，但是我父親會說什麼？」

「告訴他你是國王的好朋友，而我禁止他動你一根手指頭。」

「也許您可以把這句話寫下來。」

「很樂意，來我辦公室。」

菲列克二話不說就跟了過去。

「秘書長，請在紙上幫我寫，我任命菲列克為我的親信。」

「國王，在王宮中從來沒有過這種職位。」

「如果以前沒有，那現在開始就會有，因為我說了算。」

「也許您可以先和大臣提出要求，請他們決議。這不會很麻煩，而且會比較正式一點。」

麥提已經準備好放棄，但菲列克悄悄地拉了拉他的手。

「靠北，我要求你立刻寫下這份文件！」麥提大吼。

秘書長抓了抓頭，然後寫了兩份文件。其中一份的內容是這樣的：

我，麥提國王，嚴正要求秘書長立刻為我寫下這份文件，在我簽名蓋章後任命菲列克為我的親信，不可駁回。如果秘書長不聽我的命令，我將以最嚴厲的刑罰處罰他。我已對秘書長進行了告知的義務，並且親自簽名表示一切屬實。

秘書長解釋，只有當麥提簽署了這份文件，才能給他第二份文件。

麥提於是簽了第一份文件，然後秘書長在第二份文件上蓋章，於是菲列克正式被任命為國王的親信。

之後，麥提和菲列克去皇家的遊戲間。他們在那裡玩遊戲、看書、聊天、回憶戰爭的冒險，然後一起吃午餐。午餐後，他們一起去御花園，菲列克叫來院子裡的朋友，他們痛快地玩了一場，直到和大臣開會的時間到來。

「我得走了。」麥提憂傷地說。

「如果我是國王，我永遠都不必做任何事。」

「你不了解，菲列克。我們國王不一定能做自己想做的事。」

菲列克聳聳肩，表示他不同意，然後不情願地回到家。雖然他拿著國王親自給他的文件，但他知道會遇上父親嚴厲的眼神，然後聽到那個熟悉的問題：「你野到哪去了，狗崽子？來來來，告訴我啊。」

菲列克知道，在父親問完這個問題後他通常會有什麼下場。不過，這次情況應該會和以前不同。

◇ ◇ ◇

大臣們開始抱怨和指責。

國庫大臣說，國家沒錢了。貿易大臣說，商人們在戰爭中賠了很多錢，無法繳稅。鐵路大臣說，火車必須一直運送士兵和物資到前線，損耗嚴重，必須維修，那要花很多錢。教育大臣說，孩子們因為戰爭都被寵壞了，因為爸爸去打仗，媽媽管不動他們，於是老師們要求提高薪水，並且修復被打破的玻璃。因為戰爭，田都休耕了，因為戰爭，物資變少了。大臣們這麼翻來覆去地講，講了一小時。

總理大臣喝了一杯水，他每次要發表長篇大論的時候，都會這麼做。麥提很不喜歡總理大臣喝水。

「各位，我們的會議很奇怪。如果有人不知道前因後果，光聽我們的會議內容，一定會以為我們吃了敗仗，但我們可是戰勝國啊。從古到今都是如此，戰勝國會變有錢，這天經地義。畢竟打勝仗的國家買起大砲、火藥、軍糧可是毫不手軟，我們花了最多錢，這就是我們得勝的原因。我們的英雄，麥提國王自己也親眼看到了，我國的軍隊什麼都不缺。但是為什麼我們要付錢？是他們挑起戰爭，而我們原諒了他們──我們展現了我們的寬容大度。但是為什麼他們不歸還我們為戰爭付出的代價？我們不想要奪走他們的東西，我們只想拿回本來屬於我們的事物。我們的英雄，麥提國王高貴地原諒了敵人，給予了他們和平──這是能夠理解的、而且是很美麗的舉動──但是免費的和平給我們帶來無法想像的財務困難。我們可以度過這個難關，因為我們有經驗，因為我們讀了很多有智慧的書，因為我們很小心，因為我們會做很多事情，如果麥提國王願意相信我們，就像在戰爭爆發前一樣，如果他願意聽從我們的建言……」

「總理大臣，」麥提打斷他：「你說夠了沒？重點不是建言，而是你們想要獨攬大權，而我只要當個陶瓷娃娃。我說——他媽的，靠北——我不同意。」

「國王陛下……」

「夠了。我不同意，討論結束。我是國王，國王說了算。」

「請允許我發言。」司法大臣說。

「請說，但請長話短說。」

「根據法律第八百一十四冊第十二章中的第七十七萬七千五百五十五條的增設條例第五條，在第五頁第十四行，寫道：『如果國王未滿二十歲……』」

「司法大臣，我根本不鳥條文說什麼。」

「我懂了，國王想要知法犯法。關於這樣的行為，法律的第十萬零五千四百八十六條也有寫到。」

「司法大臣，我根本不鳥法律。」

「關於這個問題，也有法律來應對。『如果國王漠視條文中的內容……』」

「靠北，你到底要不要閉上你的鳥嘴，你簡直有病……」

「關於鳥生病的事，我們也有法律。『如果鳥類爆發了禽流感……』」

麥提失去耐心，拍了拍手，士兵們立刻衝入房間。

「把大臣們都抓起來！」麥提大叫：「把他們打入大牢。」

「關於這我們也有條文。」司法大臣高喊：「這叫做軍事獨裁。喔，這已經犯法了！」他大叫了一聲，因為士兵用槍托打斷了幾根他的肋骨。

大臣們臉色慘白，走進監獄。戰爭大臣依然保持自由之身，他敬了個軍禮，然後離開房間。房間裡一片寂靜，彷彿墓地。麥提獨自一人，背著手，在房間裡來回踱步，走了很久。好幾次，當他經過鏡子，他看著自己，想：「我和拿破崙有點像。」

「該怎麼辦？」

桌上堆了一堆文件。要簽署它們嗎？所有的都要簽嗎？上面寫些什麼？為什麼有些文件上寫：允許，有些寫：暫緩，有些寫：禁止？

也許不必逮捕所有的大臣。也許根本就不應該逮補任何一位大臣？因為我不知道接下來要怎麼做？

我是為了什麼而逮捕他們？他們做錯了什麼事？老實說，麥提做了一件蠢事。為什麼他當時那麼急著簽訂和平條約？他可以叫大臣來啊——財務大臣一定會告訴他關於賠款的事。

誰會知道，戰爭需要賠款啊？但是賠款就是賠款，不能改變。為什麼打贏的人要付錢？再說，確實是敵人引起戰爭的。

也許可以寫信給國王們。他們有三個人，三個人一起付，會比麥提一個人付來得好。但是要怎麼寫這樣的信？就像司法大臣說的，第八百一十四冊。法律書籍總共到底有多少？麥提才讀了兩本短篇小說和拿破崙的傳記，這真的太少了。

麥提的思緒讓他心情越來越沉重，無法負擔。突然，窗外傳來了布穀鳥的聲音。總算，他不是一個人了。

「聽著，菲列克，如果你是我，你會怎麼做？」

「如果我是國王，我會繼續在御花園玩耍，根本不去開會。我只會做我想做的事，而大臣們，就讓他們做他們想做的事。」

麥提想，菲列克真的是個很單純的男孩，他不明白，國王必須為國家的福祉著想，而不是只是玩球或鬼捉人。但是他沒有對菲列克這麼說。

「沒辦法，菲列克，事情已經發生了。現在他們被打入大牢了。」

「如果您想要他們留在那裡，那就讓他們繼續坐牢啊。」

「嗯，你瞧，這邊有那麼多文件要簽。如果我不簽，就不會有鐵路、工廠，什麼都不會有。」

「嗯，那就得簽。」

「不，等等。聽著：沒有大臣們，我什麼都不知道。即使是以前的國王，沒有大臣，他們什麼事也辦不了。」

「嗯，那就把他們放出來吧。」

麥提高興得幾乎要跳到菲列克身上抱住他的脖子。這麼簡單的事，他竟然沒想到。確實，沒有任何壞事發生。他可以隨時把大臣們放出來。但是他要制定條件。他們不能再像以前那樣愛做什麼就做什麼；他們必須聆聽他的意見，不能讓身為國王的他，必須從食物儲藏室裡偷東西，或者從花園裡偷水果給自己的朋友，或是嫉妒地透過柵欄看著外面的男孩玩耍。他也想玩耍。他希望他的老師是那誠實正直、指揮了整場戰役的上尉。他也沒有要做什麼壞事——他只是想要像所有人一樣，當個快樂的男孩，並且希望大臣不要折磨他。

菲列克不能待太久，因為他在城裡有重要的事要辦，他只是來借點錢——不多，只拿來坐電車、買菸和一點巧克力。

「沒問題，拿去吧，菲列克。」

然後麥提再次孤獨一人。

司儀躲著他，家教不知道神隱到哪裡去了，僕人靜悄悄地來去，像影子一樣。

突然麥提意識到一件事：他們所有人，會不會有時候覺得他是個暴君？

他感到恐懼。

如果是那樣，那真的很糟糕。麥提想起自己的祖先，暴躁的亨利國王，他可是殺人不眨眼的。

該怎麼辦，要怎麼辦？

要是菲列克可以再來找他就好了，或是隨便任何人都好。

老醫生悄悄地來到麥提的房間。看到他，麥提真的很開心。

「我有重要的事要跟您說。」老醫生羞怯地說：「但是我怕，陛下您會拒絕我。」

「為什麼，你也認為我是暴君嗎？」麥提認真地看著老醫生的眼睛說。

「欸，什麼暴君。我來，是要跟您說一件棘手的事。」

「什麼事？」

「我想幫監獄裡的犯人請求幾件小事。」

「醫生，您儘管說吧。不管您說什麼我都同意。我已經不生他們的氣了，我會把他們放出來，只是他們必須答應我，不會一直命令我。」

「喔，這才像是一位真正的國王會說的話！」醫生高興地說，然後他開始大膽地提出犯人們的要求。「總理大臣請求您給他一個枕頭、床墊和羽毛被，因為他不能睡在稻草上，他全身痠痛……」

「而我在軍隊裡睡在地上。」麥提插嘴。

「衛生大臣請求您給他牙刷和牙粉。貿易大臣要求一塊白麵包，因為他吃不慣監獄裡的黑麵包。教育大臣請您給他一本書讀。內政大臣請您給他止痛藥，因為他太擔心，擔心到頭痛。」

「嗯，那司法大臣要什麼？」

「他什麼都不要，因為他在第七百四十五冊法典中讀到，被囚禁的大臣只有在三天後才能向國王請求赦免，而他們才在那裡待了三個小時。」

麥提命人給所有的大臣宮庭中的床單，也請御膳房為他們準備午飯和晚飯（晚上還有餐酒）。同時，他命令守衛把司法大臣帶來見他。

司法大臣到來的時候，麥提客氣地請他坐在椅子上，問他：「如果我明天把你們放出來，這樣合法嗎？」

「陛下，這不完全合法，但是軍事獨裁的政府可以加快程序，如果我們把您稱為軍事獨裁者，那一切都符合規章。」

「司法大臣，如果我把他們放出來，他們會把我關進監牢嗎？」

「他們沒有這個權利，但是，法典第九百四十九冊有說到關於政變的法令。」

「我不明白。」麥提承認：「要明白這所有的事，到底要花多久？」

「也許要花五十年。」司法大臣說。麥提嘆了一口氣。他一直覺得，他頭頂上的王冠很沉重，但是現在，他感覺那王冠比大砲還沉重。

◊ ◊ ◊

大臣們的手銬被拿下來了，他們被帶到監獄的餐廳，有著自由之身的戰爭大臣和司法大臣也來到這裡。守衛們亮出了刀，在自己的位置上站好，然後，會議開始了。

麥提在前一晚想出了這樣的計畫：

「你們會掌管大人們的事務，而我會當孩子們的國王。我十二歲的時候，會治理年紀十二歲以下的孩童，當我十五歲，我會治理年紀十五歲以下的孩童。身為國王，我可以做我想的事情。其他一切照舊。我自己是個孩子，我知道孩子需要什麼。」

「我們也曾經是孩子。」總理大臣說。

「嗯，沒錯，您今年幾歲？」

「四十三歲。」總理大臣說。

「那您為什麼治理那些比您老的人？鐵路大臣很年輕，而老人也坐火車。」

大臣們說：「唔，說得沒錯。」[1]

「所以司法大臣，您覺得這麼做可行嗎？」

「絕對不行。」司法大臣說：「根據法律（法典第一千三百四十九冊）兒童屬於父母。只有一個方法可以解決。」

「什麼？」大家都感興趣地問。

「麥提國王必須改名為：改革者麥提國王一世。（根據法典第一千七百六十四冊，三百七十七頁）」

「這意味著什麼？」

「這意味著，麥提國王會成為一個改變法律的國王。如果國王說：『我想要頒布這樣或那樣的法令。』我會說：『不可以，因為已經有其他的法律了。』如果國王說：『我想要從事這樣或那樣的改革。』我會說：『好。』」

大家都同意了。但是最棘手的問題是菲列克。

「他不能當國王的親信。」

「為什麼？」

「因為不合乎規矩。」

司儀不在會議上，因此大臣們無法好好解釋什麼是宮廷的規矩。他們只知道一件事：國王可以有自己的親信，但那是在國王駕崩後。不不不，當然，他們不希望國王死掉，但是那張給菲列克的文件一定要拿回來，不計一切代價。

1 總理大臣說，他們也曾經是孩子，因此可以治理孩子。麥提沒有正面反駁他，只是指出他話中的矛盾：「如果要有經驗才能治理別人，那你們也沒有變老的經驗，為什麼可以治理老人？」

「沒錯，那不是一份合法的文件。」司法大臣說：「菲列克可以來找國王，可以當他的好朋友——但是不能寫在紙上，也不能蓋章。」

「好啦。」麥提說，但他想試探一下他們：「可是如果我堅持，然後讓你們繼續待在監牢裡呢？」

「那又是另一回事了。」司法大臣微笑。「國王愛做什麼都可以。」

麥提覺得很奇怪，這不過是一件愚蠢的小事，一張紙而已，竟然那麼多人想要為它蹲監牢？

「尊貴的國王，」司法大臣說：「請您不要覺得受辱——法律早已預料到會有這樣的事發生，在法典第兩百三十五冊中有提及。國王在還在位的時候也可以提名親信，但是那時候我們不能叫他改革者……」

「那要叫他什麼？」麥提不安地問，因為他已經有點猜到司法大臣會說什麼。

「我們得稱呼他為暴君。」

麥提站了起來，監獄的守衛不安地舉起兵器，四周一片靜默。所有人都因為恐懼麥提到底會說什麼，而臉色蒼白，甚至連監獄裡的蒼蠅都停止發出嗡嗡嗡的聲音。

麥提慢慢地、大聲地說：「從今天起，我要叫改革者麥提國王。各位，你們自由了。」

監獄管理員馬上把手銬收到儲藏室，因為已經不需要了。守衛們把刀收起來，典獄長則拿出鑰匙，打開了沉重的鐵門。大臣們都開心地搓著手。

「等等，各位。我必須進行某項改革，明天，每個小學生都會得到五百克的巧克力。」

「五百克太多了。」衛生大臣說。「一百克還差不多。」

「那就一百克。」

「全國有五百萬個小學生。」教育大臣說：「如果懶鬼和搗蛋鬼也要得到巧克力……」

「每個人！」麥提大叫：「每個人都要，沒有例外。」

「這麼多巧克力，我們的工廠要花九天才能製造出來。」

「用火車把這些巧克力送到小學生手上，要花一星期。」

「那就沒辦法了。」麥提說，同時心想：「真好，我有這些有經驗的幫手。沒有他們，我甚至不會知道需要多少巧克力，還有誰要來製作。我也沒想到，這些巧克力要用火車運送到全國。」

但是麥提沒有大聲說出這些想法。他甚至假裝有點不高興，於是加了一句：「那就請你們明天在報紙上公布這件事。」

「對不起，」司法大臣說：「這整件事很棒，但這不是改革。這只是國王給小學生的禮物。如果麥提國王頒佈法令，規定每個小學生每天都要得到巧克力，由國庫買單，那就是另一回事。那樣子，巧克力就變成小學生的權利，而現在，只是國王給他們的禮物、驚喜。」

「那我就給他們驚喜好了。」麥提同意，因為他已經累了，而且他很怕大臣們接下來又會說個沒完沒了。

「會議結束，再見，各位。」

麥提乘坐御用車子回到自己的宮殿，快步來到御花園，吹口哨召喚菲列克。

「你瞧，菲列克，我現在是真正的國王了。一切都處理妥當了。」

「陛下，但是我的情況沒有安排妥當。」

「為什麼？」麥提奇怪地問。

「我父親看到那份文件，狠狠地痛打了我一頓，打到我眼冒金星。」

「你說，他打了你一頓？」麥提很驚訝。

「沒錯。」他說：「『國王的法律』讓你有特權，而我有父親的法律，讓我可以痛打你這個臭小子一頓。在王宮裡你是屬於國王的，而在家裡你屬於我，一個排長。國王再怎麼喜歡你，都有可能突然改變主意，而父親永遠都會是父親。」

麥提很小心。他已經知道，欲速則不達。人生就像戰爭，如果你想打贏，就得為攻擊做好萬全的準備。他太急著想要弄到這份文件，做了件蠢事，結果為自己惹上麻煩，還讓菲列克受皮肉之苦。現在，連他國王的尊嚴都受辱了。因為，他身為一國之君，簽署了這份文件，而一個排長竟然可以無視這份文件。

「聽著，菲列克，這件事我們有點太操之過急了。你記得嗎？我甚至想要晚一點再處理。我必須和你解釋一件事。」

然後麥提告訴菲列克巧克力的事。

「國王們不能想做什麼就做什麼。」

「嗯，沒錯。國王陛下……」

「聽著，菲列克，你還是叫我的名字吧。畢竟我們曾並肩作戰，把我從監牢中救出來的也是你。」

於是，他們就決定了，要用以前的暱稱稱呼彼此。

「嗨，阿山。」

「嗨，阿樹。」

現在，麥提把文件從菲列克手上拿回來，心裡也沒那麼不好過了。

「為了彌補我給你這份不實的文件，我要送給你兩顆橡皮球，一本集郵冊，放大鏡和磁鐵。」

「我家老頭又會因此打我一頓。」

「確實，我親愛的菲列克，你要有耐心。你自己也知道，國王沒辦法三兩下就把事情解決，國王必須聽從法律。」

「那是什麼？」

「我也不知道，好像是某種書還是什麼別的東西。」

「是啊。」菲列克憂鬱地說：「你一直在開會，一點一滴地學習，而我呢……」

「不要擔心，親愛的菲列克，一切都會很好的，你會看到。如果我可以給五百萬個小孩巧克力，我也一定可以為你做一些好事。只是一切都得按照法律來做。你根本不知道，我現在每天晚上都翻來翻去睡不著。我躺著，躺著，然後一直想，一直想。我想得好累，到底要怎麼做，才能把一切都安排妥當？現在已經好多了，因為我要怎麼為大人著想？我給他們香菸，他們有錢，可以自己去買。我給他們伏特加，他們把伏特加喝掉，然後之後他們又有什麼呢？」

「我不知道。」菲列克說：「你一下子就想替所有人著想。要是我啊，我會要人在公園建鞦韆，還有音樂旋轉木馬……」

「你瞧，菲列克，你不是國王，所以你不明白。好，就讓我們蓋旋轉木馬，但不能只蓋一個。下次會議上我會提議在所有的學校蓋鞦韆和音樂旋轉木馬。」

「還有保齡球館，還有射箭場。」

「你看，一件事還沒做完，馬上就有下一件……」

◇ ◇ ◇

大臣們出獄後，馬上就到甜點店喝加了鮮奶油的咖啡和奶油蛋糕。雖然他們重獲自由，但他們並不開心。他們現在知道，麥提不是好欺負的。

「最重要的是，要去借點錢。」

「不能印新鈔嗎？」

「現在不行，因為戰爭期間我們已經印太多新鈔了。現在得等等。」

「哈，有那麼多債要還，哪有時間等。」

「所以我說，要和外國的國王借錢。」

他們每個人都吃了四塊奶油蛋糕，喝完了咖啡，然後各自回家。

第二天，總理大臣去向麥提國王報告，說要去和比較富有的國王借很多錢。這是一件很困難的工作，因為要寫一封文情並茂的信給外國的國王，這是為什麼他們每天都要開兩次會。

「好。」麥提說：「你們去開會吧，我從今天開始要去和上尉上課了。」

戰爭大臣和上尉一起來到王宮。麥提熱情地和上尉打招呼，他甚至問，是否能讓上尉升上少將，但答案是不行，因為上尉在不久之前還是中尉，他太年輕了。

「您會教導我所有的事，而外國家教只會教我外語。」

麥提如此認真、勤奮地學習，他甚至忘了玩樂。上尉住得很遠，麥提於是建議他和他的家人搬到王宮附近。上尉有一個兒子叫史塔修，一個女兒叫海倫。於是，他們一起上課，有時候也一起玩耍。菲列克也會來上課，但是他經常翹課，因為他不是很喜歡唸書。

現在麥提很少去開會了。

「浪費時間。」他說：「我在那裡好無聊，再說，我也不是很懂他們在說什麼。」

孩子們很高興能到御花園玩。菲列克的父親在入伍前是個木匠，他為他們做了鞦韆。於是孩子們盪鞦韆、玩鬼捉人、踢球、消防員遊戲、在水池裡抓魚。園丁對此有些不滿，他甚至跑去向宮廷的管理委員會告狀。雖然有幾面玻璃被打破了，但是沒有人能說什麼，因為麥提現在是改革者了，他設下了新的規定。

早在秋天，火爐就預訂好了，冬天會裝在謁見室。因為麥提說，他才不要在接見大臣的時候受凍。

下雨的時候，他們就在室內玩。僕人們有點生氣，因為孩子們把地板踩得髒兮兮，害他們必須重新清洗地板，然後再給地板打蠟。但是現在管理階層比較不那麼留意，僕人們的扣子是否有扣好了，因此他們的時間也變多了。再說，以前的氣氛也令僕人們沮喪，那時的王宮，就像墳墓般安靜。現在，王宮裡有孩子的笑聲、奔跑和尖叫，上尉經常開心地和孩子們一起玩耍，有時候甚至連老醫生都會加入，和孩子們一起跳舞或跳繩，那時候氣氛真的會很歡樂呢。

在鞦韆之後，菲列克的父親又給孩子們做了一個手推車，但是它只有三個輪子，於是經常翻車。沒關係，這樣反而更好玩。

終於到了發巧克力給孩子們的那一天。在首都，所有學校的孩子們都在街上排成兩列，貨車載著巧克力在街上行駛，士兵們把巧克力一一發給孩子。結束的時候，麥提坐著車巡迴所有的街道，孩子們吃著巧克力、大笑並且對麥提喊：「麥提國王萬歲！」

麥提一次又一次地站起來，向孩子們獻上飛吻，揮舞帽子和手帕，故意扭動身體、微笑、搖手晃腦，這樣大家才不會以為，大臣們又在騙人，用一個陶瓷娃娃代替國王本人。

他的擔心是多餘的。所有人都知道，那是真正的麥提。街上除了孩子，還有他們的父母，他們也很高興，因為孩子知道國王喜歡他們、記得他們，就會更認真地學習。

教育部長也準備了特別的禮物，給特別文靜和認真學習的孩子。他讓這些孩子去劇院看戲。於是，當天晚上，麥提、上尉、菲列克、史塔修和海倫就一起來到劇院包廂，而整個劇院裡都坐滿了小孩。

麥提進入包廂時，交響樂隊就開始演奏國歌。所有人都站了起來，而麥提也立正站好，因為宮廷的禮儀規定如此。孩子們整晚都可以看到國王，不過他們覺得有點怪怪的，因為麥提雖然穿著軍服，但是卻沒有戴王冠。

大臣們沒有來看戲，因為他們正忙著寫完那些向外國國王借錢的信，他們沒時間。只有教育大臣來了幾分鐘，高興地說：「這才符合常規啊，現在那些真正應該獲得獎賞的孩子，終於可以享受他們的獎品了。」

麥提有禮貌地謝謝他，然後這一天就圓滿地結束了。

和前一天的愉悅不同，第二天，麥提有著辛苦的義務等著他去執行。

所有的大臣和國外的使節都來了，麥提必須正式地把向外國國王借錢的信函交給使節們。麥提必須靜靜地坐著，仔細聆聽大臣們這三個月來寫了什麼。這對麥提來說很困難，因為他已經很久沒有參加會議了。尤其在昨天的歡樂過後，現在要專心開會，更是難上加難。

信件分成四個部分。

第一部份是關於貸款的歷史文件。大臣們以麥提之名寫道，麥提偉大的祖先們提供了這些國王們多少幫助，也包括在他們沒錢的時候借錢給他們。

信件的第二部分是關於地理。大臣們列舉出，麥提的王國有多少土地、城市、森林、煤礦、鹽礦、天然氣井、各類工廠和人口，一年生產多少穀物、馬鈴薯和糖。

第三部分是關於經濟。大臣們讚揚麥提的王國是個富裕的國家，他們有很多錢，每年國庫都會收到許多稅金，因此國王們根本不必擔心麥提無法償還債務。

如果麥提想要借錢，那唯一的原因是，他想要進行更大的投資，賺更多錢。在第四部份中，大臣們寫道，麥提的國家會有多少新的鐵路、城市、房子和工廠。

這封信寫得文情並茂，本身並不無聊，只是裡面有那麼多數字——好多百萬和千萬。使節們已經開始看時鐘，而麥提也呵欠連連。

當信件終於念完，使節們說：「我們會把這封信發給我們的政府，我們的國王很希望和麥提國王保持友好關係，一定會同意借錢給他的。」

現在大臣們給了麥提一隻鑲滿了寶石的金羽毛筆，麥提在信上寫道：「尊貴的國王們：我打敗了你們，沒有向你們索取任何賠償。現在我請求你們借錢給我，所以，別當個混蛋，把錢借給我吧。——改革者麥提國王一世。」

◇◇◇

外國的國王邀請麥提到他們的國家作客。他們邀請了麥提、上尉、醫生、史塔修和海倫。

麥提國王，您一定不會後悔的。我們會竭盡所能，讓您在我們這裡賓至如歸，想要什麼就有什麼。

麥提非常高興。他之前只去過一座外國城市（而且是去那裡打仗），現在他可以一口氣認識三個首都、三座王宮和三個御花園——他十分好奇，外國的一切和他的國家有什麼不同。他聽說，在一個首都裡有很漂亮的動物園，裡面有來自全世界各地的動物。在另一個首都，則有一棟高聳入雲的房子，至少菲列克是這麼說的。而在第三個首都，有許多商店，它們的櫥窗如此美麗，你可以一整年觀賞它們，都不會厭倦。

大臣們很生氣他們沒有受邀，但是他們什麼也不能做。只有財政大臣千萬拜託麥提，不要收外國國王的任何錢，也不要簽署任何文件，因為他會被騙。

「不要擔心。」麥提說：「我以前比較年輕的時候，都沒有被騙了，現在我長大了，更不會讓他們有機會。」

「尊貴的國王，他們現在會假裝是我們的好朋友，畢竟戰爭已經結束了，但是他們依然會為自己爭取好處。」

「你以為我不知道喔？」麥提說，但是內心深處他很高興財政大臣提醒了他，他決定在國外不會簽署任何文件。因為確實，他自己也覺得很奇怪，為什麼國王們沒有邀請任何一位大臣。

「我會提高警覺的。」麥提加了一句。

大家都很嫉妒麥提可以到那麼遠的地方去。他們收拾行李，裁縫和鞋匠們也帶來了新的衣服和鞋子。宮廷司儀在王宮裡忙裡忙外，確認他們沒有忘記任何東西。海倫和史塔修甚至高興地一直跳上跳下。

終於，兩輛車來接他們了，麥提和上尉坐一輛，醫生、海倫和史塔修坐另一輛。他們在人民的歡呼聲中開過街道，在火車站，兩輛皇家的火車在等他們，所有的大臣們也在那裡。

麥提已經在戰爭期間坐過一次皇家火車，但是那時候他很累，所以無法好好觀賞所有的一切。現在情況完全不同了。這次旅行的目的是休閒，可以什麼都不想。而且，在那麼辛苦的征戰和工作後，麥提有權利休息。

他興高采烈地告訴大家，他那時候是怎麼躲在毯子底下，這樣中尉（也就是他現在的老師）才不會找到他。他說了關於湯、咬人的跳蚤、遇到戰爭大臣的事（那時候他趴在牛棚的梯子上，從上面看到戰爭大臣坐著皇家火車到來）。

「喔，我們在這一站停了一整天。喔，我們本來停在這一站，但是後來我們又要退回上一站。」

皇家火車有六個車廂。一個車廂是臥鋪，每個人都有自己的房間，裡面有舒服的床、洗手台和桌椅。第二個車廂是餐車，中間有一張大桌子，旁邊圍繞著椅子，地板上鋪著美麗的地毯，到處都有鮮花。第三個車廂是圖書館，現在除了書，還放著國王最漂亮的玩具。第四個車廂是廚房，第五個車廂則坐著王宮的隨從：廚師和僕人們。第六個車廂則放著許多裝了行李的箱子。

孩子們一會兒窗前看風景，一會兒玩耍。他們會在比較大的車站停下，給蒸氣火車頭補充用水。火車行駛得如此平緩，聽不到一點噪音，也沒有任何震動。

他們晚上像平常一樣上床，早上醒來的時候，已經來到國外了。

當麥提梳洗完畢、穿好衣服，外國的使節就馬上過來問候他了。他在深夜就上了火車，他不想要驚擾國王所以沒把他叫醒，但是自從火車越過國界，他就一直提高警覺，因為麥提的安危現在是由他來負責了。

「我們什麼時候會到貴國的首都？」

「再過兩個小時。」

麥提很高興大使沒有說外語。雖然麥提已經會說好幾個國家的語言，但是能說自己的母語，總是更令人愉快。

這個國家的國王為麥提準備了一場盛宴，如此盛大，很難用語言形容。麥提覺得，他不只征服了這個國家的城市、堡壘和城牆，也征服了所有人民的心。滿頭白髮的老國王帶著他已成年的孩子和孫子、孫女到火車站迎接麥提，火車站擺滿了綠葉與鮮花，彷彿那是最美麗的花園，而不是車站。他們還用樹枝和花朵排成字：「熱烈歡迎我們的年輕好友。」

他們發表了四段很長的歡迎致詞，並且在致詞中讚揚麥提是個善良、聰明又勇敢的國王。他們預言，麥提統治國家的時間會比任何國王都長。他們用銀盤裝麵包和鹽，以此歡迎麥提。麥提得到了鑲有一顆大鑽石的勳章，那是該國最高的榮譽——獅子勳章。老國王如此親切地親吻他，麥提想起自己過世的父母，眼淚都流了下來。樂隊演奏，旗幟飄揚，歡迎門矗立，陽台上掛滿了國旗和掛毯。

他們抱著麥提上車。街上擠滿了人，彷彿全世界的人都來到此地。學校因為麥提的造訪放假三天，於是所有的孩子也來到了街上。

就連在自己國家的首都，麥提也從來沒有受到如此盛大的歡迎。當他們終於來到王宮，宮殿前早已聚集了大批的群眾，他們不親眼見到麥提，就不肯離去。

「讓麥提對我們說些什麼！」他們大喊。

直到晚上，麥提才在王宮的陽台上露面。

「我是你們的好朋友！」麥提大叫。彷彿回應麥提，禮砲在這時響了，煙火也在夜空中炸開，紅色、藍色、綠色的星星從夜空中散落，十分美麗。

然後，開始了一連串活動。晚上有舞會和劇院演出，白天他們到郊外觀光，在那裡有漂亮的高山、古老的森林和城堡。他們在那裡打獵、閱兵，然後參加舞會，去劇院看戲。

老國王的孫子和孫女想要給麥提自己所有的玩具。他可以玩兩匹漂亮的小馬、一個純銀做的迷你大砲，然後還得到一個有著美麗畫片的電影放映機當作禮物。

最後，來到了這次拜訪的高潮：王宮的所有人都坐車到海邊，在那裡他們進行了一場海上戰役的演習。這是麥提第一次坐軍艦，而且那艘軍艦還是以他的名字命名的。

麥提就這麼在第一個國家度過了愉快的十天。他很樂意在這裡待更久，但是他必須去拜訪第二個國家了。

第二個國家的國王，就是麥提在戰爭期間釋放的那位。這位國王沒有第一位國王那麼富有，所以他迎接麥提的方式沒有那麼盛大，但是更親切。這位國王有許多來自野蠻國家的國王朋友

[2]，於是他也邀請他們一起來和麥提見面。這裡的宴會很好玩，麥提在宴會上遇到了黑人、中國人和澳洲人，有些人的皮膚是黃色的，留著長辮子，有些人戴著漂亮的、用象牙或貝殼做成的耳環。麥提和他們成了好朋友，其中一人送他四隻漂亮的、會說人話的鸚鵡，另一個送他一隻鱷魚和一條裝在大玻璃籠子裡的蟒蛇，第三個則送他兩隻會雜耍的猴子，牠們的表演如此有趣，每次麥提看到他們，都會哈哈大笑。

就在這個國家的首都，麥提見到了世界上最大的動物園，裡面有企鵝（看起來真的很像人）、北極熊、野牛、巨大的印度象、獅子、老虎、狼、狐狸……，甚至包括最小的陸地及海洋動物。那裡有各種各樣的魚，形形色色的鳥類，光是猴子，就有五十種。

「這些都是我的非洲朋友送我的。」國王說。

麥提決定，一定要邀請那些非洲國王來他的首都作客，這樣他的國家也可以有一座像這樣的動物園。因為如果他那麼喜歡動物，所有的孩子也一定會喜歡的。

「啊，該上路了，真可惜。第三個國王會讓我看什麼？在他的首都有一棟很大的房子，菲列克有告訴過我。」

第三個國王接待麥提的方式雖然也很親切，但十分簡單。麥提甚至覺得有點奇怪，有點不高興。

「他是小氣還是怎樣？」他想。這位國王的王宮看起來也不太像國王的城堡，反而像城市裡那些有錢人家的房子。

一個僕人的手套看起來還有點髒，而桌布上有一個破洞（雖然看起來很小），不過，有用絲綢好好地補起來。

當國王帶麥提去參觀自己的國庫，麥提更驚訝了。那裡有這麼多黃金、白銀和寶石，麥提看得眼睛都瞇了起來。

「國王陛下，您的國家很富裕啊。」

「喔不。」國王說：「如果我要把國庫裡的財產分給全國人民，每個人只能得到一塊錢。」

他說這句話的時候語氣如此和善，麥提於是對他有了好感。

這位國王是三位國王之中最年輕的，但是他看起來很憂鬱。如果晚上他們沒去看戲，國王就會拉小提琴，但是他的琴聲也很憂鬱，讓人聽著聽著就忍不住嘆氣。

「真的是有形形色色的國王啊。」麥提想。

然後麥提對國王說：「我聽說您的國家有一棟很大的房子，真的非常、非常大呢。」

2　本書的寫作時間是二十世紀初，當時西方國家對非洲和亞洲的印象就是野蠻、未開化的。今天，這樣的文字讀起來有明顯的殖民色彩和種族歧視觀念，但在當時的西方是很普遍的思潮。

「啊，沒錯。我沒有帶您參觀那棟房子，因為那是我國的國會。在您的國家沒有民主制度，所以我以為您對這不感興趣。」

「我很想看看這個……嗯，國……國會。」

麥提不明白國王在說什麼。他又想：「真奇怪，人們告訴我一百、兩百年前的國王們做了什麼，但是他們卻不告訴我現在的國王都在做什麼，還有他們的個性。如果我之前就認識、了解他們，也許就不會發生戰爭了。」

國王又開始拉小提琴，麥提、史塔修靜靜聆聽他的演奏。

「國王，為什麼您的琴聲如此憂鬱？」

「因為人生很憂鬱啊，我的好朋友。最憂鬱的，大概就是國王吧。」

「國——王？」麥提覺得很奇怪。「另外兩個國家的國王過得很開心啊。」

「他們也很憂鬱，我親愛的麥提，只有在客人來的時候，他們會假裝開心，因為禮儀和規矩要求他們如此。才剛輸掉戰爭的國王，怎麼可能會開心呢？」

「啊，所以您才會那麼擔憂。」

「我是三個人之中最不擔憂的。我甚至覺得高興。」

「高興？」麥提覺得更驚訝了。

「沒錯，因為我不想要這場戰爭。」

「那您為什麼又去打仗？」

「我必須這麼做，我沒有其他選擇。」

「奇怪的國王。」麥提這麼想：「不想要戰爭，但是又和我國宣戰。打了敗仗，然後覺得高興。真是奇怪的國王。」

「打勝仗是很危險的事。」國王彷彿對自己說：「那時候最容易忘記，為什麼要當國王。」

「那為什麼要當國王？」麥提天真地問。

「畢竟不是為了戴王冠吧，而是——為了帶給自己國家的人民快樂。要怎麼給他們快樂？就是進行一連串改革。」

「喔喔，這很有趣。」麥提想。

「而改革是最困難的——沒錯，最困難的。」

說完這話，國王再次拉起小提琴。然而，他演奏的方式是如此地憂鬱，小提琴聽起來好像在哭泣，彷彿發生了什麼不幸的事。

晚上睡覺的時候，麥提一直想東想西。他輾轉反側，耳朵裡不斷響起國王憂鬱的提琴聲。

「我要去問他。他會給我建議的。他一定是個好人。我是個改革的國王，但我甚至不知道什麼是改革。而他說，改革很困難。」

但是麥提轉念又想：「也許他在說謊。也許這三個國王約好了，而這最後一個國王會讓我簽

署某份文件。」

因為麥提不只一次覺得奇怪，為什麼這些國王完全不和他提借錢的事，也不和他談任何事。畢竟國王出訪的目的就是談政治和其他重要的事啊。而他們什麼都不說。他想，也許他們不和他說，是因為他年紀還很小。那又為什麼這第三個國王把麥提當作一個成人和他交談？

麥提喜歡上這個憂鬱的國王，但是不信任他。因為國王們從很小的時候開始，就學會不信任別人。

麥提很想趕快睡著，於是開始哼他知道的，最憂鬱的歌。突然，他聽見隔壁房間傳來腳步聲。

「也許他們想殺我？」麥提腦中閃過這個念頭，他聽說過國王被暗殺的事。如果不是因為他想事情想了很久，還有他哼的歌讓他惱火，他也不會想到這個可能性。

麥提很快地按了電燈開關，然後把手滑到枕頭底下——在那裡，藏著他的左輪手槍。

「你還沒睡嗎，麥提？」

那是國王。

「我睡不著。」

「所以小國王也有煩憂？」國王微微一笑，坐在麥提床上。

說完這話，國王就沉默了，只是靜靜地看著麥提。麥提想起，他的父親也經常這樣靜靜地看著他。麥提不喜歡父親這樣看他，但是現在他覺得很愉快。

「沒錯，沒錯，麥提，當你聽到我說，我不想和你打仗，但我還是參加了這場戰爭，你覺得很驚訝。因為你還以為，國王可以做自己想做的事。」

「我完全不那麼覺得。我知道，國王很多時候必須服從宮廷的禮儀規矩，還有法律。」

「啊，所以你知道。沒錯，我們自己頒布了壞的法律，然後就必須服從這些法律。」

「那不能頒布好的法律嗎？」

「可以，也必須這麼做。你還年輕，麥提。你要好好學習，頒布好的、有智慧的法律。」

國王抬起麥提的手，放在自己的手上，彷彿在比較自己的大手和麥提的小手，然後溫柔地撫摸他的手——之後他吻了麥提的手。

麥提覺得很不好意思，然後國王開始快速、小聲地說：「聽著，麥提。我的祖父給了人民自由，但是那很糟糕。他被謀殺了，而人們依然不快樂。我的爸爸打造了一座自由的雕像，你明天就會看見。那很漂亮，但是一點用處也沒有，因為世上依然有戰爭，人民很貧窮，很不快樂。我命人建造巨大的國會大樓，但是什麼都沒有改變，一切還是和以前一樣。」

突然國王好像想起了什麼，說：「你知道，麥提，我們總是做錯事，我們讓成人進行改革，你可以試著從孩子開始，也許你會成功……嗯，睡吧，親愛的孩子。你是來這裡玩的，而我卻在半夜和你談這些煩人的事。晚安。」

隔天，當麥提想要和國王繼續前一晚的談話，國王已經不想多談。但是他詳細地和麥提介紹了國會。那真的是一座很大、很漂亮的建築，內部的結構有點像劇院，又有點像教堂。在高高的平台上，有許多位先生坐在桌子後方，就像在麥提的王宮裡開會時那樣。但是在這裡，還有許多很大的扶手椅，在那裡也坐著許多位先生，他們會離開椅子到一個像是教堂講台的地方去說話（他們說的話也像傳教），然後又回到椅子上。在四周有許多包廂，包廂裡坐著大臣們。而在大桌子的側邊，則坐著報社的記者。最上方坐著觀眾。當麥提和國王進去的時候，剛好有一個人憤怒地對大臣們說：

「我們不同意！」他敲著拳頭。「如果你們不聽我們的話，你們就會下台，我們需要有智慧的大臣。」

第二個人則說，大臣們很有智慧，不需要新的大臣。

然後他們吵架了，每個人都開始大叫。有人大吼：「政府下台！」另一個人說：「你們該覺得丟臉！」當麥提離開房間的時候，有人大吼：「國王下台！」

「他們為什麼吵架？」

「因為他們過得很糟。」

「如果他們真的把大臣們弄下台呢？」

「會選出新的大臣。」

「嗯，那個喊『國王下台』的人呢？」

「他總是這樣喊。」
「他是瘋子嗎？」
「不。他只是不想要國王。」
「可以讓國王下台嗎？」
「當然可以。」
「到時候會怎麼樣？」
「他們會選出新的人，給他一個新的名字。」
這真是有趣，幾乎就像是黑人酋長魏冰給他的兩隻小猴子一樣有趣。

◊ ◊ ◊

在此同時，首都的報紙整個月都在報導，外國的國王是多麼熱情地接待麥提，多麼喜歡他、尊敬他，給了他多少漂亮的禮物。而大臣們抓住了這個機會，想要借很多、很多的錢，並且希望他們能很快達成目標。因此，他們很害怕麥提回來，他們不想要麥提在最後一刻讓他們功虧一簣。幸好，麥提在文件上加的那幾個字沒有冒犯外國的國王們。從古到今，即使是最偉大的改革者，都不敢在正式的文件上寫：「別當個混蛋。」

於是，大臣們決定讓麥提在國外再待一個月。他們說，麥提在參訪完三個國家後一定累了，請他好好休息後再回來。

麥提很高興，他說，他想去海邊。麥提、上尉、史塔修、海倫和老醫生於是去了海邊，只是麥提現在換上平民的衣服，坐普通的火車去，住在一般的旅館，而不是宮殿裡。而且，大家現在也不稱呼他為國王了，而是叫他公爵。這叫微服出巡。因為國王只能受邀到國外去，如果是自己去，就得隱瞞身份。

對麥提來說這沒什麼差別，甚至更好玩。因為這樣，他可以和所有的孩子一起玩，而且可以和大家一樣。

這趟旅行有趣極了：他們在海裡游泳、揀貝殼、用沙子堆城堡、堡壘和壕溝。他們坐船出海、騎馬，還在森林裡摘藍莓，曬乾野蘑菇。

時間過得很快，尤其，麥提開始了他荒廢已久的學業。正如我說過很多次的，麥提很喜歡學習，也很喜歡自己的老師。所以，每天上課三小時，一點都不會讓他心情不好。

他也很喜歡他的玩伴們：史塔修和海倫。他們的教養很好，幾乎從來不和他吵架，即使有吵，情況也不嚴重，持續的時間也很短。

有一次麥提為了一顆野蘑菇和海倫吵架。那是一顆很大的牛肝菌。麥提說，是他先看到的，而海倫說是她。麥提本來要讓她的，畢竟那只是一顆牛肝菌而已，對國王來說根本無足輕重，但是她為什麼要自吹自擂又說謊呢？

「是我先看見野蘑菇的，我還指著它大叫：『喔喔喔，你們看！』然後妳才跑過去的。」

「是我摘的。」

「妳站得比較近，但我先看到了它。」

海倫很生氣，她丟下野蘑菇，然後用腳把它踩爛。

「我不要這個野蘑菇了！」

但是她很快就發現自己做錯了事，覺得很不好意思，於是開始哭。

「女孩們真奇怪。」麥提想：「自己踩爛了蘑菇，然後又哭哭啼啼。」

另一次，史塔修用沙子堆了一個很漂亮的堡壘，上面還有一座高塔。用沙子做高塔很困難，因為沙子必須很濕，所以要挖很深，才能挖到這樣的沙子。史塔修很努力，他在塔裡放了一根棍子，這樣塔就會更堅固。他想要讓海浪拍擊在他的堡壘上，但是麥提看到了堡壘，突然生出了一個念頭，於是大叫：「我要征服你的堡壘！」

他用盡全力衝向堡壘，於是堡壘就倒了。史塔修很生氣，但是他必須承認，國王看到堡壘就會想要征服，你很難讓他克制衝動。於是他只氣了一下，就和麥提道歉了。

有時候，上尉會提起他以前在非洲沙漠和野蠻人部落作戰的往事。醫生也會說，對付疾病就像對付敵人，當疾病攻擊人類，人體的血液裡會有像是士兵的東西（小小、白白的血球）和疾病作戰。如果戰勝，人就會恢復健康，如果戰敗，人就會死去。人體及腺體和堡壘很像，裡面都有許多走廊、壕溝和埋伏，如果疾病來到這些地方，就會迷路，那時候血液裡的士兵就會發動攻擊，消滅疾病。

麥提一行人和當地的漁民成了朋友，漁民教他們如何觀察天空，這樣就可以知道會不會有暴風雨，還有暴風雨是大是小。

聽各種人說話、學習各種不同的知識很有趣，但是有時候麥提會跑到很遠的森林裡，或是假裝去找貝殼，遠離大家，然後坐下來長久沉思，想著當他回到家後，要做什麼。

也許，他會模仿那位拉小提琴的憂鬱國王？也許，當國家是由人民來統治，而不只是國王和大臣，這樣會更好？因為，國王可能很年幼，而大臣們很聰明，不然就是不誠實。那時候要怎麼辦？如果把大臣都關到監牢裡，那國王就只有獨自一人了。如果國家是由全體人民來治理的，那國王就可以到國會和人民說：去吧，去選出更好的新大臣。

麥提經常思考，但是他想要尋求建議。於是，有一次他只和老醫生一起出去散步，然後問他：「所有的孩子都和我一樣健康嗎？」

「不，麥提（現在老醫生沒有叫他國王，因為麥提在海邊要隱瞞自己的身份）。不，麥提，世界上有許多虛弱和生病的孩子。很多孩子住在潮濕、黑暗的房子裡，他們沒辦法去鄉下度假，他們吃得很少，經常挨餓，所以他們常常生病。」

麥提看過那些又黑又悶的房子，也知道什麼是飢餓。他想起，有時候他寧願睡在戶外冰冷的地面上，也不想睡在農舍。他也想起，在戰爭期間，那些跛腳、臉色蒼白的孩子會到軍營裡來，乞求軍隊分他們一碗湯，然後他們會貪婪地喝下湯。他原本以為，只有在戰爭時期才會那樣，然而現在他聽到，即使沒有戰爭，冰冷和飢餓依然會摧殘孩子們。

「那有沒有可能……」麥提問：「讓大家都住在有花園的漂亮房子裡，還有足夠的食物？」

「這很困難。人們很久以前就想到這件事了，但是直到現在，還沒有人想出解決的辦法。」

「那我能不能想出來呢？」

「可以，你當然可以。國王可以做很多事。比如說那個拉小提琴的國王，他建造了許多給孩子們的醫院和房子，在他的國家，有最多的孩子在夏天去鄉下度假，在那裡療養、恢復健康。他立下這樣的法律，要每個城市都有夏日小屋，好接待那些身體虛弱的孩子們。」

「那我也要頒布這樣的法律。」麥提跺著腳，說。「親愛的醫生，請你幫助我，因為大臣們一定會說，這很困難，我們缺這個缺那個，而我不知道他們是說實話，還是隨口說說。」

「不，麥提，他們說的是真的，這很困難。」

「嗯，好啦，我知道。我想要隔天就發巧克力給孩子們，他們則承諾，三個禮拜後會發。雖然最後他們在兩個月後才發，但還是發了。」

「嗯，發巧克力是比較容易。」

「但是為什麼拉小提琴的國王很容易就可以做到，我卻不行？」

「對他來說也很困難。」

「嗯，好啦，難就難，但我一定會做到，雖然我不知道會遇上什麼困難。」

這時候，太陽在海平面上落下，夕陽又大、又紅、又漂亮。麥提想著，要怎麼做，才能讓他國家裡所有的孩子，都能看到這樣的夕陽和大海，坐船出海、在海裡游泳、去森林裡採野蘑菇。

「嗯，沒錯。」當他們結束散步，走在回家的路上時，麥提說：「拉小提琴的國王是個好國王。那為什麼會有人要他下台？」

「總是會有不快樂的人。在世界上，沒有所有人都稱讚的國王或大臣。」

麥提想起，在前線士兵們會嘲笑國王，或是用各種話罵國王。如果麥提沒去參戰，他會繼續以為，所有人真的都如此愛戴他，看到他就會高興地把帽子往空中拋。

和醫生談過後，麥提更加認真地學習，而且常常問，他們什麼時候要回家。

「我必須開始自己的改革。」他想：「我是國王，我不能比其他那些送孩子去鄉下或森林度假的國王差。」

4.

IV

當麥提回到首都，借錢的事情已經準備就緒了，麥提只要再簽署一份文件，說明他要何時以及如何還錢就好。

麥提簽了名，然後，國庫的收銀員就立刻帶著裝金銀珠寶的袋子和箱子，動身出發到國外。

麥提迫不及待地等待來自國外的資金。因為他想要開始進行自己的三項改革：

1. 要在所有的森林、山上及海邊蓋許多房子，這樣貧窮的孩子才能在夏天到這些地方度假。
2. 要在所有的學校蓋鞦韆和音樂旋轉木馬。
3. 要在首都蓋一座很大的動物園，在籠子裡要有很多野獸：獅子、熊、大象、猴子、蛇和鳥類。

但是麥提失望了。當錢送到的時候，大臣們沒辦法撥出一分錢給麥提，讓他進行改革。因為所有的預算早就編好了，每個大臣都拿了屬於自己的那份錢，要去進行自己部門的業務，比如蓋新的橋、鐵路和學校，以及償還戰爭期間的債務。

「如果您早一點告訴我們，我們就會借更多錢。」大臣們嘴上這麼說，心底卻想：「還好麥提沒有參加那些會議。他想進行的改革要花超多錢，外國的國王根本不會借我們那麼多錢。」

好，既然你們都騙我，那我現在知道我該怎麼做了——麥提想。他於是拿起筆，寫信給拉小提琴的國王：

我想要在我的國家進行改革，像您在您的國家所做的那樣。我需要很多錢。大臣們借錢都是為了完成自己的目的，而現在，我想要為了完成我的目的和您借錢。

麥提等了很久，他原本已經放棄，覺得自己不會收到任何回信了。但是有一次當他在上課的時候，人們說，來了一位那位國王的大使，要見麥提。麥提馬上就明白了，於是到謁見室去。

大使請麥提讓所有人出去，因為他想要和國王說的事，是最高機密。當所有人都走了，大使對麥提說：他的國王可以借錢給麥提，但是條件是，麥提要修訂憲法，讓全體人民來治理國家。

「因為如果我們只借錢給麥提，我們可能會失去這筆錢。但如果我們借給整個國家，那完全就是另一回事了。只是……」大使說：「大臣們一定不會同意的。」

「他們一定得同意。」麥提說：「他們以為他們是誰？如果他們同意我當個改革者，他們一定會同意讓人民執政的。」

令人驚訝的是，大臣們很快就同意了。他們很怕麥提再把他們關進監獄，於是他們這麼算計：「如果我們必須做某些事，我們就說：這是人民的意願。我們只聽從人民的意見。麥提可以把我們關進監獄，但是不可能把全國人民關進監獄。」

一連串會議開始了。每個城市和鄉村都派出了最有智慧的人來開會。他們日復一日、夜復一夜地開會，因為要全體人民想好並且說出，他們想要做什麼，是件很困難的事。

所有的報紙都大幅報導這次的人民大會，文字排得密密麻麻，根本沒有地方放圖片。但是麥提的閱讀能力已經很強了，所以不需要看圖。

除了人民大會，銀行家也被召集來分別舉行會議。他們在會議上仔細計算，幫孩子們蓋度假小屋、鞦韆和音樂旋轉木馬，總共需要多少錢。

許多商人也從世界各地來到這裡和麥提的國家討論，他們的動物園需要什麼動物、鳥類和蛇。他們的會議是最有趣的，麥提也最常出席這些會議。

「我可以賣四頭美麗的獅子給你們。」其中一人說。

「我有最兇猛的老虎。」第二個人說。

「我有漂亮的鸚鵡。」第三個人說。

「最有趣的動物是蛇。」第四個人說：「我有最危險的蛇和鱷魚。我的鱷魚很大，可以活很久。」

「我有受過訓練的大象。牠年輕時曾在馬戲團表演，會騎腳踏車、跳舞、走鋼索。現在牠老了，所以我可以用很便宜的價格賣給你。孩子們會很高興的，因為他們可以騎大象，孩子們都很喜歡騎大象。」

「請不要忘了熊。」一個專業的馴熊人說：「我可以賣給你四頭棕熊和兩頭白熊。」

那些販賣野獸的人都是勇敢的獵人，其中有一個真正的印第安人和兩個黑人。整座首都的孩子們都對他們很好奇，也很高興國王會買這麼多有趣的動物給他們。

有一天，一名黑人來到了會議上，他的皮膚是如此地黑，從來沒有人看過像他這麼黑的黑人。其他的黑人穿著普通的衣服，說歐洲的語言，他們有時候住在歐洲，有時候住在非洲。而這位黑人一句歐洲話都不會說，沒有人聽得懂他在說什麼。他身上幾乎什麼都沒穿，只有穿戴一些貝殼，而他的頭髮上有許多裝飾和象牙，你實在很難相信，他的頭可以承載這麼多重量。

在麥提的王國裡有一位老教授，他懂得五十種不同的語言。於是麥提派人去找他來，這樣才能為這位很黑的黑人翻譯。因為其他的黑人也不明白他在說什麼，或者他們不想幫他翻譯，這樣才不會擋到自己的財路。

黑人王子——沒錯，他是一位真正的王子——是這樣說的：「喔，麥提國王，你就像是猴麵包樹一樣高大，海洋一樣強盛，閃電一樣迅速，太陽一樣閃亮。我代表我的國王——願他活到七千歲，有十萬個曾孫——向您表達我方的友誼。我的國王在他的森林裡有最多兇猛的野獸，比天空中的星星或螞蟻窩裡的螞蟻還多。我們的獅子在一天之內吃掉的人，比整個王宮在一個月內吃掉的還多。而我們的王宮裡有國王、他的兩百個妻子和幾千個孩子——願他們活到五千歲，少一歲。尊貴的麥提國王啊，不要相信這些騙子，他們的獅子沒有牙齒，老虎沒有爪子，他們的大象垂垂老矣，他們的鸚鵡是染色的。我們的猴子都比他們聰明，而我們國王對您的愛超越他們的愚蠢。他們想要你的錢，我的國王什麼都不要，因為在他的山上就有夠多的金子。他只想請你讓他來你這裡作客兩個星期，因為他對您的國家很感興趣，但是白人國王不想要接待他，他們說，他很野蠻，所以不想和他做朋友。如果您到我們那裡作客，您就會知道，我所說的一切都是千真萬確。」

賣動物的商人們眼看大勢將去，趕緊說：「國王，您可知道，這是來自食人國的使節？我們建議您不要到他們的國家去，也別邀請他們來。」

麥提請教授問王子，他們的國王是不是真的會吃人。

「喔，彷彿太陽一樣閃亮的麥提國王啊。我說過了，我們森林裡的獅子在一天之內吃掉的人，比整個王宮在一個月內吃掉的還多。但是我可以告訴您一件事，喔，像是白沙一樣潔白的國王啊，如果您來我們這裡作客，我們絕對不會吃您，也不會吃您的隨從。我的國王很好客，他寧可吃掉自己的兩百個妻子和幾千個孩子——願他們長命五千歲，少一歲——也不會碰您一根手指頭。」

「好，那我會去。」麥提說。

賣野獸的商人們立刻生氣地離開了，因為他們喪失了一個絕佳的賺錢機會。

◇◇◇

總理大臣氣呼呼地回到家，他的妻子甚至不敢問，發生了什麼事。他一言不發地吃午餐，孩子們靜悄悄地坐著，什麼都不敢說。總理大臣在飯前總是習慣喝一杯伏特加，然後吃飯時只喝葡萄酒。而今天他把葡萄酒推開，喝了五杯伏特加。

「我的丈夫，」妻子怯生生地問總理大臣，小心不要惹他生氣：「我看得出你在王宮裡遇上了令你心煩的事，你這樣會生病的。」

「這種事真是聞所未聞。」總理大臣終於爆發了：「妳知道，麥提那個小鬼做了什麼嗎？」

總理大臣太太深深地嘆了一口氣。

「妳知道，他做了什麼？他要去拜訪食——人——族。妳明白嗎？去找非洲最野蠻的民族。從來沒有一個白人國王去過那裡。妳懂嗎？他們會把他生吞活剝，一定會的。我好崩潰。」

「丈夫啊，難道沒有辦法勸他不要去嗎？」

「當然，妳想勸的話就去勸啊，因為我不會再為了他進監獄第二次。他很頑固，做事又不經過大腦。」

「好吧，那如果，我說只是如果，他們真的吃掉他，那怎麼辦？」

「啊，女人，妳聽清楚了，我們現在要讓全民執政——國王要簽署文件——這叫做宣言——他一定要正式啟用國會。如果麥提被吃掉了，在野蠻人的肚子裡，那誰要來簽署宣言，誰來啟用國會？他們如果一年後吃掉他那沒關係啊，但現在我們很需要他。」

大臣們還在乎一件事：他們不能讓麥提一個人去這麼危險的地方，但是沒有人想要陪他去。

在此同時，麥提很認真地準備上路。他可不是開玩笑的。

消息傳遍了全城——國王要去拜訪食人族。大人們搖頭嘆息，孩子們則很嫉妒他。

「尊貴的國王，」醫生說：「被吃掉是一件很不健康的事啊。他們八成會把您烤來吃，蛋白質遇熱會凝固，所以國王……」

「親愛的醫生，」麥提說：「我早就應該要被殺掉、槍斃、吊死，但是因為某些奇蹟，我活了下來。也許那個黑人說的是真的——也許他們很好客，不會把我煮來吃。我已經決定了，也做出了承諾，國王必須遵守自己的承諾。」

上尉也試著勸麥提打消念頭：「那邊很熱，必須騎駱駝兩個星期才能穿過沙漠。非洲有各種疾病，麥提可能會生病死掉。除此之外，我們不能太相信這些野蠻人，因為他們很不守信用。我了解他們，因為我和他們作戰過。他們太野蠻了，而且會背叛人，這就是為什麼白人殺死他們。」

麥提點點頭，同意上尉所說的話，但即便如此，他依然堅定地準備出發。首都一定要有動物園。他要帶回來許多獅子、老虎、大象和各式各樣的猴子。既然他是國王，就要完成自己的義務。

非洲王子說，希望麥提盡快動身。因為王子不能一個星期不吃人肉。他帶了一個神祕的大桶子來，裡面都是醃好的人肉，他每天只吃一點點，但是他的存糧已經快要用完了，所以他想要快點回國。

終於，大臣們決定好誰要和麥提一起上路：會說五十種語言的老教授、上尉（但是他的孩子不去，因為他們的媽媽很害怕）、菲列克和醫生（他們兩個是最後一分鐘被加入的）。

醫生不了解非洲的疾病，於是他買了一本很厚的、關於非洲疾病的醫學書，還把所有需要的藥都放進皮箱。最後，還來了一個英國水手和法國旅行家，他們請求麥提帶他們一起去。

他們沒有帶很多行李上路，因為不需要帶保暖的衣物，而且駱駝也沒辦法載很重的箱子。

於是，他們坐上火車，火車一直開一直開一直開……直到開到了海邊。他們下車改坐輪船，船在海上遇到了一場很大的暴風雨，大家都暈船了，就在那時，醫生帶來的藥第一次派上了用場。

醫生很不高興，他必須跑這一趟。

「為什麼我要當御醫？」他對船長抱怨：「如果我是一個普通醫生就好了，我就可以舒舒服服地坐在診間，或去醫院看病。而現在，我必須跑遍全世界，搞不好還被吃掉。在我這把年紀，被吃掉是一件很不光彩的事啊。」

不過，上尉倒是越來越高興了。他想起他年輕時，曾經逃家去參加法國外籍兵團，和黑人戰鬥。他那時還是個男孩，而且很開朗。

最高興的就是菲列克了。

「你去拜訪白人國王的時候沒帶我去，只帶了上尉和那兩個小娃娃。現在你要去找食人族，小娃娃就不要你了，只有我跟你去。」

「親愛的菲列克，」麥提不好意思地解釋：「上次你沒有受邀，而禮儀規定，只有受邀的人才可以去。史塔修和海倫這次也想跟我去，但是他們的媽媽不准。」

「我沒生氣。」菲列克說。

他們到達了港口，大家從船上下來，又坐了兩天的火車。這裡已經可以看到棕櫚樹、各種椰棗樹和無花果樹以及漂亮的香蕉樹，麥提不斷發出驚嘆的尖叫，而黑人王子只是微微笑著，他的牙齒閃閃發亮，看起來很嚇人。

「這還不算是非洲的森林，你們等一下會看到，什麼是真正的森林。」

但是他們沒有看到森林，反而看到了沙漠。

沙漠裡什麼都沒有，就只有沙。就像在大海裡面只有水，這裡也只有沙子。

在最後一個村莊，還看得到少數白人士兵的部隊，以及幾間白人開的商店。麥提一行人宣稱，他們是旅行者，要去食人族的國家。

「啊，你們想去的話就去吧。有很多人往那裡去，但是我們不記得有誰回來過。」

「也許我們會成功。」麥提說。

「你們可以試試看，但是不要怪我沒有警告你們，那些你們要去找的人非常野蠻。」

黑人王子買了三頭駱駝，說他要去準備，並且要麥提他們在原地等他回來。

「聽著，」那個小屯駐地的軍官說：「你們騙不了我的，因為我是個聰明人。你們不是普通的旅人，你們之中有兩個小男孩，一個老人，然後這個和你們一起來的野蠻人，看起來像是個很重要的人。他鼻子上有一個貝殼，是只有皇家的成員才能穿戴的。」

麥提他們發覺，再隱瞞下去也沒用，於是向軍官坦白地說出了一切。這位軍官已經聽說過麥提的名字，因為郵差每隔幾個月就會來，也會帶來報紙。

「喔，既然這樣，那就另當別論了。也許你們會成功，因為我必須承認，他們真的很好客。我先說在前頭，你們要嘛就永遠都回不來，不然就是，你們會得到許多禮物。這些黑人有數不清的金銀珠寶，他們根本不知道拿這些財富怎麼辦。你們只要給他們任何愚蠢的小東西，不管是一點火藥或是鏡子，還是煙斗，他們就會給你們大把大把的金子。」

麥提一行人的心情變好了。老教授一整天都躺在沙子上，躺在陽光下，因為醫生說這樣對腳很好，而老教授的腳很痛。他每天晚上會到黑人的小木屋去，和黑人們交談，寫下學到的新單字。

菲列克吃了許多水果，吃壞了肚子，醫生必須從醫藥箱裡拿一湯匙蓖麻油給他。英國人和法國人三不五時會帶麥提去打獵。麥提學會了騎駱駝，這是件很令人愉快的事。

◇◇◇

然而有一天晚上，一個黑人奴僕恐懼萬分地跑進他們的帳篷，大叫著說他們被背叛了，有人要來攻擊他們。

「喔，我真不幸，我為什麼要來幫白人工作？我的同胞們不會原諒我的，他們會殺了我。喔，我真不幸，現在我該怎麼辦？」

每個人都從自己的折疊床上跳了起來，抓起手邊的武器，屏息凝視。外面一片漆黑，什麼都看不到。只聽到從遠方傳來一陣聲音，有一群人正往他們這邊過來。奇怪，屯駐地的白人之中沒人開槍，也沒有任何騷動。

屯駐地的指揮官很了解黑人部落的習俗，他馬上就明白，這不是攻擊，但也不知道這群人為何而來，於是派了一個哨兵去了解情況。

原來，他們是來迎接麥提的商隊。

走在最前面的，是一頭很大的皇家駱駝，背上載著一頂漂亮的轎子，牠後面則跟著一百頭同樣穿戴得很漂亮的駱駝。黑人士兵走在這些駱駝旁，他們會保護隊伍不受敵人的襲擊。

真是好險啊，如果屯駐地的指揮官缺乏經驗，他們可能會開槍，後果將不堪設想。麥提真心誠意地感謝他做出了這麼有智慧的判斷，並且給了他一枚勳章。第二天清晨，麥提一行人就上路了。

這是一趟非常艱困的旅程。天氣熱得要命，黑人們很習慣炎熱，但是白人們幾乎熱得無法呼吸。

麥提坐在自己的轎子裡，兩個黑人用鴕鳥羽毛做成的大扇子從兩旁給他搧風。商隊緩慢地行進，領隊經常不安地四處張望，觀察有沒有龍捲風接近。因為如果龍捲風來了，狂風就會把熱沙吹起，吹到大家身上，搞不好還會把整個商隊掩埋，所有人都會死在沙塵暴中。

沒有人在白天說話，他們只在晚上交談，那時比較涼爽，大家心情也比較好。醫生給了麥提降溫的藥粉，但是作用不大。麥提經歷過戰爭的磨難，也熬過許多艱苦的時刻，但這趟旅途中的炎熱，是他此生中最令人難受的折磨。他經常頭痛，嘴唇也裂開了，舌頭乾燥得就像木頭一樣。他全身都曬黑、曬乾了，眼睛因為沙子的反光而變得紅紅的，又酸又澀，而他的皮膚上也出現了紅色的、奇癢無比的疹子。麥提睡得很不好，晚上會做惡夢：一下子夢到食人族把他吃掉，一下子夢到他們把他放在草堆上燒死。啊，和沙子比起來，水是多麼令人愉快啊！在海上坐軍艦真是愉快。但是有什麼辦法，已經不能回頭了，現在折返只會成為眾人的笑柄。

他們在綠洲停下來休息兩次。啊，和惱人的炎熱和喝皮水壺裡髒臭的水比起來，能再次看到綠樹，喝清涼的泉水，是多麼棒的一件事！

他們在第一個綠洲停留了兩天，而在第二個綠洲停留了五天，因為駱駝也累了，沒有辦法再往前走。

「再過四次日出日落，我們就會通過沙漠，來到我的國家。」食人族的王子高興地說。

這五天，他們好好地休息了，養足了元氣。上路之前，黑人士兵們已經很有精神，他們甚至燒起了營火，跳了狂野的戰舞。

最後四天的旅程沒有像之前那麼辛苦，因為沙漠已經來到盡頭，沙子沒有那麼熱，有些地方甚至可以看到一些灌木和人跡。

麥提很想認識這些人，但是商隊中的黑人們不准他這麼做，因為那些都是沙漠的強盜。強盜沒有來騷擾商隊，因為商隊人多勢眾，但如果人少一點，他們一定會發動攻擊的。

終於，他們到達目的地了！

從遠方，他們就可以看到森林，感受到潮濕、涼爽的空氣。旅途結束了，但是他們的前途未卜。他們逃過了沙漠中的炎熱，現在卻有可能死在野蠻黑人的手裡。

一開始的氣氛很愉快。食人族的國王帶著整個王宮的人來迎接麥提一行人，還有樂隊開道。但是，那音樂實在很難聽，讓人耳朵都快聾掉了。他們用的樂器不是喇叭，而是某種野獸的角和木笛，他們也不用鼓，而是用某種鍋子。這些東西發出的噪音實在很可怕，除此之外，這些人還不停地大吼大叫。在經歷過沙漠的寂靜後聽到這些噪音，真的會令人發瘋。

宴會從祈福開始。食人族在地上放了許多木塊，上面刻著可怕的動物頭像。然後祭司出場了，他也戴著可怕的面具，大吼大叫了一些話，翻譯說，這表示，食人族國王請求自己的神保佑麥提。

當祈福結束，麥提從自己的大象走下來，食人族國王和他的兒子們開始在空中翻筋斗、跳上跳下——這持續了半個鐘頭。然後，國王對麥提說：「我的白人朋友啊，你比太陽還要閃耀，感謝你來了。我懇請你，用一個手勢表示你同意，然後我就會把這把劍插入自己的心臟。如果我能被你及你的朋友吃掉，這對我來說會是至高無上的榮幸。」

說著，他就用一個尖銳的長槍抵住自己的胸口，然後靜靜等待。

麥提請翻譯對國王說，他不可能同意，他想要和國王當朋友、聊天、一起玩樂，但是不想吃掉他。

這時候國王、他的一百個妻子和所有的孩子都開始大聲嚎哭，在地上跪爬，然後傷心地往後翻滾，他們做這些動作是在表示，他們很難過白人朋友看不起他們，沒有用正確的方式來愛他們，或者麥提不信任他們，覺得他們不好吃、不值得入口。

麥提看到他們這些奇怪的習俗，覺得很想笑，但是他假裝嚴肅，什麼都沒說。

我沒必要在這裡告訴讀者麥提在食人族的王宮裡看到的一切，因為同行的教授兼翻譯已經在《我隨改革者麥提國王拜訪食人族國王邦・德魯瑪的四十九天》一書中寫得很清楚了。

可憐的邦・德魯瑪國王竭盡所能，要讓麥提在他的王宮裡賓至如歸，但是他的玩具和遊戲都很野蠻，麥提只是好奇地看著，有時候則不是很高興。

有些玩具麥提根本就不想要。

比如說，有一次邦・德魯瑪國王極其慎重地從他的寶藏裡拿出一把步槍，要麥提用它射他的大女兒。麥提不想這麼做，邦・德魯瑪國王很生氣，然後又悲傷地向後翻滾。更糟的是，食人族的祭司也生氣了。

「他假裝是我們的朋友，但又不想和我們稱兄道弟。」他說：「我知道該怎麼做了。」

晚上，祭司就在麥提用來喝酒的貝殼中，偷偷加入了毒藥。

這種毒藥的作用是，喝下的人一開始會看到周遭的一切變紅，然後變藍、變綠、變黑，最後死掉。

麥提坐在最好的皇家帳篷裡，坐在金子做的椅子上，在他面前是金子做的桌子。然後，麥提卻說：「好奇怪，所有的東西都變成紅色的，食人族也是，一切都是紅色的。」

醫生聽到這句話，馬上站起來絕望地揮舞雙手，因為他在書上讀到這種毒藥，而且上面還寫著，所有的非洲毒藥都有藥解，只有這種沒有。而醫生的醫藥箱中，也沒有可以解這種毒的藥。

麥提什麼都不知道，還高興地說：「喔，現在所有的一切都變成藍色的，真漂亮。」

「教授！」醫生大叫：「快跟這些食人族說，麥提被下毒了！」

教授很快地說了。食人族國王抱著頭，往後翻了一個悲傷的筋斗，然後就像箭一樣飛快地衝了過來。

「快，喝下，白人朋友！」他大叫，給麥提一碗裝在象牙碗裡的、又酸又苦的草藥。

「噁，我不要！」麥提大叫，又說：「喔，現在我看到的一切都是綠色的。金子做的桌子是綠色的，醫生也是綠色的。」

邦．德魯瑪國王攔腰抱住麥提，把他平放到桌上，拿了一根用象牙做的箭插到麥提牙齒之間，把苦澀的藥強行灌入麥提嘴裡。

麥提用力掙脫，把藥吐掉，但還是喝下了一些，於是保住了性命。

其實，麥提眼前已經出現快速飛舞的黑色圈圈。但是這些黑色圈圈只有六個，而其他的都是綠色的。麥提沒有死，只是沉睡了三天。

◇◇◇

食人族的大祭司對他的所作所為感到很不好意思。但是麥提原諒了他。為了感謝麥提，祭司答應要讓麥提看最有趣的魔術，而這些魔術是他這一生中只能表演三次的。

大家都在帳篷前坐下，坐在虎皮毛毯上。魔術師開始表演。許多魔術麥提並不是看得很明白，有些魔術別人和他解釋後他才看得懂。

比如說，祭司從一個小盒子裡拿出一隻小動物，放在手上。這隻小動物——好像是一隻小蛇——纏住祭司的手指，露出像是絲線一樣細的舌頭，發出奇怪的嘶聲，咬了祭司的手指，然後抬起尾巴。祭司把牠拿開，讓大家看他手指上的血滴。麥提看到，所有的食人族都覺得這是最精彩的魔術，雖然他覺得還有比這更精彩的魔術。後來，人們才對他說，那是最可怕的動物，比豹子或鬣狗還可怕，因為被牠咬一口，可以立刻斃命。

之後，祭司走入火中，火從他的口鼻中竄出來，但是他沒有被燒死。

然後，祭司用一根木笛吹奏音樂，四十九條大蛇就隨著音樂起舞。他又對著一棵有一百歲的棕櫚樹吹氣，樹開始彎曲、彎曲，直到斷掉。他接著在兩棵樹之間用手杖畫出一道看不見的繩子，然後踩在繩子上，在空中走路，走得像在木板上一樣穩。然後，祭司又把一個用象骨做的球丟到空中，用頭去接——球掉到他頭上就消失了，而祭司頭上一點傷痕都沒有。祭司開始轉圈，轉得又快又久，當他終於停下來，大家看到他有兩個頭，兩張臉。一張臉在笑，另一張臉在哭。之後他又帶了一個小男孩上台，用劍把他的頭割下來，把屍體和頭放到一個小箱子裡，然後圍著箱子狂野地跳舞。當他用腳去踢箱子，有人在箱子裡吹起木笛。祭司打開箱子，小男孩就跳了出來，彷彿什麼事都沒發生——不只如此，他還活蹦亂跳地做體操。祭司也用鳥做了同樣的表演：他讓鳥飛入高空，然後用箭射牠，鳥落地後，大家都看到鳥被箭射穿了，然而，鳥卻用嘴把箭拔出來，還給祭司，然後飛回高空，彷彿什麼事都沒發生。

麥提看著這些表演，心想：有時候被下毒也是件好事，才能看到這麼多精采的魔術。

麥提不只待在王宮，也去參觀了食人族國王的領土。他常常在豔陽之下，騎著駱駝到各個村落去，這些村落都位於很大、很美麗的森林中。那裡完全沒有磚瓦蓋成的房子，只有木屋。木屋裡面都很髒，動物和人住在一起。許多人生病了，而那些病其實很容易就可以治好。醫生給了這些人藥，他們都很感激。在森林裡，經常會看見被野獸咬死、撕裂的人，或是被毒蛇咬死的人。

麥提很同情這些可憐人，他們都對他這麼地友善。

為什麼他們不蓋鐵路、不裝電燈？為什麼他們沒有電影院？為什麼他們不蓋舒服一點的房子？為什麼他們不買散彈槍，這樣就可以保護自己不受可怕野獸的攻擊？畢竟，他們有這麼多金銀珠寶，這裡的孩子都把寶藏當成玻璃珠來玩。

這些黑人真可憐，因為他們的白人兄弟不肯幫助他們，反而害怕他們。麥提想，等他回到家，他要在報紙上宣布，如果有人找不到工作，可以去黑人那裡，幫他們蓋磚瓦屋和鐵路。

麥提會有這種想法，一方面是為了幫助食人族，另一方面也是為了他的改革著想——他要幫自己的國家弄到錢。

他們才剛參觀過一座巨大的金礦，麥提請求邦．德魯瑪國王借他一些錢。邦．德魯瑪國王笑得上氣不接下氣，他說：他根本不需要金子，麥提要多少，他就可以給多少，只要駱駝載得動。

「我要讓自己的朋友跟我借錢？不，白人朋友想要的話，什麼都可以拿。邦．德魯瑪國王好愛他的白人小朋友，想要一生一世都為他服務。」

麥提要準備上路時，食人族國王為他準備了一場盛大的歡送會。宴會的過程是這樣的：

一年一度，食人族王國的所有人民會聚集到首都，然後國王會從中選出皇室這一年要吃的人。那些被選上的人都非常高興，而沒辦選上的，則十分擔憂。被選上的人會狂野地跳著喜悅之舞，而落選者則會在地上跪爬，他們也會唱歌和跳舞，但歌聲很憂傷，彷彿在哭泣。

之後，國王用尖銳的貝殼割傷自己的手指，也割了麥提的手指，然後從麥提的無名指上舔血，也叫麥提對他做同樣的事。麥提不是很喜歡這個儀式，但是之前差點被毒死的經驗告訴他，最好不要反抗，而是應該照著別人告訴他的方式做。他們歃血為盟後，還進行了一些其他的儀式：麥提被丟到一個有許多鱷魚和蛇的水池裡，然後邦・德魯瑪國王跳進水池營救麥提。麥提身上被塗滿油，必須跳進熊熊營火中，但是邦・德魯瑪國王也跟著跳進來，很快把他救出來，麥提只有一點頭髮被燒焦，完全沒有燙傷。麥提必須從很高的棕櫚樹上躍下，但是邦・德魯瑪國王靈巧地接住了他，麥提一點都沒有摔傷。

教授告訴麥提，這些瘋狂舉動的意義何在：舔血表示，如果麥提在沙漠沒有水喝，他的朋友會給他喝自己的血，這樣麥提就不會渴死。如果麥提遇上危險，不管是在充滿蛇和鱷魚的水裡，或在火裡、在空中，他的兄弟邦・德魯瑪國王都會為他赴湯蹈火，即使要冒生命的危險也在所不惜。

「我們白人——」教授說：「會把所有的事寫在紙上，他們不會寫字，就用這種方式締約。」

麥提很傷心，將要離開他的朋友。他很想要說服外國的國王：食人族雖然野蠻，但他們其實是善良的人，希望所有的國王都和他們做朋友，幫助他們。但是要這麼做，必須進行一項改革：他們得放棄吃人肉。

「邦．德魯瑪兄弟。」在離別前的最後一晚，麥提對國王說：「我很認真地請求你：不要再吃人肉了。」

麥提花了很長的時間和他解釋：吃人肉不好，外國的國王永遠不可能接受這一點，他們一定得進行這項改革，放棄吃人肉，這樣就會有許多白人到這裡來，帶來秩序，這樣這裡的人民就可以在自己美麗的國家裡安居樂業。

邦．德魯瑪國王憂愁地聽著麥提的話，然後說，有一次有個國王已經想這麼做，但是其他人毒死了他——這是很困難的改革，但是他會再想想。

談話完畢，麥提自己去森林裡散步。月光皎潔美麗，四下一片寧靜，但是麥提聽見了某種沙沙聲。這會是什麼？也許某條蛇正在接近他，或是老虎？麥提繼續往前走，又聽見了沙沙聲：有人在跟蹤他。麥提拿出左輪手槍，靜靜等候。

他看清楚來人了，那是一個黑人小女孩，食人族國王的女兒，開朗活潑的克魯—克魯。因為月光很亮，麥提於是認出了她，但是麥提覺得很奇怪，不知道她想要什麼。

「妳要什麼，克魯—克魯？」麥提用黑人的話問，他已經學會一點了。

「克魯—克魯，奇奇瑞茲，克魯—克魯，金，布魯姆。」

她又說了一長串話，但是麥提不明白她在說什麼，只記得：「克魯—克魯，奇奇瑞茲，布魯姆，布茲，金。」

麥提看到克魯─克魯很難過地在哭，他也為她難過。她一定在為什麼事擔憂。所以他把他的手錶、鏡子和一個漂亮的小瓶子給了她，但是克魯─克魯沒有停止哭泣。

到底怎麼了？

直到他回到帳篷，問了教授，教授才告訴他，克魯─克魯很愛麥提，想和他一起回國。

麥提請教授告訴克魯─克魯，她不能自己一個人去，麥提會邀請她的爸爸，邦．德魯瑪國王到歐洲，到時候她一定可以和父親一起來的。

麥提不再想克魯─克魯的事。而且，在出發前他有很多事要做。五百隻駱駝身上載了許多箱子，裡面裝著金子和珠寶，各種美味的水果，飲料，各色各樣非洲的珍饈、美酒和雪茄──這是給大臣們的禮物。他們還約好，三個月後會派人送籠子來裝要放到動物園裡的野獸，他們事先預告，可能會有飛機載著各種東西來，如果有白人坐著白色的大鐵鳥過來，請他們不要害怕。

早上他們坐上駱駝，踏上旅途。路途就像來的時候一樣艱難，但是大家都有鍛鍊過了，所以這一次，沙漠並沒有讓他們太過疲累。

5.

在麥提拜訪食人族的同時，大臣們已經修好了憲法，就等麥提回來簽署。他們等啊等的，但麥提一直不回來。他們不知道麥提去了哪裡。船到了非洲，火車也開到了沙漠前的最後一個村落。他們在那裡的帳篷住過，白人駐紮地的軍官也和他們說過話。然後食人族的駱駝商隊來了，在那之後，就沒有人知道麥提一行人的行蹤。

「麥提還真是得天獨厚，一切都進行得那麼順利。」外國的國王嫉妒地說。

「麥提真幸運。」大臣們說，然後深深地嘆了口氣。因為他們腦中想的是：麥提打完仗回來，就那麼不好對付了，從食人族那裡回來後，一定會更加難纏。

「他從戰場上回來後就把我們關進監牢，現在呢，誰知道他在那裡學會什麼？搞不好他會把我們吃掉。」

麥提心情很愉快，他的旅程收穫豐富。他曬黑了，食慾良好，一點都不知道大臣們怎麼說他，決定要在見面時和他們開個玩笑。

大臣們來開會的時候，麥提國王問他們：「火車都修好了嗎？」

「修好了。」一個大臣說。

「很好。如果沒修好，我就叫人把你和鱷魚一起煮成湯。」

「我們蓋了很多新工廠嗎？」麥提又問。

「很多。」工業大臣說。

「很好，如果沒有，我就把你做成烤肉，裡面還要夾香蕉泥。」

大臣們全都面色如土，麥提看了哈哈大笑。

「各位，」麥提說：「你們不用怕我啦。不只我沒有變成食人族，我的朋友邦．德魯瑪國王或許也會戒掉吃人的野蠻習俗呢。我是這麼希望的，讓我們等等看。」

然後麥提開始告訴他們自己的冒險，如果不是因為麥提帶回來一整列火車的金銀珠寶，大臣們一定會覺得麥提又在跟他們開玩笑。而當麥提把邦．德魯瑪國王的禮物（上好的雪茄和非洲的美酒）發給大臣，大臣們全都興高采烈，陰鬱一掃而空。

他們很快地朗讀了宣言，在宣言中，麥提召喚全體國民一起執政。從今以後，報紙上會刊登國王和大臣想要執行什麼政策，然後每個人都可以寫信給國會，或在國會中直接明說，他喜不喜歡這項政策。之後，全國人民會一起決定，他們希不希望國王和大臣執行這項政策。

「嗯，很好。」麥提說：「現在請寫下，我想要為孩子們做什麼。我現在有錢了，可以照顧孩子的需要。所以，每個孩子在夏天都會得到兩顆球，冬天則會得到溜冰鞋。每個孩子在每天放學後會有一顆糖，女孩們每年都會獲得一個娃娃，男孩則可以得到小摺刀。所有的學校都應該有鞦韆和音樂旋轉木馬。除此之外，在商店裡的每本書和每本作業簿都要有漂亮的圖片。這只是開始而已，因為我還要進行更多改革。所以請算一算，這一切要花多少錢，還有要多少時間才能完成，並且在一個星期後給我答覆。」

你們可以想像，當學校裡的孩子們聽到這件事，整個校園都陷入一片歡騰。麥提已經給了他們那麼多東西，而現在報紙上寫，這只是開始，以後還會有更多。

會寫字的孩子都寫了信給麥提，向他要東要西。一袋又一袋的信被送到國王的辦公室。秘書長把信拆開，讀了信，然後丟掉，因為這是宮廷從古到今的習俗。但是麥提不知道這件事。直到有一次他看到，僕人拿著一個裝滿了信件的字紙簍要去垃圾場丟。

「也許裡面會有珍貴的郵票。」麥提想，因為他喜歡集郵，他甚至有一整本集郵冊。

「這些信和信封是哪來的？」麥提問。

「我怎麼知道。」僕人說。

麥提看了看信，那些信都是寫給他的。他立刻命人把信拿到自己的房間，然後把秘書長叫來。

「秘書長，這些紙是什麼？」麥提問。
「這些是不重要的信，寫給國王您的。」
「而你命人把它們丟掉？」
「從以前到現在都是這樣做。」
「以前這樣做是錯的！」麥提激動地大叫：「如果信是寫給我的，那只有我能決定，這封信重不重要。以後請你再也不要讀我的信，只要把它們交給我就好，我會知道要怎麼處理。」
「國王陛下，國王們會收到許多各種不同的信，如果人們知道，國王會讀這些信，這些信的數量就會如雪片般暴增，令人無法應付。我們會有十個公務員，他們什麼別的都不做，只是讀信，然後選出其中重要的部分。」
「哪些信是重要的？」麥提問。
「來自外國國王的、工廠的和偉大作家的。」
「那不重要的信呢？」
「大部分寫信給您的人都是孩子。他們想到什麼就寫什麼。有些人的字歪七扭八，根本看不清楚他們在寫什麼。」
「那好，如果你讀不懂孩子們的信，那就讓我來讀。你可以派這些公務員去做別的事。我也是孩子，如果你想知道的話，我打敗了三個國家，而且還去了沒有人敢去的食人族王國。」

秘書長什麼也沒說，只是深深鞠了一躬，然後就出去了。麥提於是開始讀信。

麥提有個脾性，就是如果他決定要做某件事，他就會十分狂熱地去做。好幾個小時過去了，而麥提還在讀信。

宮廷司儀已經好幾次透過鑰匙孔偷看麥提在辦公室裡做什麼，為什麼沒去吃午餐。但是他看到麥提埋首於信件之中，於是不敢打擾他。

很快地，麥提發現，他無法讀完這些信。有些孩子的字跡很不清楚，這些信麥提看兩眼就丟了。但是也有些信寫得很工整，內容也很有趣。有個男孩告訴麥提，當他得到溜冰鞋時他要做什麼。另一個向他描述自己的夢。第三個孩子則寫道，他養了一些漂亮的鴿子和兔子，想要送給麥提兩隻鴿子和一隻兔子，但是他不知道要怎麼拿給麥提。一個女孩寫了一首關於麥提的詩，還畫了漂亮的圖。另一個女孩描寫了自己的娃娃，然後說她很高興這個娃娃會有妹妹了。很多信都有附圖。一個男孩送了麥提一本自己畫的《麥提國王拜訪食人族》，雖然圖中的麥提和他本人不是很像，但畫得很漂亮，麥提很高興地讀完了它。

然而，大部分的信都是關於請求。一個孩子說要小馬，另一個要腳踏車，第三個要攝影機，第四個問，他可不可以不要皮球，改要真正的足球。一個女孩寫說，她的媽媽病了，但是他們很窮，沒錢買藥。有一個學生說他沒有鞋，沒辦法上學。他甚至寄來了自己的成績單，說他品學兼優，只是沒有鞋子。

「也許該給孩子們鞋子，而不是球和娃娃。」麥提想，他在戰爭期間學會了尊重鞋子。

麥提坐在桌前讀信，但感到飢腸轆轆，於是他按鈴叫人把晚餐送到辦公室，因為他沒時間去吃飯，他有很重要的工作要做。

麥提一直讀信讀到了半夜。司儀又透過鑰匙孔偷看，為什麼國王還不去睡覺。他和所有的僕人都很想睡了，但是他們不能比國王早上床。

麥提把關於請求的信另外放在一疊。

「畢竟，不能不給那女孩的母親藥，也不能不把鞋子給認真的學生。」

麥提的眼睛因為讀信而疼痛無比。那些字跡不清楚的信，麥提已經看都不看就丟掉。但這並不是很公平。不久以前，麥提自己的字也歪歪扭扭，而他簽署了所有重要的文件。某個孩子可能有很重要的事要對他說，他可能十分努力了，但還是只能寫成那樣，因為他還不太會寫字。

「那些公務員……」麥提想：「可以幫我把這些字跡不清的信謄寫工整。」

但是當麥提又讀了幾個小時，發現桌上還有兩百封或者更多封信，他於是明白，他辦不到。

「也許我明天會讀完。」麥提想，沮喪地走向臥室。

麥提覺得情況很不樂觀。如果他每天都要讀這麼多信，他就沒辦法做其他任何事。但是把這些信丟進垃圾桶——這真的很不對勁。這些信都很有趣，也很重要。只是，它們為什麼這麼多？

◇ ◇ ◇

第二天麥提起得很早，只喝了一杯牛奶就到辦公室去。他沒有上課，一直讀信讀到午餐時分。他覺得好累，彷彿剛進行了一次辛苦的行軍，或是橫越過沙漠。當他餓著肚子想像午餐，這時，秘書長來到辦公室，後面跟著四個僕人。

「國王，這是今天給您的信。」他說。

麥提覺得秘書長彷彿在笑，這讓他非常生氣，於是他跺著腳，大吼：「這是什麼？他媽的，混帳，您是希望我瞎掉嗎？這麼多信，沒有一個國王可以讀完。您膽敢開國王的玩笑？我馬上命人把您關進監牢。」

麥提吼得越多、越大聲，越清楚意識到自己的無理取鬧。只是，他放不下身段來承認這件事。

「您手下有那麼多白吃白喝的公務員，他們什麼都不做，只會把信丟到垃圾桶，不然就是丟給我讀。」

幸好，這時候總理大臣進來了，他叫人把裝了信的袋子拿走，又命令秘書長在隔壁房間等待，而他會自己和國王談談關於信的事。

當麥提看到四個僕人把那可怕的袋子拿走，他就已經完全平靜下來了，但是他假裝還很生氣。

「總理大臣，我無法允許有人把寫給我的信丟掉。為什麼我不能知道我國家裡的孩子們需要什麼？為什麼沒有鞋子的男孩不能去上學？這不公平，我覺得很奇怪，司法大臣竟然允許這樣的事發生。沒錯，我的好朋友邦・德魯瑪國王不穿鞋子，但那是因為他們那裡天氣很熱，還有他們依然很野蠻啊。」

麥提國王和總理大臣開了很久的會。他們也找了秘書長來，這二十年來，秘書長讀了許多寫給國王的信，包括麥提的爸爸和祖父，他對此很有經驗。

「國王陛下，您祖父還在世的時候，每天都有一百封信寄給國王。那是個美好的年代，因為在全國，只有十萬人會寫字。自從有智慧的帕威爾國王蓋了學校，會寫字的人口已經到達兩百萬人。從那時候開始，每天國王都會收到六百封到一千封信。那時候我自己已經讀不完這些信，所以我雇用了五個公務員。而自從我們敬愛的麥提國王送了消防隊長的女兒一個娃娃，孩子們也開始寫信。每天，我們都會收到五千封到一萬封信。星期一會有最多的信，因為星期天孩子們不上課，有很多時間，而他們很喜歡國王，所以寫信給他。這就是為什麼我想要再雇用五個公務員，因為原本的那五個忙不過來，但是……」

「我知道，我知道。」麥提說：「但是如果信件最後會被丟掉，讀它們有什麼用？」

「信一定要讀，因為我們有一本記錄冊，上面有給每封信編號。如果我們讀得出信上寫什麼，就會寫下是誰寫的，還有內容。」

麥提想要確認秘書長說是不是真的，於是問：「在昨天寄來的信中，有沒有一封是關於鞋子的？」

「我不記得了，但我們可以查。」

兩個僕人拿來了一本厚厚的書，確實，在編號四百七十億的條目下，寫著男孩的姓名、地址，而在內容的部分，則寫著：請求擁有上學的鞋子。

「我是個公務員，二十年來，在我的辦公室中所有的事物都井井有條。」

麥提是個公正的國王。他於是對秘書長伸出手，說：「我誠摯地感謝您。」

於是，他們想出了解決辦法：公務員會讀所有的信，就像以前一樣。他們會從中選出特別有趣的信給麥提讀，但是不超過一百封。關於請求的信件會被分別閱讀，兩個公務員會去調查信件內容是否為真。

「這個男孩寫他需要鞋子，但他可能說謊。如果國王送他鞋子，他可能會把鞋子賣掉，然後去買各種愚蠢的東西。」

麥提必須承認，秘書長說得沒錯。他記得在戰爭期間，他們的部隊有一個士兵會去賣鞋子來換伏特加，然後他又會去要鞋子，說他的鞋子破了。

真可惜，你不能單純地相信別人。但是又能怎麼辦呢？

「還可以這麼做：如果公務員查證後發現事情屬實，國王的辦公室就會派人去找那個孩子，讓國王接見他，到時候您就可以親自把他要的東西給他。」

「這真是個好主意。」麥提想：「我不只想接見外國的使節和大臣，也想接見孩子。」

所以一切都安排妥當了。現在麥提已經知道，身為一個孩子的國王，他要做什麼。早上他會上課到十二點，十二點吃豐盛的早餐。之後他會接見使節與大臣一個小時，然後到下午的午餐之間他會讀信。午餐後他會接見孩子，然後和大臣們開會，一直到晚餐。吃完晚餐後，就上床睡覺。

當一天的計畫制定好後，麥提覺得很沮喪。因為他根本沒有時間玩耍。但是沒辦法，他是國王，雖然他年紀還小，但他不能只管自己，而是要照顧所有人。

也許之後，當麥提已經滿足了所有人的需要，他可以有一點自己的時間，一天一小時。

「而且，我有旅行過呀。我去了那麼多好玩的地方，做了那麼多有趣的事，我有一個月都在海邊，我去了食人族的王國，現在我可以不玩樂，而是好好來做國王的工作。」

既然決定了，那就要按計畫去執行。

麥提早上上課，之後人們把信讀給他聽。公務員們念的速度很快，麥提沒辦法坐在同一個地方太久，所以他一邊背著手來回踱步，一邊聽。

醫生說，天氣暖活又晴朗，他們可以在御花園裡讀信。麥提於是照做了，這真的很令人愉快。

麥提要接見的人很多。外國的使節來問麥提是否會組成第一個國會，因為他們想來見識見識，全民要如何執政。或者，大臣們也會和工廠老闆一起來，他們要在全國的學校蓋鞦韆和旋轉木馬，想要詢問國王該怎麼做。全世界各地的野蠻人也來到麥提的王宮，說他們的國王想要和麥提國王建立友誼。

如果麥提國王和食人族的領袖邦・德魯瑪國王做朋友，那也一定不會輕視他們。因為他們雖然野蠻，但已經早就不吃人了。

「在我們的國家已經三十年不吃人了。」一個說。

「在我們的國家，最後一次吃人是四十年前。而且那是特例，他是個懶惰蟲和混蛋，所以對社會一點用處也沒有。他剛好又很肥，所以當他已經在法庭裡有五個案子，又不想做任何事來彌補罪過，所有人異口同聲決定，要把他吃掉。」

麥提國王現在已經比較小心了，他不會作出任何承諾，只命人寫下來客所說的話，然後請他們一個星期後再來聽取回覆。因為他必須和外交大臣商量，和所有的大臣開會後，才能做出決定。

和孩子的會面很令人愉快。男孩和女孩們會一個一個地進入謁見室，然後麥提會把他們在信中要求的東西給他們。每個孩子都有自己的號碼，而他們領到的包裹也有同樣的號碼。每一個孩子的要求都經過公務員的查證，當他們確認這些東西確實是孩子們需要的，麥提才會命人到商店裡去買。所有的一切都井井有條，每個人都高高興興地離開謁見室。

一個孩子得到溫暖的外套，另一個孩子得到書（他需要這本書才能學習，而他沒有錢買書）。女孩們經常向麥提要求梳子和牙刷，很會畫畫的人則得到顏料。一個男孩對麥提說，他很想要一把小提琴，因為他很早就會吹口琴了，只是現在覺得吹口琴很無聊。他甚至吹了口琴給麥提聽，當他得到裝在漂亮盒子裡的小提琴，他是多麼開心啊。

有時候有人會在會面時要求新的東西，是原本沒有寫在信中的，這總會讓麥提很生氣。

一個女孩得到了新洋裝（是要在阿姨的婚禮上穿的），又向麥提要求一個和天一樣高的娃娃。

「妳真蠢。」麥提說：「如果妳要求太多，那洋裝妳也拿不到。」

總之，麥提現在已經是個有經驗的國王，不像從前那麼好騙了。

◊ ◊ ◊

有一次麥提接見孩子時，他聽到等候室中傳來一陣不尋常的騷動。他一開始並沒有覺得很奇怪，因為孩子們一旦熟悉了環境，就會開始嘰嘰喳喳。但是這次的噪音和平常不同：好像有人在吵架。麥提叫僕人去看看情況，僕人回來後說，有一個大人堅持說他要見國王。麥提覺得好奇，於是允許他進來。

一個長髮的年輕男人走了進來，腋下夾著一個文件夾。他甚至連禮都不敬，就開始大聲說：「國王陛下，我是個記者，也就是說，我為報紙寫文章。我已經試了一個月要來見您，但是您的僕人不讓我進去。他們總是說：『明天，明天。』然後明天他們又會說：『國王累了，明天再來。』今天我假裝我是其中一個孩子的父親，也許這樣會比較快見到您。但是僕人們認出我來，又不想讓我進去。我是為了一件很重要的事來見您的，或者該說，好幾件事。我很確定，您一定會想要聽聽這些事。」

「好。」麥提說：「但是請您等我把孩子的事情處理完，因為現在是他們的時間，晚一點我會和您談。」

「國王陛下，您能不能讓我留在謁見室？我會靜靜地站在一旁，不會打擾您。明天我會在報紙上寫關於您接見孩童的事，因為這對我們的讀者來說很有趣。」

麥提命人給記者一張椅子，他於是坐在椅子上，不停地在筆記本上抄寫。

「好了，您可以開始了。」當最後一個男孩離開謁見室，麥提對記者說。

「國王——」記者說：「我不會佔用您許多時間，我會長話短說。」

雖然記者這麼預告，但是他說了很久，說了很多有趣的事。麥提仔細地聽著，最後打斷記者：「我明白了，這件事確實很重要。我邀請您和我共進晚餐，之後我們會去我的辦公室，您可以在那邊把話說完。」

記者一直說到十一點才結束，在這期間，麥提一直背著手來回踱步，仔細聆聽。這是麥提第一次見到為報紙寫稿的人——他必須承認，記者是個有智慧的人，雖然他是個大人，但是他和麥提所有的大臣都不一樣。

「您只寫文章，還是您也畫畫？」

「不，在我們的編輯部，寫文章的人和畫畫的人是分開的。如果您明天想要來我們的報社參觀，我們會很高興的。」

麥提已經很久沒有出宮了，於是很高興地接受了邀請，隔天就坐車去了報社。

那是一棟很大的房子，為了迎接麥提，他們掛上了國旗和掛毯，還準備了鮮花。一樓有一座巨大的機器，用來印報紙。樓上有櫃檯，他們在那裡把報紙寄到郵局去賣。另外還有一個像是商店的部門，會收廣告和登廣告的費用。更上一層樓是編輯部，許多男人坐在桌子後寫稿，他們寫好的稿子馬上就會在樓下印出來。到處都有人在忙：一下子有人把來自世界各地的電報拿來，一下子有人接電話，渾身沾滿煤灰的男孩把寫好的稿子拿到印刷機前，這邊有人在寫作，那邊有人在畫畫，機器不停發出噠噠噠的聲音，完全就像是在戰爭期間發動攻擊。

人們把剛印好的報紙放在銀盤子上給麥提，上面印有麥提接見孩子們的照片。孩子們對麥提說了什麼，以及麥提如何回答他們，也都印在報紙上。

麥提在報社待了兩小時，很喜歡那裡一切快速即時的氣氛。他現在已經不會對報紙能夠寫出一切在各地發生的事覺得奇怪：哪裡有火災，哪裡發生竊盜案件，有誰被車撞，全世界的國王和大臣在做什麼，都可以在報紙上找到訊息。

記者是對的，報紙什麼都知道。當麥提去拜訪國外的國王時，報紙即時報導了他在國外做的事。關於戰爭的消息，他們也報導得很快。當麥提從食人族那裡回來，報紙也馬上就知道了。

「那當我偷偷逃到前線，而首都只剩下我的陶瓷複製品，你們為什麼不知道這件事？」

「喔，我們很清楚，只是我們不會什麼都寫。報紙上只會寫出需要的事情，而其他事情我們自己內部知道就好。人民不能知道他們不需要知道的事，而很多事情，是外國不應該知道的。」

晚上，麥提和記者又談了很久。以下，就是他們談論的事：

麥提所做的一切並不是改革。麥提不是改革者，但可以成為改革者。麥提想要讓全民執政，但是孩子也是國民。所以，要設立兩個議會，一個議會由大人掌管，另一個由孩子掌管。就讓孩子們去選出自己的議員，就讓他們說他們想要巧克力、娃娃、小摺刀還是別的東西。也許他們會想要糖果，或是鞋子，或是錢，這樣每個人就可以買自己想要的東西。孩子們也應該要有日報，就像大人一樣。孩子們可以在這報紙上寫他們希望國王為他們做什麼，而不是國王想到什麼就做什麼，因為國王畢竟不知道每個孩子想要什麼，國王不是什麼都知道，而報紙什麼都知道。比如說，當國王發巧克力時，並不是所有的孩子都有得到，因為如果村莊公務員把巧克力吃掉了，孩子們便什麼也沒拿到。這些孩子們甚至不知道他們可以得到巧克力，因為他們沒有自己的報紙。

這一切對麥提來說是如此容易理解，他覺得他以前就想過、也知道這些事了。現在，他和記者長談了四個晚上，他已經可以把想法整理清楚。在和大臣開會的時候，麥提就針對這件事做出了發言。

「各位大臣們，」麥提開始說，並且喝了一口水，因為他要說很久的話。「我們決定讓全民執政，讓全民告訴我們，他們需要什麼。但是我們忘了，全民不只是大人，也包括孩子。我們國家有好幾百萬個孩子，他們也該參與執政。就讓我們設立兩個議會：一個給大人，那裡會有大人的議員和大人的大臣；另一個則是兒童的議會，議員和大臣會由孩子來擔任。我是大人及孩子的國王，但是如果大人覺得我對他們來說太小了，就讓他們選出一個大人的國王，而我會當兒童的國王。」

麥提喝了四次水，講了很長一段話。大臣們於是明白，這不是開玩笑的，現在這整件事不再是關於巧克力、溜冰鞋或鞦韆，而是很重要的改革。

「我知道這很難，」麥提下了結論：「所有的改革都很難。但是必須開始。如果我無法完成該做的事，我的兒子或孫子會完成我的改革。」

大臣們低下頭。麥提從來沒有說過這麼長一段話，而且又這麼有智慧。確實，孩子們也是國民，他們也有權利參政。但是要怎麼做？他們知道怎麼做嗎？他們不會太愚蠢嗎？

大臣們不能說孩子太蠢，畢竟麥提就是個孩子。沒辦法，必須試試看。

兒童報紙可以辦。麥提帶回來許多黃金，錢不是問題。但是誰要在報紙上寫稿？

「我已經有記者了。」

「那大臣呢？」

「菲列克會當大臣。」

麥提很重視這件事。他這麼做，是為了說服菲列克，他們依然是好朋友。因為菲列克經常用這件事來刺激他，說：「有錢人交朋友就是看心情，共苦不一定能同甘。在槍林彈雨下，菲列克很有用處。但是去舞會、劇院、海邊撿貝殼，史塔修和海倫就比較體面。然而要去找食人族，菲列克又派上用場了，因為那邊很危險，史塔修和海倫的媽咪不會讓他們去。嗯，沒辦法，我是一個普通排長的兒子，不是上尉的兒子。也許有一天麥提又會遇上什麼災難，那時候菲列克又有用處了。」

被人這樣控訴，說你驕傲，或者更糟，說你不知感恩，實在是一件很不愉快的事。

現在機會來了，麥提可以向菲列克證明，他弄錯了。麥提不是只有在窮困中才記得他。再說，菲列克常常和孩子們在街上一起混，什麼地方都去過。所以他一定知道，孩子們需要什麼。

可憐的麥提。他那麼想成為一位真正的國王，那麼想要自己執政，那麼想要了解一切。他的願望實現了，但是他不知道，會有多少工作、麻煩和擔憂等著他。

◇◇◇

國內的一切蒸蒸日上。給孩子的森林度假小屋開始興建了，建築工人、水泥匠、木匠、火爐匠、鐵皮匠、鎖匠和玻璃匠有了工作，都很開心，因為可以大賺一筆。磚廠、鋸木廠、玻璃工廠如火如荼地趕工。為了製造溜冰鞋，一座特別的工廠成立了，而且還新開了四家大型的糖果和巧克力工廠，這樣才能滿足所有孩子們的需要。除此之外，要運送動物到動物園，需要特別的籠子和火車車廂，最困難、最貴的是用來載大象和駱駝的車廂，給長頸鹿的車廂也要特別設計，因為長頸鹿的脖子很長。園丁們在城外佈置動物園。而在城內，則蓋了兩棟大房子讓來自全國各地的議員開會，他們會在那裡決定如何治理國家，還有要制定什麼樣的法律及條文。

一個議會是給成人用的，另一個則是給兒童。在兒童議會中所有的一切都和成人議會一樣，只不過門把比較低，這樣小議員們就可以自己開門，椅子也比較矮，這樣他們坐著的時候腳才不會懸空。窗戶也沒有那麼高，這樣當會議變得無聊的時候，他們可以透過窗戶看街景。

工匠和工人們很高興，因為他們有工作可做，工廠老闆也很開心，因為可以賺錢。孩子們尤其雀躍，因為國王為他們著想。他們讀自己的報紙，讀其他孩子想要什麼。還不會讀書的孩子們現在努力地學讀寫，因為他們想要了解時事，也想要投書到兒童的報紙，說他們想要什麼、喜歡什麼。

家長和老師看到孩子們這麼認真唸書，也都很高興。孩子們在學校的打架事件變少了，因為每個人都想要受到別人的喜愛，這樣才會被選為議員。

現在不只軍隊愛戴麥提，幾乎所有人都愛麥提。他們感到很驚訝，像麥提這樣的小國王竟然學得那麼快，而且把國家治理得那麼好。

但是人民不知道，麥提有多少麻煩要處理。最糟的是，外國的國王們越來越嫉妒麥提。

「他以為他是誰？」他們說：「我們已經治理國家這麼久了，而麥提一開始就想要搶第一？用外國的錢來當好人很容易啊，邦・德魯瑪給了麥提金子，他於是使用這些金子。白人國王和食人族做朋友，這像話嗎？」

這一切，麥提都是從自己的間諜那裡得知的。而外交大臣警告他，可能會有戰爭。

麥提現在很不希望戰爭發生。他不想暫停手上的工作，如果工匠必須再次去壕溝打仗，那給孩子的度假小屋就無法完成了。麥提希望，孩子們在這個夏天就可以到鄉下度假，而在秋天，成人和兒童的議會都可以召開會議。

「要怎麼做，才能避免戰爭？」麥提問自己，把手背在背後，在辦公室裡來回踱步。

「我們必須讓外國的國王起內鬨，並且讓最強的國王們與麥提建立友誼。」

「啊，這樣最好。我想，第三個憂鬱的、拉小提琴的國王會願意和我們做朋友。他對我說，他一點都不想要跟我打仗，而且我也沒有把他打得很慘，因為他那時在後方。是他自己建議我，要為孩子們進行改革。」

「國王，您現在對我說的事很重要。」外交大臣說：「沒錯，他可以成為我們的夥伴，但是另外兩個國王一直會是我們的敵人。」

「為什麼？」麥提問。

「第一個國王很生氣，在我們的國家會由人民來執政。」

「這關他什麼事？」

「非常有關係：因為如果他的人民知道這件事，也會想要執政，他們不甘落於人後，也不會讓他繼續統治。在他的國家，會發生革命。」

「那第二個國王呢？」

「第二個？嗯，和他可以用談的。他最不高興的是，那些野蠻的國王現在比較喜歡我們，而不是他。以前黑人和黃種人國王都會寄禮物給他，現在他們會寄給我們。也許我們可以和他約定，他可以和黃種人國王做朋友，而我們則會和黑人國王做朋友。」

「啊，那好，總得試試看，因為我不想要戰爭。」麥提堅定地說。

那天晚上，麥提國王就坐在桌前動手寫信給憂鬱的、拉小提琴的國王。

我的間諜告訴我，外國的國王嫉妒我，因為邦．德魯瑪國王給了我黃金，他們正打算再次攻打我的國家。我請求您和我保持友誼，不要當他們的盟友。

麥提大量提到自己的改革，也尋求憂鬱國王的建議，問他下一步該怎麼做。他也告訴憂鬱的國王，他有多少工作，還有當個國王是件多麼不容易的事。他請憂鬱的國王不要擔心，如果有人在國會裡大喊：「國王下台！」那只是因為他很氣國王沒有做他想要的事，但是其他人則會感到滿意。

當麥提放下筆，時間已經很晚了。他走到城堡的陽台，看著自己的首都。街燈還是亮的，但窗戶裡已經一片黑暗，因為大家都睡了。麥提想：「所有的孩子都睡了，只有我一個人醒著，必須在深夜寫信，這樣才可以避免戰爭，讓工人把度假小屋蓋完，孩子們才能在夏天去鄉下度假。每個孩子只想到自己的學校作業和遊戲，而我甚至沒時間唸書或玩耍，因為我必須為所有的孩子著想。」

麥提回到房間，那裡有他的玩具，都靜靜地躺著，沾滿了灰塵，因為已經很久沒有人去動它們了。

「我的小木偶。」麥提對他的木偶說：「你一定很生氣，我已經很久沒跟你玩了。能怎麼辦呢？你是個木偶，如果不把你弄壞，你就靜靜地躺在這裡，什麼都不需要。而我必須為真正的人著想，他們需要的東西很多呀。」

麥提躺上床，關掉電燈，正要睡著時，突然想起來，他還沒有寫信給第二位國王，告訴他，請他接受亞洲黃種人國王們的禮物，而黑人朋友們，就留給麥提。

該怎麼辦？必須同時寄出兩封信，不能拖延，因為如果他們在收到信之前向他宣戰怎麼辦？

所以麥提起床寫信，雖然他因為疲累而頭痛。他一直寫到清晨，終於完成了給第二位國王的長信。

雖然麥提整晚沒睡，他白天還是得繼續平常的工作。而這一天，對麥提來說十分沉重。因為海邊的城市拍來了電報，說邦・德魯瑪國王送了一整艘船的動物和黃金來，但是外國的國王不允許這一切從他的國家通過。

外國的使節來到麥提的宮廷，他們說，他們不想要載著食人族禮物的船通過他們的國家。他們雖然同意了一次，但這不表示他們從此就要聽麥提的話。麥提允許太多事了，雖然麥提曾經打敗他們，但是這根本不代表什麼，因為他們現在買了新大砲，根本不怕麥提。

他們說話的樣子，就像是要來吵架的，其中一人甚至跺了腳，司儀於是提醒他，宮廷的禮儀不允許他在和國王說話時這麼做。

麥提一開始氣得漲紅了臉，因為他體內流著暴躁的亨利國王的血。當他們說，他們不怕麥提，麥提已經想要大吼：「我也不怕你們！我們可以來試試看，就知道誰怕誰。」

但是沒多久，麥提的臉色就恢復正常，然後，他用一種彷彿不明白這一切的語氣開始說話。

「各位大使，你們沒必要生氣。我一點都不想要讓你們的國王害怕。昨晚我才剛寫了信，希望和你們的國王保持友好關係。請把這些信還給我吧。雖然我只寫了兩封信，但現在我會寫第三封。如果你們不想讓邦．德魯瑪國王的禮物免費經過你們的國家，那我很樂意付費。我不知道，這件事會讓你們的國王如此困擾。」

大使們不知道麥提寫了什麼給他們的國王，因為信封都封起來了，還蓋了國王的印章。於是他們什麼都沒說，只是嘀咕了幾聲然後就走了出去。

麥提和記者開了會，也和菲列克開了會，最後和大臣們開了會。然後他接見了孩子們。之後，他簽署了一些文件，還閱了兵，因為今天剛好是勝利者維多打勝仗的週年紀念日。

晚上，麥提是如此疲倦、蒼白，醫生很擔心他的情況。

「必須注意身體健康啊。」他說：「國王陛下，您的工作太多了，您吃得很少，睡得也很少。您還在成長，也許會得到肺結核，然後吐血。」

「我昨天就有吐血。」麥提說。

醫生更驚慌了，他檢查了麥提的身體，但是發現，那不是肺結核，只是麥提昨天掉了一顆牙，那就是為什麼他會吐血。

「那顆牙呢？」司儀問。

「我把它丟到字紙簍裡了。」

司儀什麼都沒說，但是默默地想：「世風日下啊。現在國王的牙齒竟然會被丟到垃圾桶。」因為根據宮廷禮儀，國王的牙齒應該要鑲金，然後放到鑽石盒子裡，之後收到藏寶庫。

◇◇◇

一定要邀請國王們來訪。第一，麥提已經去拜訪過他們，現在該換麥提作東了。第二，必須在正式的場合，在所有國王都在場的情況下，召開第一次的議會。第三，必須讓他們看到新的動物園。最重要的是，得和他們談談，他們到底想不想和麥提保持友誼。

麥提和外國的國王交換了許多信件、電報，大臣們來了又去。這件事很關鍵：麥提的國家要不就是和國王們保持友好——這樣所有的一切都會很好，所有人也都很好，大家可以平靜工作，得到好的報酬，工作會又多、又好又便宜——要不，就是新的戰爭。

會議在白天及夜晚召開，不只在麥提的宮殿，也在外國國王的宮廷。一位大使來到麥提面前，說：「我的國王想要和麥提和平相處。」
「那您的國王又為什麼籌備新的軍隊，蓋新的堡壘？如果不想要戰爭，是不會建新堡壘的。」
「我的國王——」大使說：「打輸了一場戰爭，所以現在必須加強防禦。但這完全不表示，他想要攻打麥提的國家。」

然而，根據麥提的間諜提出的報告，也正是這第一位國王最常把攻打麥提的事掛在嘴上，還說他一定會打敗麥提。

其實，並不是這位國王想要戰爭，因為他已經很老、很累了。但是他的大兒子（也就是他的繼承人）打定主意要和麥提打仗。

麥提的間諜甚至偷聽到一場老國王和他兒子的對話。

「父親，您已經又老又殘了。」兒子說：「您最好把王位讓給我，我知道如何對付麥提。」
「麥提對你做了什麼？他是個好孩子，我很喜歡他。」
「喜歡，喜歡。而他寫信給憂鬱的國王，要他遠離我們，和他做朋友。他想要把所有的黃種人國王給第二個國王，自己則保留邦．德魯瑪和其他的黑人國王。那我們到時候還有什麼？誰會給我們黃金和禮物？如果我們孤立，而其他兩個國王和麥提友好，他們三個就會一起來攻打我們。我們必須蓋兩個新的堡壘，還要有更多的軍隊。」

老國王的兒子什麼都知道，因為他也有自己的間諜會給他通風報信。

老國王必須同意，因為他怕如果有戰爭，然後他又打輸，兒子會說：「父親，我不是跟你說過會變這樣嗎？你應該早點把王位給我，情況就不會如此了。」

於是，秋天和冬天就在不安中度過，沒人知道誰會和誰維持友誼，誰又會和誰為敵。

最後，麥提寫了信給三位國王，邀請所有人到他的國家來作客，現在，每位國王都必須老實回覆，他到底想不想來。

三位國王的回答是這樣的：「當然，我們很樂意拜訪麥提的國家，但是我們有一個條件：就是麥提不會邀請邦・德魯瑪。我們是白人國王，我們不想和食人族坐在同一張桌子上吃飯。我們的良好教養和我們的王室尊嚴不允許我們和野蠻人稱兄道弟。」

可憐的麥提，因為國王們的回覆而氣得半死。因為這表示麥提的教養不好，也沒有尊嚴。外交大臣建議麥提假裝沒看到、不明白這句話，但是麥提說什麼都不同意。

「我不想假裝我看不懂。我說不就是不。他們不只污辱我，還污辱了我的好朋友，他發誓要在我遇到危難時拯救我，準備好要為我犧牲生命，火裡來水裡去。為了證明他愛我，他甚至想要我把他吃掉。沒辦法，他是個野蠻人，非常野蠻，但是他想要改善。他是我真正的朋友，他信任我，不管是他還是我，我們都沒有叫間諜去探聽對方的消息。而白人國王很虛偽，很會吃醋。我會寫信告訴他們這一切。」

聽到這話，外交大臣嚇得臉都綠了。

「國王，您說您不想要戰爭，但是如果您寫這樣的信，就鐵定會有戰爭。我們可以寫出您的想法，但要用不同的方式。」

於是，麥提又整晚沒睡，和大臣們一起寫信。

這就是信的內容：

麥提國王和邦・德魯瑪國王成為朋友，目的就是為了要讓他不再吃人。邦・德魯瑪國王答應麥提，不會再吃人。如果他無法保持承諾，那是因為他害怕巫師會毒死他，因為黑人的巫師希望他們的國家繼續野蠻。麥提已經準備好要去驗證邦・德魯瑪國王是否真的放棄吃人，並且會把結果回報給白人國王們。

最後，麥提寫道：「我向您們保證，我很重視我的尊嚴和我黑人朋友的尊嚴，我準備好要用我的血和生命保衛這份尊嚴。」

這句話是用來警告外國國王，告訴他們麥提不允許任何人污辱他，雖然他不想要戰爭，但是他會在必要時上沙場。

外國的國王回信：「很好，如果邦・德魯瑪不再吃人，他可以和我們一起拜訪麥提的國家。」

外國的國王——尤其第一位國王——想要採取拖延戰術，因為他的新堡壘還沒蓋好。他們這樣想：「如果麥提說，邦・德魯瑪已經不吃人了，那我們就回信，黑人國王都會說謊，他們不值得信任，所以不能到麥提的國家。」

但是他們沒料到，麥提會使出新招，擺他們一道。

另一方面，當麥提接到國王們的回信，他宣布：「我要搭飛機去找邦・德魯瑪國王，這樣我才能確認，他是否已經不吃人肉了。」

大臣們費盡唇舌勸麥提打消念頭，不要踏上這趟危險的旅程。他們說，風可能會把飛機吹落，機師可能會迷路，也許汽油會短缺，或是引擎會故障。他們說了這麼多，但是卻一點用都沒有。

甚至製造飛機的工廠老闆——雖然他可以靠這筆生意賺很多錢——也勸麥提不要這麼做：「我無法保證，飛機在這五天的飛行中不會有任何損壞。飛機通常是在寒冷的地方飛行，我們還不知道，它在這麼熱的地方會不會壞掉。再說，某個螺絲可能會鬆脫，而在沙漠中沒有機師可以來修壞掉的飛機。」

而且，飛機能載的就只有麥提和機師。沒有懂得五十種語言的教授，麥提要如何和邦・德魯瑪國王交談？

麥提點點頭，表示這些他都知道，這是一趟很困難又危險的旅程，他可能會死在沙漠中，沒有教授的幫助他很難和邦・德魯瑪國王溝通，但是即使如此，他還是決定要去——而且說到做到。

他誠懇地拜託工廠老闆，不要省錢，而是要找最好的師傅，用最好的工具和材料，以最快的速度打造一架最棒的飛機。

工廠把所有其他的工作都暫停，讓最好的師傅以三輪班制，日夜趕工製造飛機。總工程師如此精密地計算了一切，後來他甚至因為過勞而發瘋，必須在醫院休養兩個月。而麥提每天都會坐皇家的轎車到工廠去，花幾個小時仔細看每一根管線和每一個螺絲。

你們應該可以想像，這消息在國內外都引起了轟動。報上幾乎什麼都不寫，只報導國王的旅程。人們稱呼麥提為「空中國王」、「沙漠國王」、「偉大的麥提」和「瘋狂麥提」。

「哼，這鬧劇將在此劃下句點。」嫉妒麥提的人說：「兩次還有可能成功，但第三次就不會那麼幸運了。」

麥提花了很長一段時間尋找機師。兩個機師自告奮勇和他同行：一個有點年長，缺了兩條腿和一隻眼睛，另一個則是菲列克。

年長的機師正好也是一位技師，正是他組裝了麥提的飛機。他在飛機的裝備和功能還很簡陋、經常發生意外時代，就已經在駕駛飛機了。他曾墜機七次，四次身受重傷，一次失去一隻眼睛，一次兩條腿被壓斷，另一次則斷了兩根肋骨，遭受到嚴重的腦震盪，喪失了語言能力，必須在醫院休養一年，這就是為什麼現在他說話口齒不清。上一次墜機讓他厭惡飛行，但是他實在太熱愛飛機了，所以來工廠工作，這樣就能每天製造飛機、看到飛機，雖然他已不能在天空翱翔。

但是，他願意跟麥提一起去。他的手很穩，而一隻銳利的好眼睛，足以當作兩隻眼睛來用。

菲列克很快就明白，他無法和那麼有經驗的機師相比。他很樂意放棄，尤其是——就像所有人都知道的——這可能是一趟有去無回的旅程。

於是，瘋狂麥提和他缺了腿的同伴就上路了。

◇◇◇

小屯駐地的軍官百無聊賴地坐在電報員那裡，抽著菸斗，一邊閒扯淡。

「喔，這是什麼噁爛人生，坐在這個沙漠邊緣、鳥不生蛋的的黑人小村莊。更令人討厭的是，自從麥提國王來過這裡，這些黑人們就一直經過我們的村莊，運送一籠籠的野獸，還有一袋袋邦・德魯瑪國王的黃金。這些動物們會住在麥提的首都，住在漂亮的城市，和白人們為伍，而我呢——我是個人，卻要在這荒郊野外待到死為止。以前這些黑人還會造反，我們至少可以和他們打仗，消磨時光。現在他們和麥提成為朋友了，安分得不得了，也不來攻打我們了，鬼才知道，那我們還在這裡幹嘛。我看再過一兩年啊，我們連怎麼開槍都會忘了。」

電報員原本想回話，但是電報機突然響了。

「喔，有電報。」

機器發出噠噠噠的聲音，白色的紙帶上出現了字母。

「喔喔，有趣的新消息。」

「什麼什麼？」

「我還不知道，等等……」

麥提國王明天會在下午四點坐火車抵達，他會坐飛機飛過沙漠，去找邦・德魯瑪國王。火車也會載著飛機去。當他們把飛機拿出來的時候，把某個齒輪弄壞，這樣麥提國王就無法成行。這是最高機密。

「我懂了。」軍官說：「八成是我們的國王不喜歡麥提和邦・德魯瑪國王建交。這命令不是很令人愉快。他們不想和食人族做朋友，卻來干擾麥提。這手段很卑鄙，但是沒辦法，我是個軍官，我必須完成上級的指令。」

軍官馬上叫了一個親信的士兵來，叫他裝扮成火車的挑夫。

「車站的挑夫都是黑人，所以當麥提看到一個白人挑夫，一定會雇用他來看管那些野蠻人，讓他們別把東西弄壞。到時候你就把一個齒輪拆掉，把飛機弄壞。」

「遵命。」士兵說，扮成挑夫的樣子，然後去了車站。

麥提到了車站，黑人挑夫們將他團團包圍。麥提比手畫腳地告訴他們，要把機器拿出來，但是要非常小心，這樣才不會把飛機弄壞。麥提怕黑人們不理解他，於是當他突然看見一個白人，他非常高興。

「我會給你很多錢。」麥提說：「只是要請你好好地和他們解釋，並且管好他們。」

這時候，軍官也跑過來了，彷彿才剛接到麥提抵達的消息。

「什麼？飛機？呵，呵，這會是一趟美妙的旅程啊。什麼？明天就要走？請國王在我們這裡停留幾天，休息休息吧。先生們，請到我們那裡一起吃早餐。」

麥提樂意地答應了，但是機師說什麼都不願離開。

「我寧可留在這裡，用我的一隻眼睛好好看著，免得有人搞鬼。」

「我會在這裡看守。」假扮成挑夫的士兵說。

但是缺了腿的機師很堅持，不肯走就是不肯走。只要飛機還沒有離開車廂，沒有組裝好，他一步都不會離開。

嗯，遇上這麼頑固的人，你也沒辦法。黑人們分別把機翼、引擎和螺旋槳拿出來，在機師的指揮下組裝。假挑夫想盡辦法要把機師引開，但是一直失敗。最後，他請機師吸會讓人陷入昏睡的雪茄，機師吸了幾口煙，就睡著了。

「讓這個白人睡吧，他經過這趟飛行，很疲倦了。你們也辛苦了……」士兵對黑人們說：「這是給你們的錢，去喝幾杯吧。」

黑人們於是就走了，趁機師還在睡，士兵把最重要的齒輪拆了下來，沒有它，飛機就不能起飛。他把齒輪深深埋在沙地裡，埋在一棵海棗樹下。

一小時後，機師醒來了，他覺得有點愧疚，他竟然在工作的時候睡著了。他完成了組裝，然後黑人們用輪子把飛機拖到駐紮地那裡。

「怎麼樣？」軍官悄聲問士兵。

「沒問題的。」士兵說：「我把齒輪埋在海棗樹下了。要把它拿給你嗎？」

「不用了，就讓它留在那裡吧。」

第二天，太陽還沒出來，麥提就開始準備上路了。他只帶了四天份的水，一點點食物和兩把手槍。他們把汽油加入引擎，還帶了給引擎上油的機油。除此之外什麼都沒帶，這是為了減輕飛機的負擔。

「好了，我們可以走了。」

但是發生了什麼事？引擎不動了。會是什麼問題？機師大惑不解，畢竟飛機是他親手裝箱，親手組裝的。

「少了一個齒輪！」他突然大喊：「有誰會把齒輪拆掉？」

「什麼齒輪？」軍官問。

「這裡，這裡本來有一個齒輪的。沒有它，我們不能起飛。」

「您沒帶備用的嗎？」

「你以為我是白癡還是怎樣？如果有東西會在路上壞掉或斷掉，我會帶備用的，但是這個齒輪既不能斷掉，也不能壞掉。」

「也許你們忘了裝上它？」

「夠了！這是我親手在工廠裝的。我昨天把引擎從箱子裡拿出來時，還看到過它。一定是有人故意拆下來的。」

「如果這個齒輪會發亮，」軍官說：「那可能是黑人拿走的，他們喜歡發亮的東西。」

麥提非常擔憂，一直站在飛機旁沉默地觀看，突然，他注意到機翼旁邊的沙地上，有一個發亮的東西。

「那邊什麼東西亮亮的？各位，請你們去看看吧。」

當大家看到那發亮的東西竟然就是失蹤的齒輪，都驚訝莫名。

「這是什麼鬼地方！」機師大吼：「接二連三發生奇怪的事。我活到現在，還沒有在工作時睡著過，而昨天我第一次睡著了。我的飛機上各種零件壞過，但是從來沒發生過齒輪被拆下來的事，畢竟它是拴得最緊的。而現在，它又是怎麼跑到這裡來的？」

「喂，我們快動身吧。」麥提說：「我們已經浪費一小時了。」

軍官也同樣地驚訝，而最驚訝的則是站在不遠處的、假扮成挑夫的士兵（現在他已經換回平常的裝束了）。

「這一定是那些黑鬼的把戲。」他想，而事實也確實如此。

當黑人們來到酒館，他們開始談論那座他們從火車上搬下來的奇怪機器。

「完全就像是一隻鳥。麥提國王好像要坐著它，去找食人族的邦．德魯瑪國王。」

「那些白人還有什麼事辦不到？」他們無法置信地點著頭。

「而對我來說，」一個老黑人說：「那個白人挑夫比這隻死鳥還奇怪啊。我在白人底下工作三十年了，從來沒看過一個白人那麼好心，看到黑人工人累了，於是在工作結束前就給他錢。」

「他是打哪來的？是跟著國王來的嗎？」

「我敢發誓，他是這裡的士兵之一，只是假扮成挑夫。他說我們的語言說得太流利了。」

「那你們有沒有注意到，那個白人挑夫給機師抽雪茄，然後他就睡著了？那一定是讓人昏睡的雪茄。」

「情況看起來不單純啊。」他們所有人都同意。

工作完成後，白人挑夫就離開了，而黑人坐在不遠處的一棵海棗樹下，沒錯，就是埋著齒輪的那一棵。突然一個年輕黑人大喊：「喔喔，這邊的沙子剛才被挖過。有個東西被埋起來了。我記得很清楚，我們開始工作前這裡的沙子沒被動過。」

他們開始挖地，找到了齒輪，然後立刻就猜到了一切。

該怎麼辦？白人想要擺麥提一道，而黑人們很愛麥提。不只如此，自從邦．德魯瑪把裝了野獸的鐵籠子運送到那巨大的、噴著氣的龍上（白人們叫它「火車」），挑夫們也賺了不少錢。

該怎麼辦？如果他們去找麥提，把齒輪給他，駐紮地的白人軍官也許會嚴厲地處罰他們。最後他們決定半夜偷偷去營地，然後把齒輪丟在那裡。

他們於是這麼做了。感謝誠實黑人的幫助，麥提雖然晚了三個小時，但還是上路了。

◊
◊
◊

他們迷路了！

沒有親身經歷過的人，完全無法了解這有多危險。如果你在森林迷路，旁邊至少有樹，你可以走到森林小屋中，林子裡有莓果、小溪，你可以喝水，在樹下睡覺。如果你坐的軍艦迷航了，你們可以在船上度過一段歡樂時光，船上有備用的食物和水，遠處可以看到島嶼。但如果你們只有兩個人，開著飛機，在沙漠中迷路……，那大概會是人類能遇到的最可怕的事。你既不能問人，也什麼都看不到，最糟的是，連打個盹補充一點精神都不行。

你坐在這可怕的鐵鳥中，知道它飛得和箭一樣快，但是你不知道它要飛到哪裡。你知道只要還有汽油和機油，它就可以一直飛，但是當油用完，它就會像一隻死鳥般墜落。隨著巨鳥死去，你們在熾熱的沙漠中也沒有活下去的機會。

兩天前他們飛過了第一個綠洲，昨天飛過了第二個，今天早上七點本來應該飛過第三個綠洲——然後在下午四點會到達邦・德魯瑪的國家。這時刻表是由二十個教授根據風速算出來的。他們只需要朝同一個方向前進，因為在空中不需要避開任何危險或阻礙。

所以，到底發生了什麼事？

今天早上七點，他們本來應該通過第三個綠洲，現在已經七點四十了，在他們下方只有無邊無際的沙子。

「我們在空中還可以撐多久？」

「最多六個小時。汽油也許可以撐更久，但是這怪獸吃太多機油，六個小時已經是極限了。天氣很熱，它想要喝油——這很正常。」

他們了解機器需要喝油，因為他們自己所剩的儲水也不多了。

「國王，請您喝水吧。」機師說：「我不用喝那麼多水，因為我把腿留在後方了，它們已經不需要水。喔，當我死後，要爬著回家去找我的腿，會是一件很困難的事啊。」

機師雖然嘴裡有說有笑，但麥提看到他的眼裡有淚光。

「已經七點四十五了。」

「七點五十。」

「八點。還看不到綠洲。」

如果他們是遇到暴風雨，那死了也就算了，不會感到遺憾。但是一切本來都很順利的啊。他們提早了十秒鐘經過第一個綠洲，晚了四秒鐘經過第二個綠洲。他們一直都以同樣的速度行進——嗯，如果是晚了五分鐘那還沒什麼，但現在他們可是晚了整整一小時。

他們本來已經快到了，今天就可以結束這趟危險的旅程。未來所有的一切都取決於這趟旅程，現在該怎麼辦？

「也許我們該換個方向？」麥提建議。

「換方向很簡單，我的飛機很聽話。看它飛得多漂亮啊！發生這樣的事，不是它的錯。不要擔心，我親愛的小鳥。換方向很容易，但是為什麼要換？還有要換哪個方向？這才是問題。我想，我們還是往前開吧。也許這又是某個惡魔的把戲，就像那個失蹤的齒輪一樣。為什麼它突然消失，又馬上出現？這真的很奇怪啊。引擎又想喝油了，好吧，混帳，你就喝一小杯機油吧，但是記得，不要喝醉，喝醉了就會有不幸的事發生喔，而你的前途看起來不是很光明啊。」

「綠洲！」一直在看望遠鏡的麥提，突然大叫。

「好極了。」機師說，他在情況順利時的語氣，就像剛才在逆境中一樣平靜。

「綠洲終於出現了，很好。我們遲了一小時又五分鐘，沒什麼好怕的，我們的汽油足夠飛到目的地，甚至還可以再飛三小時，因為風不會阻礙我們。好了，現在我們可以一起暢飲了。」

機師倒了一杯水給自己，然後用杯子撞了一下裝機油的瓶子，表示乾杯。

「敬你一杯，兄弟。」

他給飛機上了滿滿的油，自己也喝下一整杯水。

「國王，現在請您借我一下望遠鏡，我想用我的一隻眼睛看看地下的奇景。」

「呵，呵，邦．德魯瑪國王的森林還真漂亮。陛下，您是否確定，他已經不再吃人了？被吃掉還不是最糟的，如果你知道自己煮起來好吃，會被人稱讚，至少感覺不會那麼差。而我呢，我的肉一定又硬又多筋，而且我還沒有腿，肉比較少，肋骨還曾經斷過，煮起來一定不好吃。」

麥提無法相信自己的耳朵，這個在火車旅途上沉默不語的男人，現在竟然變得如此多話，充滿幽默感。

「國王，您確定就是這個綠洲嗎？也許我們前面又會是一片沙漠，或許我們在這裡降落比較好。」

麥提不是很確定，所有的一切從空中看起來是這麼不同。但是他們不能在此降落，因為他們一定會遇到沙漠中的強盜，或是被兇猛的野獸攻擊。

「也許我們下降一點，這樣就可以看個仔細。」

「啊，好。」麥提說。

他們之前飛得很高，因為高空比較涼爽，這樣可以節省機油。但是現在他們不用擔心了，因為再過幾個小時，就可以抵達終點。

飛機發出轟隆轟隆的聲音，猛烈搖晃了幾下，然後開始下降。

「這是什麼？」麥提奇怪地問。

然後，他立刻大喊：「往上！快點往上飛！」

十支箭射到了機翼上。

「你沒受傷吧？」麥提不安地問機師。

「完全沒有。」他加了一句：「這些黑人打招呼的方式還真是友善。」

幾支箭又咻咻咻地從飛機旁邊呼嘯而過，他們再次往上爬升。

「現在我很確定，這就是上次我們經過的綠洲。沙漠的強盜不會跑太遠，因為他們到沙漠中也沒事好做。他們會在邦．德魯瑪的森林附近打轉，並且在最近的綠洲紮營。」

「國王，你確定我們回來的時候會騎駱駝，而不是坐飛機？」

「我想，邦．德魯瑪會用駱駝商隊護送我們回來，像上次一樣。再說，在邦．德魯瑪的國家或許找得到機油，但汽油是一定沒有的。」

「如果是這樣，」機師說：「那我們就可以冒個險。盡責的火車司機員會在火車延誤的時候，加快速度，這樣才能準時到達。我也會這麼做：我會全力衝刺，這樣就能在預定的時間降落。這也許是我此生最後一次飛行了，就讓我漂亮地完成任務吧。」

機師加速飛行，一分鐘後，他們就把綠洲和強盜甩在後頭了。

「機翼上的箭不會影響飛行嗎？」

「不要緊，就讓它們掛在那。」

他們飛呀，飛呀，飛呀，飛呀。上滿了油的引擎盡責地運作，再一次，眼前的景致就像上次那樣，慢慢地在他們眼前浮現——先是灌木，然後是低矮的樹林。

「呵，呵，我的馬兒感覺到馬廄近了。」機師開玩笑地說。

他們喝光、吃光最後一點儲水和存糧，這樣在降落的時候才不會肚子空空，因為他們並不知道歡迎的宴會將會持續多久，也不知道什麼時候才能吃到食物。再說，空著肚子去作客，是一件很沒有禮貌的事，這樣主人搞不好會認為，他們是特地來大吃大喝的。

他們開始小心地降落，放慢了速度，因為麥提已經從遠處看到邦·德魯瑪國王森林那灰色的邊緣了。

「嗯，很好。」機師說：「但是在這森林裡有沒有一塊空地？因為我們無法降落在樹上。雖然，有一次我確實降落在樹上，但那是飛機讓我迫降的，不是我。我就是在那時失去了一隻眼睛。那時候我很年輕，飛機也很年輕，而且不聽話。」

在邦·德魯瑪國王的宮殿（也就是他的小屋）前，有一塊空曠的林地。現在麥提他們的飛機已經降得很低，在森林上方盤旋，尋找這塊空地。

「往右邊一點！」麥提透過望遠鏡往下看，大喊：「過頭了，要往回走。」

飛機在空中打轉，他們再次陷入困境。

「左邊一點，繞小圈一點，喔，好了。」

「喔，我看到了，我看到了。對，這是一塊空地，但那下面的是什麼？」

「往上！」麥提恐懼地大喊。

他們再次往上爬升。他們聽到耳邊傳來震耳欲聾的叫聲，彷彿整個森林都在嘶吼。

王宮前的空地上擠滿了人，從上面看下去，底下滿滿的都是人頭。

「一定發生了什麼事，不然就是邦．德魯瑪死了，不然就是在慶祝某個節日。」

「嗯，好吧，但是我們畢竟不能降落在他們頭上。」

「我們必須往上飛，然後再往下降落，這樣他們就會明白，他們必須散開，不然我們會把他們壓扁。」

他們七次往上爬升又下降，最後黑人們總算了解，這巨鳥想要在空地上降落，於是乖乖地往後退，退到樹林裡去，飛機於是平穩地落地了。

麥提還沒在地上站穩，一個毛茸茸的動物就向他衝來，用力抱住了他的脖子。

直到麥提站穩，頭不暈、眼前也不冒金星了，他才看清楚在他眼前有一顆長滿捲髮的小孩的頭。當孩子把頭抬起來看著他，他立刻認出，那是邦．德魯瑪國王的女兒，可愛的小克魯—克魯。

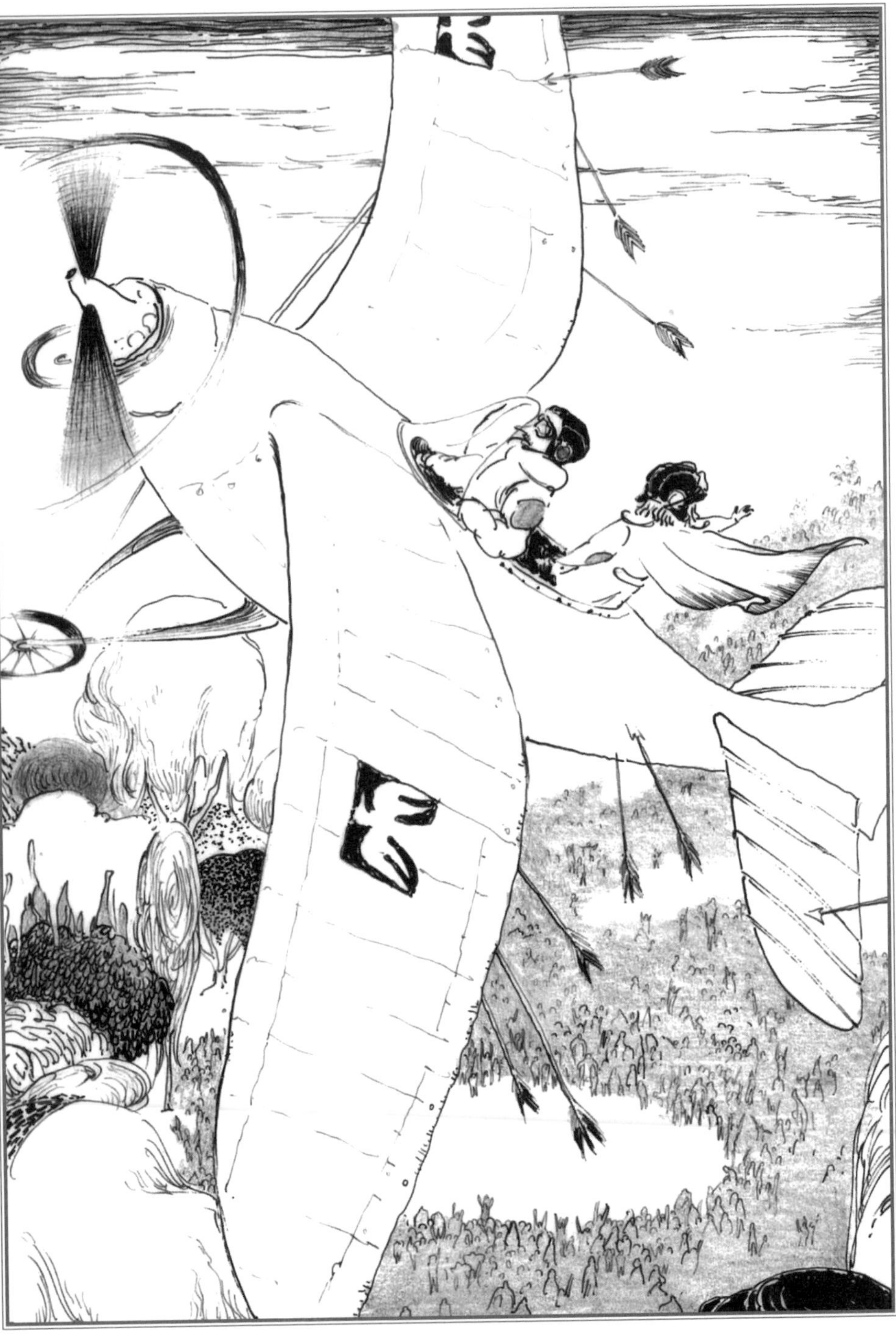

◇◇◇

麥提完全搞不清楚狀況。所有的一切發生得如此迅速，麥提好幾次以為，他在做夢，或是在電影院裡。

他看到邦・德魯瑪在他正前方，被繩子綁著。邦・德魯瑪躺在一個草堆上，而在他身邊站著許多黑人祭司。所有的祭司都看起來很可怕，但是其中有一位特別可怕：他有兩隻翅膀、兩顆腦袋、四隻手和兩隻腳。這是他的裝扮。在一隻手中他拿著一塊木板，上面用人血寫了或畫著一些什麼，他的另一隻手則拿著一個火炬。麥提猜到，他們要把邦・德魯瑪燒死。在邦・德魯瑪身邊則是他的一百個妻子，也被綁了起來，每個人手上都有一隻毒箭，指向自己的心臟。他們的孩子哭得驚天動地，用四肢爬行，或是哀傷地翻筋斗。只有克魯—克魯牽著麥提的手，把他帶到她父親身邊，說了一些話，但是麥提不明白她說了什麼。為防萬一，麥提把手槍拿出來，朝天空鳴槍。

就在這時，麥提聽到身後傳來一聲吼叫。機師大叫著搖晃雙手，拼命用他沒有腿的身體往上跳，全身發青，然後就倒地而死。

所有的黑人看到這一幕，都開始大吼，麥提以為他們瘋了。有著兩顆頭的祭司用刀把邦・德魯瑪身上的繩子割開，然後開始狂野地跳舞，之後他走到邦・德魯瑪原本躺著的草堆上，用火炬點燃手中的木頭。木頭上一定是塗了某種易燃的液體，因為它馬上就熊熊燃燒，火勢如此猛烈，麥提和克魯—克魯差一點來不及跳到旁邊。要是沒躲過，他們可能也會被燒死。

飛機就停在草堆不遠處，所以一個機翼也被火勢波及。飛機發出了巨大的轟隆聲——原來是引擎中的汽油爆炸了。邦．德魯瑪的妻子們把麥提抬起來，把他放在金色的王位上，之後邦．德魯瑪和所有其他小國的黑人國王和公爵都在王位下向麥提磕頭，抬起麥提的右腳，往他們的脖子上敲三次，說了一些麥提聽不懂的話。

黑人們把死去機師的屍體包裹在浸了香油的布裡。麥提在上述的儀式結束後，跪在機師身邊，想為他禱告，但那香油的氣味如此強烈，讓他頭昏腦脹。

「這一切代表著什麼？」

很明顯，發生了很不得了的事。但是到底發生了什麼事？看起來彷彿是麥提救了邦．德魯瑪國王和他的一百個妻子。目前，麥提似乎沒有受到任何威脅。但在這些野蠻人的國度，你真的能對任何事感到百分之百確定嗎？

這一大群黑人是打哪來的？他們來這裡要做什麼？他們同時在森林裡燒起了幾千個火堆，唱歌、跳舞、演奏樂器，每一個部落都有自己獨一無二的音樂和與眾不同的歌謠。

來到這裡的不只有邦．德魯瑪的人民，麥提可以透過他們的服裝認出他們。有些人一定是住在叢林中的，因為他們身上穿著草葉和鳥羽，另一些人背上背著用大海龜的殼做成的鎧甲，還有一些人穿著猴子的皮，其他人全身赤裸，只有鼻子和耳朵上戴著裝飾。

麥提並不害怕，因為他已經多次勇敢地直視死神的眼睛。但是現在他離家不知有幾千里，身邊有數千個野蠻人，而他只有自己一個人……不，即使麥提很勇敢，這也超過他所能負荷的。尤其當麥提想起正直的機師，就這麼不明不白地慘死，他難過得要命，於是放聲大哭。

麥提睡在一個獨棟的、用獅子皮和老虎皮做成的小屋，他以為，在這裡他可以任意大聲哭泣，沒有人會聽到他的哭聲。但是他弄錯了。小克魯─克魯在這裡守護著他，她不會離開麥提一步。現在麥提在巨大鑽石的光芒下看到克魯─克魯，她也在哭，她把她黑色的小手放在麥提的額頭上，流下真心的淚水。

喔，麥提感到多麼遺憾，他不懂食人族的語言。克魯─克魯一定會告訴他一切的。她對他說了一些什麼，說得很慢很慢，重複了好幾次。她以為，這樣麥提就會懂。她比手畫腳地對他解釋，麥提從這一切中猜出兩件事：克魯─克魯是麥提在世界上最好的朋友，麥提很安全，沒有任何事會威脅他——不管在現在還是未來。

雖然麥提很疲倦，但他一夜都沒睡。

直到早上，黑人們的叫喊才變得比較安靜，麥提於是睡著了。但之後他又被叫醒，被人放到王位上，然後所有的黑人部落都紛紛來給他獻上禮物。麥提微笑著謝謝大家，但是他明白，在世上沒有這麼多駱駝，可以讓他把這麼多禮物帶回國內。再說，外國國王在麥提離開之前就告訴他，他們只允許裝著野獸的籠子通過他們的國家，除此之外一概不准，即使麥提會付他們很多錢，不准就是不准。

「啊，真可惜。」麥提想：「如果我的國家有自己的港口和軍艦就好了。」

如果要我說實話，我會告訴你們：麥提也想著，如果爆發新的戰爭，而麥提再次獲勝，他會要外國的國王給他一個海港，這樣他就不用看他們的臉色了。

麥提很樂意在這裡再待一個星期，好好休息，但是他無法這麼做。如果戰爭在他不在的時候爆發怎麼辦？他回去後要怎麼讀完他不在時沒讀的信？畢竟，他每天都應該要讀一百封信，見一百個孩子，把他們需要的東西給他們啊。

「我該回去了。」麥提對邦．德魯瑪國王說，比比駱駝，又指向北方。邦．德魯瑪國王明白了。

然後，麥提用手勢告訴邦．德魯瑪，他想把英勇機師的屍體帶回國。

邦．德魯瑪國王明白了。

當機師從塗了香油的布中被拿出來，麥提看到他死去的同伴：他現在全身就像大理石一樣又白又硬。他們把他放入一個黑檀木箱子裡，然後比手畫腳告訴麥提，可以把他帶走了。

黑人們又拿了第二個箱子，裡面放入燒燬飛機的殘骸。麥提用比的告訴他們，他不需要帶走那東西。邦．德魯瑪非常高興。這讓麥提覺得很奇怪，飛機的殘骸難道有這麼重要嗎？

一切都安排妥當了。但是麥提依然不知道最重要的事：邦．德魯瑪到底還吃不吃人？他沒有別的辦法，只好帶邦．德魯瑪同行。

所以，麥提就帶著邦．德魯瑪上路，和上次一樣，駱駝商隊護送他們穿越沙漠。

直到麥提回到自己的首都，自己的辦公室，他才了解，他在食人族的國家經歷到的奇怪事件有何意義。懂得五十種語言的教授，向麥提解釋了一切：

曾經，邦．德魯瑪的一個祖先想要放棄吃人肉，祭司們就毒死了他。那時候，總祭司對大家說了這麼一個古老的傳說。

他說，有一天，食人族會改變。事情會是這樣子的：在夜晚，會出現一隻巨鳥，牠有著鐵做的心臟，牠的右翼會掛著十支毒箭。這隻鳥會在王宮前的空地繞七圈，最後掉落下來。這隻鳥有很大的翅膀、四隻手、兩個頭、三隻眼睛和兩隻腳。一個頭和兩隻手會被十支毒箭的其中一支毒死。會有兩次閃電。然後總祭司會被燒死，大鳥那鐵做的心臟會爆裂，最後鳥只剩下一小塊大理石，一把灰燼——那時候，一個白人會成為所有黑人國王的國王。那時候，黑人就會停止吃人，而且會從白人那裡學習各種技巧和智慧。在這隻鳥出現之前，黑人不能做出任何改變。每個想要在此之前做出改變的國王，必須被燒死，或是被毒死。

邦．德魯瑪選擇被燒死。就在他即將被火燒死、他的妻子被毒箭毒死的時候，飛機帶著兩個旅行者出現了。麥提帶來了閃電（他對空鳴槍兩次），而機師（他就是鳥的兩隻手和一隻眼睛）

死去了——他不小心被沙漠強盜射出的毒箭刺到。總祭司自願被燒死，巨鳥也燒毀了。麥提不只成為食人族的國王，也成了所有黑人國王的國王。從現在起，食人族再也不會吃人，他們想要學寫字和讀書，不會在鼻子上穿貝殼和骨頭，而會穿像大家一樣的衣服。

「太好了！」麥提大喊：「就讓邦．德魯瑪送一百個黑人到這裡來，我們的裁縫會給他們縫衣服，我們的鞋匠會給他們做鞋子，我們的水泥匠會教他們蓋房子。我們會送留聲機給他們，這樣他們就可以學會好聽的旋律，我們一開始會先送他們喇叭、鼓和長笛，之後再送他們小提琴和鋼琴。我們會教他們我們的舞蹈，還會給他們牙刷和肥皂。」

如果他們習慣了這樣的生活，也許他們的皮膚就不會那麼黑。雖然老實說，就算他們的長相和白人不一樣，這也一點都不打緊。

「我知道我要做什麼了！」麥提突然大叫：「我要在邦．德魯瑪的首都設置無線電報。這樣我們就可以更容易和他們談事情，因為每次要跑那麼遠實在很麻煩。」

麥提於是叫了皇宮的工匠來，要他們替邦．德魯瑪做二十套衣服、二十件外套、二十雙鞋子和二十頂帽子。理髮師替他理了髮。邦．德魯瑪接受這所有的一切，只是當他誤食了鞋油和肥皂時，他有點不舒服。從這時候起，四個僕人會隨時看著邦．德魯瑪，以防他又不小心做出什麼蠢事。

6.

總理大臣在麥提回國的第二天就召開會議，但是麥提請求他暫緩一天。剛好下了雪，又白又濕，在御花園裡聚集了二十個男孩，其中也包括菲列克和史塔修。他們玩得這麼高興，麥提看到他們在玩，也好想和他們一起玩。

「總理大臣，」麥提說：「我昨天剛從一趟艱難又危險的旅程回來。我把所有的事都處理好了。所以，雖然我是國王，我能不能休息一下，只有一天？畢竟，我還是個小男孩，喜歡玩耍。如果沒有很重要的事，如果可以等一天，那我寧願明天再開會，而今天我會整天和孩子們玩。您看，那麼漂亮的雪，這一定是今年最後一場雪了。」

總理大臣很同情麥提，雖然麥提沒有請求他允許，只是問他可不可以，但事實是，麥提很希望得到總理大臣的允許。

「啊，我們可以等一天。」總理大臣說。

麥提高興得跳了起來。他穿上短皮衣，這樣衣服就不會妨礙他的行動——過沒多久，他就和孩子們在捏雪球、互相丟來丟去了。一開始，孩子們沒有向他丟雪球，因為他們不知道能不能這麼做。但是麥提注意到，沒有人丟他，於是大喊：「我有話要說！只有我丟你們，你們卻不丟我，這不算遊戲。你們別怕，我會保護自己的。雪球，畢竟不是毒箭！」

於是大家就放心了。他們分成兩隊，一隊攻擊，一隊防守。他們的喧嘩吵鬧是如此大聲，僕人們都緊張地跑出來看到底發生了什麼事。當他們看到國王，只是覺得很奇怪，但是沒說什麼就離開了。

如果有人不認識麥提，光看這一群孩子，一定認不出誰是國王。麥提和所有人一樣全身沾滿了雪，因為他跌倒了好幾次，有好幾顆雪球打中了他的背、頭和耳朵，即使如此，他依然堅定地防守。

「聽著！」他突然大叫：「我們來規定，如果有誰被雪球打中，就算是死了，然後他就不能繼續參加戰役。這樣我們才知道，哪一隊贏了。」

這並不是個好主意，因為很快地所有人都死了。於是他們更改了規定：被雪球打中三次的人就算死了。雖然有人要詐——被打中三次了還在丟人——但是情況比之前好了。現在沒有那麼多噪音，他們的雪球捏得更好，也更能瞄準。之後他們又更改了規則：如果有人跌倒，那就算死了。

啊，多好玩，又多痛快的遊戲。

打完雪仗，他們堆了一個奇大無比的雪人，讓它手拿鏟子，又用煤炭做眼睛，胡蘿蔔當鼻子。為了做雪人，麥提一次又一次地跑進王宮的廚房。

「廚師先生，請給我兩個煤炭。」

「廚師先生，請給我一根胡蘿蔔，拿來做雪人的鼻子。」

廚師很不高興，因為所有的男孩都跟著麥提一起進來，廚房裡很熱，孩子們身上的雪都融化了，地板被弄得髒兮兮的。

「我當了二十八年的御廚，從來沒見過我的廚房搞成這麼髒，像是豬圈。」他抱怨，然後生氣地要助手來擦地板。

「可惜，在邦．德魯瑪的王國裡沒有雪。」麥提想：「不然我就可以教那些黑人小孩堆雪人。」

當雪人堆好，菲列克建議大家一起玩雪橇。王宮裡有四個兒童用的雪橇，還有四匹小馬。他們給小馬戴上馬具。

「我們會自己駕馬。」麥提對馬伕說：「我們會繞著花園競賽，誰先繞花園五圈，誰就是贏家。」

「好！」男孩們同意。

麥提本來已經坐上雪橇了，但是這時候他突然看見總理大臣很快地往他們的方向走來。

「一定是來找我的。」麥提沮喪地嘆氣。

事實確實如此。

「對不起，真的很對不起，國王陛下。我很抱歉，要打斷您的遊戲。」

「嗯，沒辦法。你們就自己去玩吧，不要管我。」麥提對男孩們說，然後轉向總理大臣：「所以，發生了什麼事？」

「我們在國外的頭號間諜回來了。」總理大臣對麥提耳語：「他帶來了一項重大的新消息，他不能寫信告訴您，因為他怕消息走漏。我們必須立刻開緊急會議，因為他再三個小時就要去國外了。」

就在這時，第一輛雪橇翻倒了。因為小馬很久沒戴馬具了，牠很不高興，沒有往前跑，反而往旁邊跳。麥提憂鬱地看著男孩們哈哈大笑地從雪地上站起身，把雪橇扶起來。但是能怎麼辦呢？他跟著總理大臣走了。

能看到一位真正的間諜讓麥提感到很新奇，因為在此之前，他只聽說過他們的事。

麥提以為，來的人會是一個光腳的男孩或是扛著袋子的老乞丐，但是來到他面前的卻是一位優雅的男士。麥提一開始甚至還以為他是農業大臣，因為農業大臣平常都待在鄉下，很少來城裡開會。

「我是在第一位國王那裡搜集情報的情報總長。」優雅的男士說：「我來是為了警告國王陛下，那位國王的兒子昨天蓋完了堡壘。但這還不是最糟的。這一年來，他極度祕密地在森林裡蓋了一座彈藥工廠，而且已經完全準備好要和我國交戰，他的彈藥數量是我們的六倍。」

「這混帳！」麥提大叫：「我在森林裡幫孩子們蓋小屋，這樣他們才能在夏天去鄉下度假，而他卻在森林裡製造子彈和大砲，好來攻打我的國家，摧毀我建造的一切。」

「等等，還不只如此。」情報總長用他悅耳的聲音悄聲說：「他還有更可怕的計畫。他知道您要寄信給各位國王，邀請他們來參加議會的開幕典禮，他於是買通了我們的秘書長，要把邀請函替換成偽造的宣戰書。」

「啊，這下三濫。我早就知道了，我去他們那裡作客的時候，就看出他討厭我。」

「我還沒說完。喔，這老國王的兒子很聰明，如果秘書長沒有成功把信調包，他已經準備好兩封同樣的宣戰書，上面有偽造的您的簽名，要寄給憂鬱的國王和有許多黃種人朋友的國王。現在，國王陛下，請允許我為他辯護。」

「您怎麼能為這種沒誠信的強盜辯護？」

「沒辦法：他只是為他的國家著想，就像我們為我們的國家著想。我們想要爭第一，他也想要。沒有必要為此生氣，只需要提高警覺保護自己，並且及時處理危機。」

「那我該怎麼做？」

「請您現在簽署給外國國王的邀請函，我會祕密地把它們寄出。明天在會議上，您會和大家照常開會討論，彷彿這些信還沒有寄出。您得讓秘書長更換信件，直到最後一刻才打開——那時候就將他逮捕。」

「好。但是堡壘和彈藥工廠怎麼辦？」

「啊，那些愚蠢的東西。」情報總長微微一笑，說：「我們會把它們燒燬。我正是為這件事來找您的，請您同意我們這麼做。」

麥提臉色一白。

「怎麼可以？現在畢竟沒有戰爭啊。在戰爭期間，把敵人的火藥庫燒燬是另一回事。但是現在情況是：我們要邀請他來我們的國家拜訪，又要假裝我們不知道他做了什麼，同一時間，卻要對他做這種事。」

「我明白。」情報總長說：「陛下覺得這種事很不光彩、很卑鄙。如果您不同意，那我就不會這麼做。但是那樣情勢會對我國很不利：他的彈藥數量是我們的六倍。」

麥提不安地在辦公室內踱步。

「那您打算怎麼進行？」麥提問。

「我們買通了工廠總工程師的助手，他對所有東西的位置一清二楚。那裡有一棟小房子，是用來裁木板的。這件事沒有人知道。那裡有許多木屑，我們給木屑點火，就會引發火災。」

「那他們會滅火。」

「他們滅不了火。」情報總長瞇起眼，笑著說：「因為陰錯陽差的巧合，主要的水管剛好會破掉，整個工廠裡不會有一滴水，國王陛下可以放心。」

「那工人會被燒死嗎？」麥提又問。

「火災通常在夜間發生，不會死很多工人。如果發生戰爭，會死比這多幾百倍、幾千倍的人。」

「我知道，我知道。」麥提說。

「國王陛下，我們必須這麼做。」總理大臣膽怯地插嘴。

「我知道，我們必須這麼做。」麥提生氣地說：「那你們為什麼問我，我同不同意？」

「我們不能不問。」

「我們必須，不能不問。那就請你們把工廠燒掉，但是不要去動堡壘。」

麥提很快地簽署了給三個外國國王的邀請函，然後回到自己的房間。

他坐在窗前，看史塔修、菲列克和所有的孩子們快樂地駕著雪橇玩。他用雙手托著沉重的腦袋，想：「現在我明白，為什麼憂鬱的國王這麼憂鬱地拉著小提琴了。我也明白，他那時候為什麼不想和我打仗，卻必須與我為敵。」

◇◇◇

當最後的會議即將舉行，也就是給外國國王的邀請函要被放到信封裡、蓋上國王的印章時，麥提迫不及待地等著——他想看看，秘書長要怎麼把邀請函調包成偽造的宣戰聲明。然而，秘書長卻沒有來，來的是他的助手，這讓麥提覺得很奇怪。

「度假小屋都蓋好了？」麥提問。

「絕對都準備好了。」

「太好了。」

他們的計劃是這樣的：盛大的典禮將會持續一星期。第一天的節目有：禱告會、閱兵、午宴和劇院表演。

第二天：成人議會開始運作。第三天，兒童議會開始運作。第四天：動物園開幕。第五天：兒童的大遊行，兒童們會到鄉下，去麥提為他們在森林裡蓋的度假小屋，在那裡度過整個夏天。

第六天：給外國國王的盛大歡送會。而在第七天，所有的賓客都會離開。

麥提還在第四天加了一項節目：給機師的雕像揭幕。機師在麥提上一次的旅程中英勇地殉職，這雕像是用來紀念他的。除了揭幕儀式，也會有一場給黑人國王的露天餐會。

成人議會和兒童議會的議員會出席所有的活動，菲列克會坐在麥提的左邊，而總理大臣坐在麥提的右邊。這表示，大人的大臣和兒童的大臣在國王面前是完全平等的，所有人也都會稱呼菲列克：「大臣。」

當他們談完所有的事，麥提就簽署了給外國國王的邀請函。給白人國王的用黑色墨水寫在白紙上，給黃種人國王的用紅色墨水寫在黃紙上，給黑人國王的則用金色墨水寫在黑紙上。邦．德魯瑪國王會把給黑人國王的邀請函帶給他們，給黃種人國王的邀請函則會由他們的朋友——麥提拜訪過的第二位國王轉寄。但是，麥提已經和這位國王約好，他會把這些邀請函留在自己那裡，那時候黃種人國王就會生麥提的氣，於是和他交好。

宮廷司儀拿來了一個盒子，裡面裝著國王的印章。他們把邀請函分別裝入信封，然後秘書長的助手就把印章蓋在紅色和綠色的火漆蠟上，把信封封起來。

麥提仔細地觀看。以前這整套封章儀式讓他覺得好笑、沒必要，而他總是很生氣這一切為什麼持續這麼久。現在他明白，這件事其實很重要。

所有的信都已經封好，除了最後三封。大臣們已經對這儀式感到無聊，開始抽雪茄、低聲交談，雖然規定不允許他們在封章儀式期間談話。他們不知道接下來會發生什麼事。知道內幕的只有麥提、總理大臣和司法大臣。後來，外交大臣甚至對他被蒙在鼓裡，感到非常不高興。

秘書長助手的臉色變白了，但是他的手完全沒抖。當他要把給白人國王的邀請函放進信封時，他突然開始咳嗽，彷彿找不到手帕，於是在口袋裡翻找。然後，他巧妙地從口袋裡連同手帕，拿出三封和邀請函一樣的信，放入信封，同時把原來的邀請函藏了起來。如果麥提他們不是原本就知道這件事，絕對看不出他把信件調包了。

「國王陛下，抱歉。」他謙卑地說：「在我的辦公室有玻璃被打破，所以我感冒了。」

「喔，不要緊。」麥提說：「這甚至是我的錯，因為那玻璃是我和朋友們在打雪仗時打破的。」

助手很高興，以為自己神不知鬼不覺地完成了任務。突然，司法大臣說：「各位大臣，注意，請放下你們的雪茄。」

大家馬上猜到，發生了不尋常的事。司法大臣戴上眼鏡，對秘書長的助手說：「我代表法律，以間諜和叛國的罪名逮捕你。根據第一百七十四條條文，你會被處以絞刑。」

助手的眼睛瞪得大大的，從額頭擦了一把汗。但是他故作鎮靜地說：「大臣，我什麼都不知道，也什麼都不明白。我生病了，在咳嗽，因為我辦公室的玻璃被打破了。我必須回家休息。」

「不，兄弟，你逃不了的，我們立刻會把你押入大牢。」

五個監獄守衛走進來，給助手上了手銬腳鐐。

「發生了什麼事？」其餘的大臣驚訝地問。

「你們馬上就會知道了。國王，請您把這些信打開。」

麥提把信打開，然後給大家看偽造的信函。上面寫著：

現在，所有野蠻人的國王都是我的朋友了，我根本不在乎你們。我打敗了你們一次，現在我會打敗你們第二次。到時候你們都要聽我的話。我在此向你們正式宣戰。

第五個監獄守衛從助手口袋裡拿出和手帕包在一起的三封信，那是原本要寄給白人國王們的信。

上了手銬的助手簽了一份文件，證明一切屬實。他們打電話叫來了秘書長，他聽到消息就害怕地立刻趕了過來。

「啊，這混帳！」他大叫：「我本來要親自來的，但是他一直央求我，說他很想代替我，他還買了一張馬戲團的票給我，說那裡有很精彩的表演，而我竟然愚蠢地相信了他。」

五位將軍也立刻趕來參與審判。

「請犯人實話實說，這也許會對他的案情有幫助。如果還想狡辯，就難逃一死。」

「我會實話實說。」

「你當間諜多久了？」

「三個月。」

「你為什麼當間諜？」

「因為我打牌輸了很多錢，沒有錢還，而欠下的債要在二十四小時內還清，所以我挪用了公款。」

「你偷了政府的錢。」

「我原本以為，贏錢時就可以把錢還回去。」

「然後呢？」

「我又去打牌，打算把錢贏回來，但我又輸了更多錢。」

「那是什麼時候的事？」

「半年前。」

「後來怎麼樣？」

「後來我一直很怕有人來查帳，我就會被送進監獄。於是我去找外國的國王，成了他的間諜。」

「他給你多少錢？」

「不一定，如果我提供他重要的消息，他就會給我很多錢，如果只有小消息，那錢就很少。把信件調包——他承諾會給我很多、很多錢。」

「各位將軍—法官，」司法大臣說：「犯人犯了三項罪：第一，他偷了政府的錢。第二，他當了外國的間諜。第三，他想要導致戰爭發生，而在戰爭中會有許多無辜的人犧牲。我要求我們根據第一百七十四條文，判他死刑。犯人不是軍人，所以沒有必要槍斃他，只要用普通的絞刑就好。至於秘書長，他必須為自己助手的行為負責。我也喜歡去看馬戲表演，但是如此重要的會議，秘書長應該親自出席，而不是讓間諜代理。這是很重大的違規事件，我要求判他半年徒刑。」

法官們去開會決議。麥提去找總理大臣，悄聲問他：「為什麼我們的間諜說，是秘書長會調包信件，但事實卻是，他的助手調包？」

「啊，間諜的消息通常不會百分之百準確。間諜在問問題時，不能問太多，不然會引起注意，大家會想：他為什麼什麼都想知道？進而懷疑他的身份。因此，他必須非常謹慎。」

「他真是聰明。他叫我不要急著抓人，而是要等到會議舉行。」麥提驚訝又敬佩地說：「我一直很想要把犯人快點逮起來。」

「喔不，我們不能這麼做。最好是假裝什麼都不知道，然後在犯人犯案的當下，再把他逮著正著。這樣子，他就沒有機會狡辯。」

宮廷司儀用銀杖敲了桌子三次，然後將軍們走了進來。

「判決如下：秘書長要被監禁一個月，而他的助手被處以絞刑。」

犯人開始大聲哭泣、求饒。麥提為他感到遺憾。

麥提想起，他畢竟也曾在軍事法庭中被判死刑，而他能活到今天，完全只是因為，當時的法官們為了到底要吊死他還是槍斃他爭論不休。

「國王有赦免的權利，您可以把死刑改為無期徒刑。」

麥提於是在判決書上寫：「我決定讓犯人終身監禁。」

你們猜猜，今晚麥提幾點上床睡覺？凌晨三點。

◇ ◇ ◇

隔天，麥提還沒吃完早餐，記者就來找他了。

「我想要第一個把今天的報紙拿給您。我想，您一定會對裡面的內容感到高興的。」

「有什麼新鮮事？」

「請看。」

在第一頁有一幅圖畫：麥提坐在王位上，好幾千個孩子捧著花，跪在王位前。在圖畫下方有一首讚美麥提的詩，說他是有史以來最偉大的改革者，還稱呼他為太陽之子和眾神的兄弟。

麥提不是很喜歡這張圖和這首詩，但是他不想說什麼，因為他看到，記者很為此自豪。

第二頁有一張菲列克的照片，還有一篇文章〈世界上第一個兒童大臣〉。像那首詩一樣，文章也對菲列克大加讚揚，說他有多聰明、多勇敢，還說，就像麥提打敗了大人的國王，菲列克也打敗了大人的大臣。

「大人們不知道怎麼治理國家。」文章這樣寫：「因為他們不會飛，也不想飛，他們太老，又渾身筋骨痠痛。」

整篇文章充滿了這一類的溢美之詞。

麥提也不太喜歡這篇文章，因為他們還沒做出什麼政績來，還不知道未來會如何，為什麼要急著自吹自擂？這樣污辱大人，也不是很體面。自從麥提開始真正執政，他就和大臣們和平相處，他很樂意聽取他們的建議，也從他們身上學到許多東西。

但是接下來的消息是最有趣的：「國王的森林爆發火災。」

「外國國王最大的森林失火了。」記者說。

麥提點點頭，表示他看到了。他仔細地閱讀，想看看這則新聞是怎麼寫的。

上面寫著：砍樹的工人們隨地丟菸蒂，然後引發了大火。

「這有點奇怪。」記者說：「我明白，在乾燥的森林很容易發生火災，但是最近才下過雪，怎麼會起火？而且，森林裡好像還有爆炸聲。如果是火災的話，應該不會有爆炸聲吧？」

麥提把早餐吃完，什麼也沒說。

「國王，您對此有什麼意見？」記者問：「這火災很可疑啊。」

記者說這話的時候用了一種很悅耳的低語。不知道為什麼，麥提想：「我得小心。」記者點了一根菸，然後又開始說別的事：「昨天秘書長好像被判監禁一個月？我沒有把這項消息放到我們的報紙中，因為孩子們對大人的事不感興趣。如果在他們的內閣中有這樣的醜事，那又另當別論。國王，你根本不知道，選菲列克當大臣是多麼棒的決定。軍隊很高興，排長的兒子竟然當上了大臣。報童也都認識菲列克，因為他在戰前有時候會在街上賣報紙。所有的孩子們也很高興。對了，所以可憐的秘書長是做了什麼才會進監牢？」

「他在工作上有些疏失。」麥提輕描淡寫地說。很奇怪，他突然有個想法：記者是間諜。當記者已經離開，麥提還想了很久關於他的事。「欸，這應該只是妄想吧。我累了，這幾天我聽了那麼多關於間諜的事，我搞不好會把每個我遇到的人都當成間諜。」

然後麥提就忘了這件事，因為在外國國王來訪之前，有超級多工作要做。

麥提和宮廷司儀日以繼夜地開會。為了接待黑人國王們，他們大幅整修了御花園裡的夏宮。他們還修建了一座小宮殿，以防如果有哪一位黃種人國王來訪。白人國王則會住在麥提的宮殿中。

裝著動物的籠子一個接一個地來了。他們加快腳步趕工，這樣動物園才可以準時開幕。給孩子們的度假小屋、大人和兒童的議會，也正如火如荼地施工。

在全國，開始了議員的選舉。大家決定，小議會（又叫兒童議會）的議員年齡不能低於十歲，不能超過十五歲。每個學校裡的低年級和高年級會各自選出一個代表。情況很混亂，因為學校有很多，而所有的議員無法擠在同一個會議室裡。現在寫給麥提國王的信有如雪片般那麼多，他每天要花很多時間在辦公室讀信。這些信都很重要，上面有各式各樣的問題：

「可以選女孩當議員嗎？」當然可以。

「可以選還不太會寫字的人當議員嗎？」

「如果議員從鄉下或別的城市來開會，他們要住在哪裡？」

「議員們到首都開會，就無法在自己的學校上課。能不能給他們特別設一個學校，這樣他們就不會荒廢學業？」

秘書長從監獄裡被放出來了，改成在家軟禁。他在這一個月不能出門散步，只能到麥提的辦公室辦公，因為如果沒有他，麥提自己一個人忙不過來。

宮廷司儀忙著安排宴會的細節，比如：國王們要穿過的歡迎門要放在哪裡、樂隊要在哪幾條街道上演奏、宴會上要有哪些花。為了宴請這麼多人，還需要加購一些盤子和刀叉，以及更多的座車。國王們去劇院看戲、在宴席上吃飯的時候，要怎麼安排座位？重要的國王要坐好的位置，而且不能讓討厭彼此的國王們坐在一起。美酒、鮮果和鮮花送到了王宮，斑駁的房子都重新上了漆。街上的人行道也修平整了。麥提不停地工作，沒有休息，也沒吃什麼東西。

「水泥匠來見國王了。」

「園丁想要和陛下談談。」

「外交大臣來了。」

「黃種人國王的使節抵達了。」

「有兩位先生想要見國王。」

「他們想要什麼？」麥提不耐煩地說，他已經第三次在吃午餐的時候被打斷。

麥提氣呼呼地，餓著肚子來到辦公室。他現在已經不在謁見室會客，因為沒時間去弄那些繁文縟節的儀式。

「你們想要什麼？請長話短說，我時間不多。」

「我們聽說有野蠻人的國王要來，所以我們覺得，要給他們看一些他們感興趣的表演。動物園無法吸引他們，因為他們的國家已經有夠多動物了。他們也看不懂戲劇表演……」

「好啦好啦，」麥提猜到他們要說什麼。「所以你們想給他們看煙火秀。」

「沒錯。」

他們說，他們會在所有政府的房子上放上火箭。在御花園內會蓋一個高塔，還會做一個水車，以及某種像瀑布的東西。晚上，所有的裝置都會點火。高塔上會射出紅色的火箭，然後綠色和藍色的光球會掉落下來。在下方，水車會灑出綠色和紅色的火花，而在火焰中會有各種不同顏色的花朵。在此同時，瀑布則會流瀉出一陣陣光雨。

「這是設計圖，國王請看。」

煙火專家帶來的設計圖加起來共有一百二十頁。麥提一張一張地看著，同時午餐也慢慢變涼了。

「這總共要花多少錢？」麥提謹慎地問。因為在上一次和大臣們開會時，財政大臣提到要借更多錢。

「怎麼會？」麥提驚訝地問：「我們原本有那麼多黃金啊。」

「沒錯，但是您的改革很花錢。」

然後他們開始算，孩子們的度假小屋要花多少錢，兩棟議會大樓要多少錢，每個月的巧克力要多少錢，還有溜冰鞋要多少錢。

「如果我們的錢夠拿來招待外國的國王，那真的是萬幸。」

「有可能會不夠用嗎？」麥提恐懼地問。

「這沒什麼。我們可以徵新的稅，現在大家賺了很多錢，可以把一部分的收入繳給國庫。」

「唉。」麥提嘆氣說：「如果我們有自己的港口和軍艦就好了，這樣邦・德魯瑪國王就可以送黃金給我們，要多少就有多少。」

「有一個辦法。」戰爭大臣插嘴：「就是不要省大砲、步槍和堡壘的錢，這樣子港口也不成問題。沒錯，大砲比巧克力和娃娃來得重要多了。」

麥提滿臉通紅。他的國家確實需要多蓋幾個堡壘。戰爭大臣總是在開會的時候提到，軍隊應該分到一些邦・德魯瑪國王的黃金。但是麥提一直在忙其他的事，總是告訴他再等等。

聽到報價，麥提心痛地接受了煙火專家的條件。

「沒辦法，之後我們再來省錢。現在得準備一些好看的表演給黑人國王觀賞。」

深夜，當麥提躺在床上，他想：「也許我做錯了，也許我該叫間諜把敵人的堡壘也炸毀，這樣他就會少一道防線。如果他執意要打仗，那就讓戰爭爆發吧。」但是現在麥提已經沒那麼笨了，他會告訴敵人：我打贏了你，所以你必須給我一個港口和十艘軍艦。

◊◊◊

麥提拜訪過外國的國王，他知道，國王該如何接待客人。那些國王給他安排的節目很精彩，甚至可說是非常精彩。但麥提給他的客人安排的行程，則是精彩絕倫，舉世無雙。再說，所有的國王也都對此表示贊同。有許多節目是在事前就規劃好的，而在國王到訪期間，麥提也給了他們許多驚喜。每天都有不同的娛樂：打獵、出遊、馬戲、摔角……琳瑯滿目。

最先到達的是黑人國王。但是他們製造了一堆麻煩——如果不是邦・德魯瑪國王盡忠職守地在夏宮中維持秩序，麥提簡直拿這些人一點辦法也沒有。

最糟的是，這些黑人國王會因為雞毛蒜皮的小事打架。他們打起架來十分野蠻，會抓人、咬人，而且你根本沒辦法把他們分開。或者，他們會大嚼國王的廚師給他們準備的美食，然後因為吃太多而哭叫肚子痛。如果醫生叫他們一整天不要吃東西，讓腸胃休息，他們就會大吵大鬧，摔碎椅子、打破玻璃。他們也有各式各樣的恐懼。倫波國王在鏡子裡看見自己，嚇得半死，醫生必須給他吃藥，才能讓他平靜下來。杜柯國王不是走樓梯下來，而是從扶手滑下來，然後摔斷了腿。莫普國王因為生氣，把一個僕人打得鼻青臉腫，還咬斷了他的一隻手指頭。普布羅國王帶來了二十個妻子，雖然她們根本沒受邀。多科欽國王祕密地帶來用四個黑人的肉做成的香腸，當他的香腸被沒收，他開始大吵大鬧。布拉普國王爬到樹上，坐在那裡五個小時，當人們想拉他下來，他吐口水、踢人、咬人，大家必須叫守衛來用強烈的水柱噴他，讓他掉進架好的網子裡，才結束這場鬧劇。

邦・德魯瑪對自己朋友的舉止感到很丟臉，並且害怕他們會破壞整場宴會。畢竟，在自己的宮殿裡打架，還可以睜一隻眼閉一隻眼，但是如果他們突發奇想，要在正式的劇院演出或午宴上鬧場，那該怎麼辦？

「必須想個辦法懲罰他們，不然就狠狠打一頓，不然就坐牢。」

麥提一直不同意這麼做，但當他看到邦・德魯瑪真的束手無策，他於是讓步了。

在王宮的其中一個房間有個博物館。那裡有各種刑具，是暴躁的亨利國王以前用來懲罰他的子民的，其中包括：用來挖眼睛的錐子、拔指甲和折斷手指的鉗子、切斷手腳的鋸子，還有各種鐵器、皮繩及棍棒。看到這些可怖的器具，真的會令人寒毛直豎。麥提不喜歡這座博物館。除此之外，在花園深處還有一口沒有水的深井，亨利國王以前會把犯人丟到井中，讓他們活活餓死。

邦．德魯瑪決定利用這些東西嚇嚇黑人國王們。在白人國王抵達的前一天，他帶這些野蠻人去看井，然後又讓他們參觀刑求室，然後對他們發表了一場演說。

麥提不知道邦．德魯瑪對他們說了什麼，但那一定很可怕，因為後來，他們在街上及宴會上的舉止，變得非常得體有禮。

邦．德魯瑪只動用了懲罰兩次。一次，他因為一個國王把僕人的手指咬斷，打了他十鞭，另一次，一個國王在夜晚大吵大鬧，於是被罰在鐵籠裡關禁閉一天。

事情的經過是這樣的：那個國王突然想在半夜吹笛子。大家說：國王們都累了，想睡覺，但他根本聽不進去。當人們想把他的笛子搶走，他跳到櫃子上，開始把櫃子上的花瓶和裝飾品丟到人們頭上。更糟的是，他從窗戶跳出去，跳到御花園，然後在冬宮的陽台製造出非常大的噪音，把所有的白人國王都吵醒了。白人國王們很生氣，因為他們睡不著覺，於是跑去和麥提告狀：

「我們不只要和這些猴子們同桌吃飯，看著他們用手，而不是用刀叉吃食物，用手指擦他們那扁平的鼻子，還要聞他們的臭屁。這讓我們倒盡胃口，然後，連晚上他們都不讓我們睡覺。」

麥提費了好大一番工夫才說服國王們，黑人國王一定會改善自己的行為，因為邦·德魯瑪也曾經很野蠻，但是兩個月後，他就學會了用香皂洗澡，甚至還會使用牙籤。

白人國王已經威脅說他們要離開，最後才勉強同意，他們會留下來，只是要和黑人分開吃飯，大家各坐一桌。或者，只有比較文明的黑人，才能和他們同桌吃飯。

因為，在黑人國王中，也有三個很有禮貌、受過教育的國王，他們甚至會穿褲子、戴硬領，還會用留聲機。

也許，白人國王不會那麼輕易讓步，但是有些人在等打獵，有些人在等摔角，而黑人、黃種人和白人國王，都在等煙火。想到這些有趣的節目，有什麼氣還是先忍了下來。

黃種人國王只來了兩位。紀藤國王已經和白人沒兩樣，他戴眼鏡，而且會說歐洲的語言。曾丹國王雖然和白人們不同，但是他並不野蠻，因為他很守規矩，又有禮貌。

但是和他相處，有別的問題。他會和每個人打招呼和道別。這看起來沒什麼不好，但是你必須知道他是怎麼打招呼的。首先，他會向每個國王微微鞠躬十四次，然後之後再正式鞠躬十二次，合乎禮儀地鞠躬十次，八次儀式性地鞠躬，然後隆重地鞠躬六次，四次附加性地鞠躬，兩次作為收尾。所以，總共加起來，他一共要鞠五十六個躬，持續四十九分鐘。一開始的微鞠躬每個半分鐘，其他的每個一分鐘。

「五千年來，我的祖先都是這樣做的，所以我也要遵守這個傳統。」

「嗯，好吧，但是你可以用這種方式歡迎一、兩個國王，卻沒辦法這樣和一群國王打招呼。」

「這世界真奇怪。」麥提想：「有些人太沒禮貌，有些人又太有禮貌。要怎麼樣才能讓大家和平共處？」

曾丹國王和兩個學者一起來拜訪麥提的國家，他們成功地說服了曾丹：黑人國王人數最多，沒必要和他們打招呼。至於白人的國王，只要和他們的照片打招呼就好，不必和本人。於是，白人國王們都拍了大大的肖像，每天早晚曾丹都會在自己的房間向他們鞠躬。他向一個國王的照片行完禮，僕人就會換上另一個國王的照片。曾丹從來都無法準時吃早餐，雖然他比所有人早兩個小時起床，又比別人晚兩個小時上床。

至於黑人國王，就沒有這方面的問題。一個人打招呼時會吐舌頭兩次，另一個人四次，其他人會把右手的無名指伸進左邊鼻孔，還有人會用腳跟去踢背部，也有人往上跳三下或六下。

當邦．德魯瑪國王告訴麥提，在上個世紀，兩個黑人國王為了打招呼的方式不同，打了十五年的仗，麥提感到十分驚訝。一個國王把右手的指頭放進左邊的鼻孔，另一位國王則完全相反。全國都為此震怒。祭司們和其他的國王也加入了爭吵，有人說第一個人對，也有人說第二個人對。為了爭出誰是誰非，他們開始了戰爭。村莊和屋子被燒毀了，女人和孩子被殺了，有人被俘虜成了奴隸，之後又變成獅子的食物。最後，爆發了瘟疫和飢荒，大家又病又餓，無法打仗，戰爭才終於平息。從此，雙方各執一詞，現在兩個國王見面時完全不打招呼，同桌吃飯時也坐得很遠。

我剛才說，他們坐在桌子前吃飯。這聽起來很簡單，但其實是件非常不容易的事。邦．德魯瑪費盡唇舌，才讓黑人國王們相信，椅子是拿來坐的，而不是用來敲破別人的頭……

如果說在這次活動中，有人是最快樂的，那一定就是麥提首都的孩子們了。學校放了假，畢竟，有這麼盛大的宴會，沒有人有心思上課。

野蠻人的國王不喜歡坐車，喜歡在城市裡散步，而在每個國王身後，都跟著一大群孩子。警察當然也必須在場執勤。在宴會過後，警長抱怨，這宴會讓他如此勞累，他瘦了七公斤。

「想想看，那些野蠻人在城市裡晃來晃去，你得隨神留神，別讓哪個小搗蛋鬼向他們丟石頭，或者哪輛車撞到他們。還有，也要防止他們把某個人吃掉——畢竟他們如果想這麼做，那一點都不困難啊。」

麥提頒了動章給警長。在宴會期間，他頒了許多動章給許多人，黑人國王把動章掛在鼻子上，白人國王則別在胸前。大家都很高興。

還有一件事讓麥提沮喪：黑人國王們不喜歡打獵。這沒什麼好奇怪的，如果有人習慣了獵大象、老虎和鱷魚，他又怎麼會滿足於獵野兔和野鹿呢？或許，白人國王之中也有人比較喜歡打獵，有人沒那麼喜歡，但是他們假裝玩得很高興，因為他們知道麥提很努力讓大家開心。然而，野蠻人的國王教養沒那麼好，或許他們甚至覺得，麥提是在開他們的玩笑。因為他們發出如此可怕的噪音，威脅地搖晃著手裡的弓箭和長槍（很不幸，為了來打獵，他們都帶了武器），白人國王於是坐上了車，想要趕緊逃跑。邦．德魯瑪瘋了似地跑來跑去，試著安撫那些生氣的國王，最後他成功了。

打獵順利地進行了。白人國王甚至獵到了兩隻野豬和一頭熊——他們認為，黑人國王這下子總算會明白，在歐洲也有危險的野獸。那個獵到熊的國王，在打獵結束時，已經和黑人們稱兄道弟，甚至比手畫腳地誇讚自己是個很厲害的獵人。他把黑人的弓箭拿來觀看，甚至還要求住在他們的夏宮。第二天早上吃早餐時，他說，黑人們很和善，可以從他們身上學到很多東西——而且誰知道，或許用手吃東西，還比用刀叉來得美味呢。

◇◇◇

發生了令人聞所未聞的事：邦．德魯瑪的女兒，勇敢的小克魯—克魯，和關猴子的籠子一起來到麥提的國家。事情的經過是這樣的：

動物園已經差不多準備好了。所有的動物都在自己的籠子裡。星期三會有一場隆重的開幕典禮，而星期四孩子們就能來參觀了。但是還有一個箱子在路上，裡面裝著三隻珍奇的猴子，任何一個白人國王在自己的動物園都還沒有這樣的猴子。

這箱子會在開幕儀式上打開。他們把箱子對準籠子，這樣猴子被放出來後，就能直接跳進籠裡。大家都站在旁邊看。木板被拆下來時，一隻猴子馬上就跳進籠子，接著是第二隻，第三隻卻不見蹤影。人們把箱子稍微從籠子旁邊拿開，然後小克魯—克魯就立刻跳了出來，抱住邦．德魯瑪的大腿，用黑人的語言對他說了些什麼。

邦．德魯瑪非常生氣，雖然他已經沒有那麼野蠻了，但他想狠狠踢克魯—克魯的屁股，不過，麥提保護了她。

克魯—克魯逃家很不乖，克魯—克魯在晚上把箱子打開，放出一隻猴子，自己躲進箱子，很不乖。但是克魯—克魯已經受到了懲罰。即使是黑人的孩子，六個星期和猴子們共處一「箱」，長途跋涉來到這裡，也不是很令人愉快的經驗。再說，克魯—克魯不是普通小孩，而是嬌貴的國王女兒。而在箱子裡，她甚至過得比猴子還差。猴子至少還可以來到窗口前讓人餵食，克魯—克魯卻不行，因為她怕人們發現，就會把她送回家。

「邦．德魯瑪國王，我的好朋友。」麥提感動地說：「你該為自己的女兒為傲啊。不只沒有一個女孩可以像她這樣，連白人的男孩也無法。」

「既然你這麼保護這頑皮的女孩，我可以把她送給你。」邦．德魯瑪國王氣呼呼地說。

「好啊。」麥提同意：「就讓她留在我的宮殿，讓她在這裡學習。等她當上了女王，就會成為黑人的改革者，就像我一樣，而我是白人的改革者。」

奇怪的是，這件事過了一小時後，克魯─克魯表現得像是已經來這裡很久了，雖然她才剛到。

懂五十種語言的老教授用黑人的語言對克魯─克魯說，麥提想要她成為一個改革者，她立刻回答：「我也這樣想。喔，像黃金、獅子、鱷魚一樣可愛的教授，你趕快教我你們的語言吧，這樣我就可以說出我的想法，而我有很重要的計畫，我不喜歡等待，也不喜歡拖拖拉拉。」

原來，當麥提去非洲的時候，克魯─克魯已經從他身上學會了一百一十二個歐洲單字。

「真令人驚訝，這食人族的小女孩真有天份。」教授驚訝地說：「她的記性真好。」

克魯─克魯不只記得字詞，她也記得是在什麼地方、和誰學會這個字的。當她和猴子一起關在箱子裡時，她從水手那裡學會了許多字。

「噁，克魯─克魯，妳從哪裡學會這些難聽的字？妳八成不知道它們的意思吧。」

「這三個字是挑夫把箱子揹上肩膀時說的。這四個字則是他絆到腳，差點跌倒時說的。給我們吃東西的運貨員會說這些話，還有水手喝醉時也會說。」

「真遺憾，克魯─克魯，白人們給妳的第一印象竟然是如此。」教授說：「妳一定得趕快忘記它們。我們白人在和彼此交談時，用的是優美的語言。我很樂意教妳這樣的語言，可愛、勇敢、可憐的克魯─克魯。」

一直到盛宴結束，克魯—克魯都是眾人目光的焦點。在所有的展覽上，克魯—克魯的照片是最多的。車子載著克魯—克魯經過街道時，男孩們大聲歡呼，把帽子丟向空中。而當兒童議會啟用時，克魯—克魯用歐洲的語言對大家說：「我以我的黑人同胞——也就是所有黑人小孩之名——歡迎這世上第一座兒童議會。」

掌聲和歡呼如雷響起，即使是活力充沛的菲列克，也無法讓孩子們安靜下來。他於是煩躁地對一個瘋狂地大叫的議員說：「喂，你如果再不停止，我就打得你滿地找牙！」

白人國王們看到菲列克的言行，對他留下了壞印象，但是他們沒有表現出來。

我很樂意在此詳述所有的宴會和娛樂節目，但是這樣的話，就沒地方寫更重要的事了。而且，我們的故事是關於改革者麥提國王，不應該花太多篇幅寫娛樂的事。這本書的讀者應該記得，麥提邀請這些國王來不是為了好玩，而是為了處理重要的政治事務。

來訪的客人中包括老國王和他的兒子——麥提的頭號敵人。還有第二個國王，黃種人國王的朋友。憂鬱的國王也來了，麥提已經和他多次長談。

「親愛的麥提，」憂鬱的國王說：「我必須承認，你非常勇敢地開始了改革，你的改革很有趣也很重要。目前一切都進行得很順利，甚至很成功。但是記得，改革的代價是辛苦的工作、眼淚和鮮血。你現在才剛開始。不要妄想以後一切都會這麼順利。還有，不要對自己的力量太有信心。」

「喔，我知道。」麥提說：「我知道改革很難。」然後他告訴憂鬱的國王，他做了多少工作，經歷過多少無眠的夜晚，吃了多少頓冷掉的午餐。

「最糟的是，我沒有自己的港口。」麥提抱怨：「這讓我很難運送黃金到國內。」

憂鬱的國王沉思片刻，然後說：「麥提，你知道嗎？老國王可能會給你一個他的港口。」

「啊，怎麼可能啦，他兒子不會答應的。」

「而我覺得他會答應。」

「但是他恨我。他嫉妒我，懷疑我，生我的氣，看什麼都不順眼。」

「確實，你說的一點都沒錯。但是即使如此，他還是會同意的。」

「為什麼？」麥提驚訝地問。

「因為他怕你，又無法指望我會站在他那邊。」憂鬱的國王微笑著說。「第三個國王很高興你把黃種人國王讓給了他。」

「畢竟，我不能自己獨佔所有的一切啊。」麥提不高興地說。

「嗯，沒錯，別想要統治全世界，這樣比較理智。但是以前、現在和未來，總會有人試著這麼做。麥提，也許有一天你也會想要試試看。」

「絕不！」

「喔，人是會變的，成功讓人腐敗。」

「但我不會。」

就在這時，老國王和他兒子進來了。

「兩位國王們，你們在談些什麼呢？」

「喔，我們在說，麥提覺得很遺憾，他沒有港口。麥提的國家有山、森林、城市、田野，但是沒有海，也沒有軍艦。現在，麥提和非洲的國王們建交了，為了和他們往來，麥提需要港口。」

「我也這麼認為。」白髮的老國王說：「不過，也許有解決這個問題的辦法。在上一場戰爭時，麥提打贏了我們，但是沒有向我們要求任何賠償。這是很高貴的舉動。現在換我們向麥提表達感激之情了。沒錯吧，兒子？我們可以給麥提一部分我們的海，一個港口，這應該對你不會有什麼壞處。」

「但是軍艦就讓麥提跟我們買。」兒子很快地接話：「畢竟，他有這麼多有錢的朋友。」

「這是當然。」麥提高興地說。

他們立刻找來了外交大臣和王宮的秘書長，寫下了合適的文件，所有的國王都在上面簽了名。宮廷司儀拿來了裝印章的盒子，而麥提用顫抖的手在文件上用了印。

現在是結束公事的大好時機，因為煙火已經開始了。

那真是一幅美麗、令人讚嘆的景色。全城的人都來到街上看煙火，公園裡擠滿了議員、軍隊和公務員。記者們則有屬於自己特別席，他們從世界各地來到此地，為的就是報導這次的奇景。國王們則站在陽台和窗前觀看煙火，有些野蠻人國王爬到屋頂上，這樣才能看得更清楚。

高塔燒了起來。隨著轟隆隆的聲音，火花、火箭、紅色和綠色的光球飛向天空。像蛇一樣的煙火在空中飛竄。像是水車的東西一次又一次射出多彩的火焰。而當瀑布煙火在空中灑開，每個人都把手放在胸口，由衷地發出讚嘆。

「再來！再來！」非洲的國王們驚訝又陶醉地大喊，稱呼麥提為百色天空的國王，以及火焰的征服者。

但是現在必須早點上床，因為明天賓客們就要離去了。

當載著國王們的車隊行經街道，百人的樂隊在街上演奏歡送。火車帶著白人、黑人和黃種人國王離開麥提的國家，總共有十列列車。

「我們打了一場漂亮的外交仗。」回程時，總理大臣高興地搓著手說。

「這是什麼意思？」麥提問。

「您真是天才。」總理大臣說：「國王陛下，您在無意之間，就完成了一件偉大的事。我們不只是透過戰爭才能打敗敵人，命令他們給我們各種東西。不用一兵一卒的外交戰，是從別人那裡騙來我們需要的事物。我們有了港口，這是最重要的。」

7.

VII

麥提早上六點起床，不然他來不及完成所有的工作。他現在的日程安排如下：每天他都會上兩個小時的課，然後去議會開會。除了讀信，他還要讀兩份報紙：給大人的和給孩子的，這樣才能清楚國家大事。

所以，有一天當宮裡的人們發現，已經八點了，國王的寢室還靜悄悄的，他們全都嚇壞了。

麥提一定生病了。

「這老早就是意料中的事了。」

「沒有一個大人像麥提工作這麼認真。」

「他最近看起來好無精打采。」

「而且他幾乎什麼都沒吃。」

「我們甚至不能提醒他，因為他馬上就會生氣。」

「沒錯，他這一陣子很沒耐心。」

「我們最好去叫醫生來。」

醫生擔憂地來到了王宮，沒有通報，沒有敲門，而是躡手躡腳地走進了——不，應該說是跑進了——麥提的寢室。

麥提醒過來，揉揉眼睛，不安地問：「發生了什麼事，現在幾點了？」

醫生沒有寒暄，就說了一長串話，他說得又快又急，因為怕麥提打斷他。

「親愛的麥提，我可愛的孩子，我從你還躺在搖籃裡就認識你了。我不在乎自己的性命，你可以把我吊死、槍斃、關進監獄，隨便什麼都可以。你父親過世的時候，把你託付給我。我現在不准你從床上起來，沒什麼好討論的。如果有人要來煩你，我會命人把他從樓梯上扔下去。麥提，你想要在一年內就完成其他國王二十年才能完成的事。不能這樣。你看看，你變成什麼樣了！你看起來不像個國王，反而像是個乞丐的孩子！警長掉了一些體重，但他依然是個大胖子，而且那還對他有益。但是你，麥提，卻變輕了，可是你本來應該要長大的啊！你照顧所有的孩子，明天兩萬個孩子會到鄉村去度假。為什麼你就要過得這麼差？你自己看看。這真是我的恥辱，啊，真丟臉，我這沒用的糟老頭沒把你照顧好……」

醫生把鏡子拿給麥提。

「喏，你看看，麥提，你看看自己。」老醫生說著，然後放聲大哭。

麥提拿過鏡子。真的！他看起來面色如紙，嘴唇蒼白，雙眼凹陷憂鬱，而脖子則又細又長。

「你這樣會一病不起，然後死掉。」醫生邊哭邊說：「然後無法完成自己的理想。你已經病了。」

麥提放下鏡子，瞇上眼睛。他感到一種奇怪的愉悅，醫生現在完全沒有用「國王」二字來稱呼他，醫生不准他起床，還說如果有人要來找他談事情，就要把他們扔下樓梯。

「生病真好。」麥提想，舒服地在床上躺了下來。

麥提以為，他只是累了，這就是為什麼他不想吃東西，雖然他肚子很餓。這就是為什麼他晚上睡不著，半夜一直做惡夢。他有時候夢到黑人國王攻擊孩子，把他們吃掉，有時候則夢到煙火雨落在他頭上，把他燙傷，讓他熊熊燃燒。或者，他夢到他們割斷了他的兩條腿，挖出一隻眼睛。不然就是他被判刑，要活活餓死在井中。他經常頭痛，上課的時候什麼都聽不懂，在海倫、史塔修，甚至克魯—克魯面前很丟臉。克魯—克魯才上了三個星期的課，就已經能讀報紙、寫聽寫，還會在地圖上指出從麥提的首都到她的國家的路徑。

「如果國王生病了，不能治理國家，那該怎麼辦？」麥提小聲問。

「在夏天，議會反正也休會。錢我們有了，只是要把它運過來。我們也有了港口和軍艦。森林裡的度假小屋都蓋好了，剩下的事可以交給公務員和大臣們。而麥提會去鄉下度假兩個月，好好休息。」

「但是我明明得去視察我獲得的港口，我得去看軍艦。」

「我不准你去，貿易大臣和總理大臣會代理此事。」

「我應該參加軍事演習。」

「戰爭大臣會去。」

「孩子們的信呢？」

「菲列克會讀。」

麥提嘆了口氣。要讓別人代理他的工作，不是件容易的事，他已經習慣任何事都自己處理，但現在麥提確實沒力氣了。

僕人把早餐帶到寢室，讓麥提在床上吃。之後小克魯─克魯給麥提說了一個很棒的黑人童話。麥提玩他喜歡的小木偶，看童書裡好笑的圖片。然後，僕人又給他拿來一盤用三顆雞蛋做成的炒蛋、塗了新鮮奶油的麵包和一杯熱牛奶。在這一切都結束後，醫生才允許他穿上衣服，坐在陽台上舒服的扶手椅上。

麥提坐著，什麼都不想，心裡沒有任何煩憂，身體也沒有任何一處疼痛。沒有人會來打擾他，要他處理事情：沒有大臣，沒有宮廷司儀，沒有記者，也沒有任何人。麥提坐著，聆聽花園裡小鳥美麗的歌唱，聽著聽著就睡著了。他睡了很久，一直到午餐時刻才醒來。

「現在我們一起吃午餐。」醫生微笑著說：「午餐後，我們會坐車去逛公園。然後再次午睡。

之後麥提會去洗澡，然後上床睡覺。然後吃晚餐，吃完就去睡覺。」

麥提睡了又睡，他現在最喜歡做的事就是睡覺。他比較不常做惡夢了，吃的也比以前多，三天內，他就增加了一點五公斤。

「這樣比較好了。」醫生高興地說：「如果一個禮拜後情況依然維持如此，我們又可以叫你麥提國王陛下了。而現在你不是國王，而是個瘦巴巴的可憐小孤兒。你照顧整個世界，但是卻沒有人照顧你，因為媽媽不在。」

一個禮拜後，醫生給麥提看鏡子：「已經差不多是個國王了吧？」

「還沒。」麥提說，醫生關心的語調讓他有一種奇怪的愉悅。其他人也沒有把他當成國王，而是把他當成一個孩子，這讓他有一種奇怪的愉悅。

麥提又變得活潑、開朗了，現在醫生要花好大一番力氣，才能趕他上床睡覺。

「報紙上寫些什麼？」

「報紙寫，麥提病了。就像國家裡所有其他的小孩，明天麥提會去鄉下度過整個暑假。」

「明天？」麥提開心地說。

「對，明天中午。」

「誰會一起去？」

「我，上尉和他的兩個孩子，還有克魯─克魯，不然要把她留給誰照顧？」

「嗯，沒錯，克魯—克魯一定要和我們一起去。」

麥提在離開前，只簽署了兩份文件：總理大臣會代理他處理大人的事務，而菲列克則會處理所有和孩子有關的事。

麥提整整玩了兩個星期，什麼都沒做。克魯—克魯主持遊戲，她教孩子們打獵、玩戰爭遊戲、用樹枝蓋小屋。有些遊戲在地面上進行，有些則在樹上。一開始，克魯—克魯不習慣穿鞋子走路。

「這真是奇怪。」她做了個鬼臉說：「為什麼腳也要穿衣服呢？」

之後，她又對連衣裙生氣。

「為什麼在你們這裡，男孩和女孩穿不同的衣服？這真是野蠻的習俗。正因如此，你們的女孩都笨手笨腳的。穿著這樣的衣服，她們不能爬樹，也不能跳過欄杆，不管她們做什麼，這衣服都會絆倒她們，或綁手綁腳。」

「克魯—克魯，妳爬樹的技巧比我們鄉下的男孩還要好啊，更別說麥提和史塔修了。」

「哈，這是樹嗎？」克魯—克魯哈哈大笑。「這只是一根小樹枝啊，是給兩歲小孩爬的，而不是給我這樣的大女孩。」

有一次，松鼠靈活地在幾棵樹之間跳來跳去，讓孩子們看得十分佩服。

「這個我也會。」克魯—克魯興沖沖地說。麥提、史塔修和海倫還來不及猜到克魯—克魯想做什麼，她已經脫下連衣裙和涼鞋，開始追著松鼠跑。松鼠從一根樹枝跳到另一根樹枝，克魯—克魯也跟著跳過去。松鼠從一棵樹跳到另一棵樹，克魯—克魯緊緊尾隨。追逐持續了五分鐘，最後松鼠累了，跳到地上，克魯—克魯也跟著往下跳。孩子們以為她會摔死，但是她落下來的方式如此靈巧，一下子抓住樹枝，一下子把它們推開，最後她單手落地，另一隻手則穩穩抓住松鼠的脖子，這樣松鼠就咬不到她。

「你們北方的猴子有毒嗎？」

「沒有。在我們這裡，只有蝰蛇有毒。」

克魯—克魯仔細問了蝰蛇長什麼樣，仔細看了書上的圖片，然後就去了森林。大家一整天都在找她，卻找不到她。晚上她回來了，渾身傷痕，衣服破破爛爛，肚子餓得咕嚕咕嚕叫，但是卻帶回了一個玻璃罐，裡面裝了三隻蝰蛇。

「妳怎麼抓的？」麥提驚訝地問。

「就像抓所有的毒蛇一樣啊。」她乾脆地說。

鄉村的孩子們本來很怕克魯—克魯，但是後來他們很喜歡她，也尊敬她。

「雖然妳是個女孩，但妳比男孩還要厲害啊。天啊，女孩都這麼能幹了，那你們那邊的男孩一定更強。」

「其實在我們那裡大家都一樣，男孩並沒有比女孩強。」克魯—克魯解釋：「只有白人的女孩會留長髮、穿連衣裙，這就是為什麼她們什麼都不能做。」

◇◇◇

克魯—克魯不只在丟石頭和射箭上贏過大家，連採蘑菇和堅果也是第一名，更別說是關於植物、動物、地理和物理的知識了。她只要在圖片上看到某種植物或小蒼蠅，之後就可以在草地上或森林裡找到它們。她聽說有某種植物長在沼澤，於是就跑去問村子裡的孩子：沼澤在哪？

「喔，離這很遠，大約兩哩。」

對孩子們來說可能很遠，但克魯—克魯根本不把它當一回事。她偷偷溜到放食物的櫃子那裡，撕了一大片麵包，還有一塊乳酪，就不見蹤影了。這一次，大家甚至沒有去找她。

「喔喔，克魯—克魯拿了一些食物走，一定又去哪裡冒險了。」

一個晚上過去了，克魯—克魯還沒回來。

她在森林裡過夜，早上當她回來時，她帶了一大把沼澤的花，不只如此，還帶回了青蛙、蠑螈、蜥蜴和螞蟥。

她的植物標本是最豐富的，她搜集的昆蟲、蝴蝶和石頭也是最多的。在她的水族箱中，有最多的蝸牛和小魚。

而且她總是最活潑開朗的那一個，微笑的時候會露出白色的、尖銳的小牙齒。
但是克魯—克魯也有嚴肅的一面。
「啊，麥提，當我看到那美麗的煙火和瀑布煙火，我就在想，如果我們國家的黑人孩子們也能來觀賞你們這些奇蹟，那有多好。麥提，我想請你幫我一個很大、很大的忙。」
「什麼忙？」麥提問。
「我想要請你讓五十個黑人小孩來到你的首都，他們可以像我一樣在此學習，然後可以回到非洲，把所有的一切教給那裡的孩子。」
麥提什麼都沒說，他決定要給克魯—克魯一個驚喜。當天晚上，他就寫了一封信要寄到首都：

親愛的菲列克：當我離開的時候，我們決定要在屋頂上裝無線電報機，這應該在八月一號完工。我們要用無線電和邦．德魯瑪溝通。所以，請你寄出第一份電報：請邦．德魯瑪送五十個黑人小孩過來，我要在首都開一間給他們的學校。拜託你，別忘記這件事。

麥提

麥提正要把信用口水封起來，就在這時，門開了。

「菲列克！你來了真好，我正要寄信給你。」

「我是為了重要的國務來的。」菲列克嚴肅地說。

他拿出黃金的菸盒，然後請麥提抽雪茄。

「國王陛下，請您享用吧，這是上等貨，很符合您的身份。」

「我不抽菸。」麥提說。

「真糟糕。」菲列克說：「國王必須自重，做符合身份的事。這就是我來此出公差的目的：我想請您批准我的計畫。我的最後通牒是：第一，我已經不是菲列克了，我是菲列克・馮・勞克男爵[1]。第二，我的議會不是兒童議會，而是進步中的議會，簡稱進議會。第三，我們得終結這個『麥提國王』的頭銜。您已經十二歲了，現在我們應該給您正式加冕，稱呼您為麥提烏什大帝一世。不然，所有的改革都會前功盡棄。」

「我有不同的計畫。」麥提為自己辯護：「我想要讓大人選出他們自己的國王，而我依然會

1 原文是Feliks von Rauch，von Rauch是柯札克自創的字，von是用來表示貴族的出身（von是來自的意思，後面會接封地），而Rauch則是來自rachen，是「吸菸」的意思。

是麥提，是兒童的國王。」

「您可以繼續使用您基礎版的頭銜。」菲列克說：「我不敢要求您改變。但是我呢，我則要進階升級，我想要成為勞克男爵，進議會的大臣。」

麥提同意了。

然後，菲列克要求麥提給他專屬的辦公室，兩輛轎車，還要求比總理大臣多一倍的薪水。麥提同意了。

然後，菲列克要求麥提將「進報」的記者授勳為伯爵。「進報」是孩子們的報紙，原名「進步報紙」，縮寫為「進報」。

麥提同意了。

菲列克在首都已經準備好了文件要給麥提簽名。麥提簽了名。

這段對話讓麥提很不舒服，於是他同意了一切，只希望對話趕緊結束。麥提在鄉下過得如此愜意，他已經不太習慣開會和討論，而且不願去想辛苦工作的時光——不管是在來到這裡之前，還是回到首都之後——他渴望，菲列克趕快把事情解決完，早走早好。

醫生幫了他的忙。當醫生知道，菲列克來拜訪麥提，他氣呼呼地衝進房間。

「菲列克，我拜託過你，請你不要來打擾麥提休息。」

「醫生，請您不要對我大呼小叫，而且請用正式的頭銜稱呼我。」

「你正式的頭銜是什麼？」醫生驚訝地問。

「我是勞克男爵。」

「從什麼時候開始的？」

「從國王陛下仁慈地給了我這個頭銜開始，這就是他給我的公文。」

菲列克指指辦公桌上的文件，上面有著麥提未乾的墨跡。

醫生在王宮服務很久了，知道觸犯王法的後果。他於是立刻放軟了口氣，但是依然堅定地說：「勞克男爵，國王陛下現在正在度假休養，我要為他的療程負責。為了完成我的任務，我要求您，勞克男爵，立刻離開此地，走得越遠越好。」

「您會為此付出代價的。」菲列克威脅地說，把文件放入公事包，悻悻地離去了。

麥提很感激醫生，尤其是，現在克魯—克魯想出了新的遊戲：用索套抓馬。

首先要拿一條很有韌性的長繩子，在末端綁一個鉛球。孩子們在門後排隊，假裝是獵人。十四小馬會從皇家馬廄中被放出來，孩子們用索套抓馬，然後不用馬鞍就坐上馬騎走。

克魯—克魯原本不會騎馬，因為在她的國家通常人們騎駱駝或大象。但是她很快就學會了，只是她討厭用淑女的方式騎馬，也討厭用馬鞍。

「馬鞍是給那些喜歡舒適的老人用的。而我，當我騎馬，我想要坐在馬背上，而不是枕頭上。枕頭晚上拿來睡覺很好，但在遊戲的時候是個干擾。」

那年夏天，所有鄉村的小孩都開心得不得了。因為幾乎所有的遊戲大家都可以一起玩，他們不只從克魯—克魯身上學到了新遊戲、新故事和新歌曲，還學會了做弓箭、蓋小屋、編籃子、做帽子，以及採蘑菇和曬乾蘑菇的新方法。兩個月前，克魯—克魯還不會說麥提他們的話，現在則成了牧童的老師，教他們讀書。克魯—克魯每教一個新字母，都會說它很像某一種小蟲。

「怎麼可能？你們認識幾百種蝴蝶、蚯蚓、昆蟲、草藥，你們怎麼會記不起三十個愚蠢的字母？你們可以的，只是你們以為它們很難，就像第一次游泳、騎馬、溜冰。你們只要對自己說：這很容易，它就會變得很容易。」

牧童們於是說：讀書很容易！然後他們就真的開始讀書了。他們的媽媽都驚奇地拍起手來。

「這個黑人女孩真是厲害啊！老師們一整年喊破了喉嚨，打孩子們的手心、揪頭髮、揪耳朵都沒用，這些孩子們還是笨得像頭豬，但是現在她說，字母就像蒼蠅，他們竟然就學會了！」

「妳看過她給牛擠奶沒有？她擠得真棒啊。」

「而我家有一頭牛病了，這孩子只看了一眼，就說：『這牛活不過三天。』不用她說我也知道，因為之前已經死了一頭小牛。而她又說：『如果你們這裡有長這種草，那我就可以救你的牛。』我就跟她走了，因為我很好奇。她在林子裡找啊找的，這邊聞一聞，那邊嚐一嚐，說：『找不到一樣的，我們得試試，因為這個草吃起來很像那個。』她摘了一把那種草，加了一點熱煙灰，混在一起，就像藥局的人一樣專業。然後她把那東西加到牛奶裡給牛喝，牛彷彿知道這是藥，雖然嚐起來很苦，還是一邊咩咩叫，一邊喝了下去，連碗裡的都舔得一乾二淨。然後你猜怎麼著？現在牠壯得跟什麼一樣。妳說，這是不是奇蹟？」

夏天結束時，村裡的男人、女人和孩子都很遺憾麥提要走了，因為他是國王。他們也很遺憾上尉的孩子要走了，因為他們很乖巧。他們捨不得醫生，因為醫生治癒、幫助了很多人。但他們最捨不得的，就是克魯—克魯。

「這孩子真聰明、開朗、誠實，好可惜她是個黑人。」

「但是，當你看習慣了，她還挺漂亮的啊。」人們說。

◊◊◊

麥提心情沉重地回到了首都，而首都的人們對於他的歸來也反應冷淡。麥提在火車站就注意到，有些事不對勁。車站裡駐守了軍隊，沒有像以前那麼多的國旗和鮮花。總理大臣的表情有點尷尬，警長也在場——他以前是不會來迎接麥提的。他們坐上了車，但是走了不同的路線。

「為什麼我們不走比較漂亮的街道？」

「現在那些街上有工人在遊行。」

「工人？」麥提驚訝地問，他想起夏天到來的時候，孩子們也先在街上遊行，然後才到森林裡的度假小屋去。「他們要去哪裡？」

「他們哪裡都不去，相反地，他們才剛回來。這些是在森林裡給孩子們蓋度假小屋的工人，他們已經蓋完了房子，現在沒有工作可做，所以上街大吵大鬧。」

突然，麥提看到了這場遊行。工人們拿著紅色的旗子，邊走邊唱歌。

「他們為什麼拿紅色的旗子？我們國家的旗子不是紅色的啊。」

「全世界的工人們有一面統一的旗子，那就是紅色的旗子。他們說，紅色的旗子屬於全世界的工人。」

麥提陷入沉思。

「也許可以讓世界上所有的孩子——不管是白皮膚、黑皮膚、黃皮膚——也擁有一面同樣顏色的旗子。要選什麼顏色才好？」

車子剛好經過一條陰鬱、灰暗的狹窄街道。麥提想起鄉下綠色的森林和草原，於是大聲說：「我們能不能讓世界上所有的孩子有一面共同的、綠色的旗子？」

「可以。」總理大臣說，他的表情彷彿有些不悅。

麥提憂鬱地在宮殿裡踱步，克魯─克魯也憂鬱地在宮殿裡踱步。

「要開始工作，要開始工作。」麥提說，但是他非常不想去工作。

「勞克男爵來了。」僕人通報。

菲列克進來了。

「明天是進議會在假期後第一次開會。」菲列克說：「國王陛下一定想對議員們說些什麼吧？」

「我要說什麼？」

「一般國王們會說，他們很高興國民將會在此表達自己的意見，並祝他們工作一切順利。」

「好，那我會去。」

但是他去得心不甘情不願。那裡一定會有許多噪音，會有那麼多孩子，全都盯著他看。

然而當麥提在議會中看到來自全國的孩子，為了討論如何治理國家、讓所有人過得好、過得開心而聚集在此處，他身上又生出了新的能量。尤其，在議員中，他還看到了不久之前和他一起快樂玩耍的鄉下孩子們（麥提是根據衣著認出他們的）。於是，他發表了一段動人的演說：

「你們是議員。」麥提說：「直到目前為止，我都是獨自一人執政。我想要讓你們過好的生活，但是一個人畢竟很難猜到每個人的需要。你們來做這件事就比較容易了。有些人知道城市的孩子需要什麼，有些人知道鄉村的孩子需要什麼。比較年幼的孩子明白小小孩的需要，其他人熟悉年長孩子的需要。我想，有一天全世界的孩子都會來到這裡，就像不久前全世界的國王來到這裡——那時候，白皮膚、黑皮膚、黃皮膚的孩子都會說出，他們需要什麼。比如說，黑人的孩子不需要溜冰鞋，因為在他們那裡不會結冰。工人們已經有了自己的紅色旗子，也許孩子們會選出屬於自己的綠色旗子，因為孩子們喜歡森林，森林是綠色的……」

麥提說了很久，很久。議員們都聽他說。麥提覺得很高興。

然後記者站了起來，說，每天都會有給孩子的報紙，他們可以在報上讀到有趣的新聞，如果有人想要什麼東西，可以寫在上面。然後他問，孩子們在鄉下過得開不開心？

頓時議會裡充滿了噪音，根本分不清楚誰在說話。直到菲列克叫來了警察，大家才稍微安靜了一點。

菲列克說，如果有人吵鬧，就會把他丟出門外。他要大家一個一個輪流發表意見。

首先發言的是一個穿著破破爛爛外套、沒穿鞋子的孩子：「我是個議員，我想說，假期一點都不好玩。沒有任何玩具，食物很難吃，如果下雨，天花板還會漏水，因為屋頂有破洞。」

「而且大人們沒給我們換內衣褲。」有人大叫。

「午餐都是一些爛菜爛湯。」

「像在餵豬。」

「一點秩序都沒有。」

「而且他們還打我們。」

「隨便犯個小錯，就把我們關進房間。」

孩子們又開始大聲鼓譟，於是必須休會十分鐘。

四個叫得最大聲的議員被請出了門外。記者簡短地解釋，一開始就要讓所有的一切上軌道是很困難的事，明年一定會更好。他請求議員們說出，他們想要什麼。

又開始了一堆噪音：

「我想要養鴿子。」有人大叫。

「我想養狗。」

「每個孩子都要有手錶。」

「孩子們都可以打電話。」

「還有大人不能親吻孩子。」

「大人要唸故事給我們聽。」

「我要香腸。」

「我要火腿。」

「我想要可以晚睡。」

「每個人都可以有自己的腳踏車。」

「每個孩子可以有自己的櫃子。」

「我想要有多一點口袋。我爸爸有十三個口袋，我只有兩個，那裡面什麼東西都裝不下。如果我丟了手帕，大人就會罵我。」

「每個人都可以有喇叭。」

「還有手槍。」

「可以坐汽車上學。」

「我希望世界上沒有任何女孩和小小孩。」

「我想要當魔法師。」

「每個人都可以有自己的船。」

「每天都可以去看馬戲。」

「每天都是潑水節。」

「還有愚人節。還有肥胖星期四。」[2]

「每個孩子都可以有自己的房間。」

「還有可以得到香皂。」

「以及香水。」

「每個孩子每個月可以打破一次玻璃。」

「還可以抽菸。」

「不要有填空。」

「也不要有聽寫。」

「我想要我們來規定，有一天大人們什麼地方都不能去，只有孩子可以。」
「我想要世界上所有的國王都是孩子。」
「我想要大人去上學。」
「不要一直發巧克力，而是發橘子。」
「還有鞋子。」
「希望人們都是天使。」
「我想要每個孩子都有車。」
「還有軍艦。」
「還有房子。」
「還有火車。」
「每個孩子都有錢，愛買什麼就可以買什麼。」
「有小小孩的地方，就要有牛。」

2 肥胖星期四是一個基督教節日，是復活節大齋戒期的最後一個星期四。人們會在這一天把握機會大吃大喝，各地習俗不一，波蘭人會在這一天吃塞了玫瑰餡的甜甜圈和炸脆餅。

「還有馬。」

「每個人都可以有十公頃地。」

孩子們說了一個小時，記者只是微笑，把所有的一切記錄下來。鄉下的孩子們一開始不好意思發言，後來也放膽開口了。

這次的會議讓麥提感到很疲累。

「嗯，很好，所有的一切都寫下來了，但是現在要怎麼辦？」

「必須教導他們。」記者說：「明天我會寫一份聲明，向孩子解釋，什麼可以做，什麼不能做。」

這時，走廊上剛好走過了那個說「希望世界上不要有任何女孩」的男孩。

「議員，」記者問：「您為什麼不想要女孩？她們妨礙到你了嗎？」

「因為在我們的院子裡有個女孩，我跟她就是處不來。她自己會來挑釁我，但是如果我對她做了什麼，只要動她一根手指頭，她就會哇哇大哭，去找大人告狀。她對每個人都這樣。所以我們決定，要讓她消失。」

記者攔下了第二個議員。

「議員，您為什麼說，要讓大人停止親吻小孩？」

「如果您和我一樣有這麼多阿姨，您就不會問這個問題了。昨天是我的命名日[3]，我那些阿姨們一直親我，讓我滿臉口水，我噁心到把整塊奶油蛋糕都吐出來了。如果大人們喜歡舔人的話，那就讓他們自己去玩親親，不要來煩我們，因為我們不喜歡這樣。」

記者把這些話寫了下來。

「議員，您的父親真的有這麼多口袋嗎？」

「嗯，您可以數數看。他褲子側邊各有一個口袋，後面還有一個。背心上有四個小口袋，還有一個暗袋。西裝外套有兩個暗袋，一個側邊的袋子，胸口也有一個口袋，而且他還有一個口袋特別拿來裝牙籤，而我甚至沒有口袋來裝玩克里帕的棍子[4]。而且，大人還有抽屜、書桌、櫃子、書架。然後他們自吹自擂地說，他們什麼都不會搞丟，所有的一切都整整齊齊。」

記者把這些話寫了下來。

有兩個議員經過，他們很受不了小小孩。為什麼？

「因為要照顧他們啊，還要給他們搖搖籃。」

3 波蘭人的名字很多都來自聖徒，每個聖徒都有自己的節日，波蘭人會在和自己同名的聖徒紀念日慶祝生日。比較老一輩的會把命名日看得比生日還重要，但現在年輕一代的波蘭人也會慶祝生日。

4 Klipa，又叫Gillidanda，是一種源自南亞的遊戲，規則是用一根長棍danda擊打短棒gilli，打中目標物體得分。

「而且總是要讓他們，因為他們小。」

「大人們還說，我們要給小小孩做好榜樣。如果他做錯事，大人們不會對他吼，而是對我吼：『都是跟你學的！』奇怪欸，我有叫他學我嗎？」

記者也把這些話寫了下來。

◇　◇　◇

記者在報上寫，世界上沒有一個議會可以把人們變成天使或魔法師，也不能讓每天都是肥胖星期四，或讓大家每天晚上都去看馬戲。世界上一定要有男孩和女孩，小小孩和大小孩。

記者的遣詞用字很小心，這樣才不會得罪議員們。所以，在文章中完全沒出現「蠢話」、「沒有意義」、「打得他滿地找牙」這樣的字眼。報上只寫了什麼辦得到，什麼辦不到，比如：「更多的口袋？沒問題。只要下令給裁縫，他們就可以縫更多口袋。」諸如此類。

克魯—克魯讀了報紙，氣得要命。

「親愛的麥提，讓我跟你一起去參加會議。我會好好給他們上一課。為什麼在你們的議會中沒有女孩？」

「有啊，只是她們什麼也不說。」

「那我會為所有女孩發聲。你想想看，這有多荒謬：只因為在某個院子裡有個令人無法忍受的女孩，世界上所有的女孩就要消失？而世界上有多少令人無法忍受的男孩？他們也要消失嗎？我不明白，為什麼白人發明了這麼多有智慧的東西，但是依然如此愚蠢、野蠻。」

克魯—克魯於是和麥提一起去了，她的心不停地砰砰跳，不是因為害怕，而是她在腦中醞釀，等一下要講什麼。

所有人都在看克魯—克魯，而她坐在皇家的包廂中，坐在麥提身旁，彷彿沒有人在看她。

菲列克開始了會議。他搖了搖鈴，然後說：「會議開始。今日議程：第一點，關於每個孩子都要有手錶。第二點，關於禁止大人親吻孩子。第三點，關於孩子要有更多口袋。第四點，關於女孩要從世界上消失。」

關於手錶的事，有十五個議員要求發言。

一個議員說，孩子需要手錶，因為他們要準時上學，不能遲到。大人沒有手錶還不要緊，因為他們可以憑記憶算出時間。

「如果爸爸媽媽的手錶慢分，我為什麼要因此受苦？」第二個議員說：「要是我有手錶，我就會注意，不要讓它慢分。」

「我們不只上學需要手錶。」第三個議員說：「如果我們吃午飯或晚飯遲到，大人也會罵我們。而我們做錯了什麼？我們又沒有手錶，怎麼可能知道現在幾點了？」

「玩耍的時候也需要手錶。」第四個議員說：「當我們要賽跑，或是比誰可以單腳站立比較久，沒有手錶可計時也很麻煩。」

「如果我們租船，人們會騙我們。他們說，我們已經租了一小時，但是這是謊話，我們卻沒辦法證明，就只好付一小時的錢。」

菲列克再次搖鈴：「開始投票。我看，應該全體都會同意，孩子們需要手錶。」

然而，有九個議員不想要手錶。記者馬上去問他們，為什麼不想。

「因為我們會把手錶弄壞。因為浪費錢。因為可能會遺失。因為如果戴在手上，可能會掉到地上打破。因為也不是所有的大人都有手錶，他們會嫉妒，然後來找孩子們的麻煩。因為不需要。因為爸爸會把手錶拿去賣掉，然後用錢去買酒。」

菲列克再次搖鈴：「多數贊成，決議通過。」

大家異口同聲通過，孩子們不希望每個人都有權利親吻他們，不想要別人摸他們，不想要被抱上膝蓋，被人撫摸。對於父母，可以有些例外，但是阿姨不行。孩子們選出了委員會，委員會將會制定出詳細的規範，到時候會再投票一次。

關於第三件事——孩子們決議，要讓女孩有兩個口袋，而男孩有六個。

克魯—克魯很生氣：為什麼女孩的口袋是男孩的三分之一，比男孩少四個？但是她什麼也沒說，只是等待接下來會發生什麼事。

菲列克搖鈴：「現在要討論關於女孩的議題。」

然後大家開始說了：「女孩老是哭哭啼啼。女孩會造謠。女孩愛告狀。女孩裝模作樣。女孩太脆弱。女孩笨手笨腳。女孩趾高氣昂。女孩愛生氣。女孩有祕密。女孩會抓人。」

可憐的女孩議員們坐在那裡，什麼也不說，只是眼光泛淚。而皇家包廂裡的克魯—克魯說話了。

「我要求發言。」

一片鴉雀無聲。

「在我的非洲國家，男孩和女孩同樣身手矯健，他們跑得一樣快，都會爬樹和翻筋斗。我不知道在你們這裡發生了什麼事，男孩總是在和女孩吵架，打斷她們的遊戲，而自己又不想和她們一起玩。就我觀察，雖然不是所有人都如此，但是男孩中的搗蛋鬼，比女孩中的搗蛋鬼多啊。」

「喔，呵呵呵。」會議室中傳出一片鼓噪。

菲列克搖鈴，要這些人安靜。

「男孩很粗魯。男孩會打架。男孩的手和耳朵很髒。男孩會把衣服扯爛。男孩會騙人、說謊。」

「喔，呵呵呵。」會議室中再度傳出一片鼓噪。

菲列克搖鈴，要這些人安靜。

「男孩會把作業簿中的紙撕下來，把書弄壞。他們不想唸書。他們製造噪音、打破玻璃。歐洲的女孩穿連身裙、留長髮，而男孩們利用了這一點……」

「那就讓她們把頭髮剪短。」

「還有讓她們穿褲子。」

菲列克搖鈴。

「……女孩們比較脆弱，男孩於是傷害她們，之後又裝無辜。」

突然，會議室裡一片鬧哄哄。有人跺腳，有人用手指吹口哨。大家爭先恐後地大吼。

「看看她：她在給我們說教。」

「妳的手可真白啊。」

「和猴子一起關在籠子裡。」

「哼，國王的未婚妻。」

「國王的老婆。」

「麥提，麥提，小花貓，去火爐上喵喵叫。」

「金絲雀，去樹枝上唱歌吧。」

鬧得最兇的是一個男孩。他跳上議員的椅子，滿臉通紅地大吼。菲列克認出他來：那是一個最糟糕的罪犯，他叫安托克，是個扒手。

「安托克，我對天發誓，」菲列克大叫：「我會把你打得滿地找牙。」

「你有種就試試看啊。你們看看他，哈，勞克男爵，你就像個馬鈴薯一樣小咖。你還記得嗎？你在市場上從籃子裡偷了蘋果。男爵？哼，我看你比較像男爵養的羊吧。」

菲列克把墨水瓶和鈴鐺狠狠往安托克丟去。議員們分成了三組：一組害怕地逃離了會議室，剩下的兩組人則開始大打出手。

麥提臉色蒼白地看著眼前的一切，記者則飛快地寫筆記。

「勞克男爵，請您冷靜下來。沒有發生任何不好的事，現在我們知道兩方各自的支持者是誰了。」他說。

菲列克確實冷靜了下來，因為議員們完全忘了他，開始各打各的。

喔，克魯—克魯好想要沿著包廂的壁帶爬下去，來到會議室，舉起一張扶手椅，然後讓那些逞匹夫之勇的傢伙看看，非洲的女孩有多麼會打架。克魯—克魯知道，這一切的爭端都是她惹出來的，看到麥提為此擔憂，她感到很難過。但是她不後悔：就讓這些人知道她的厲害。他們說，她是黑人，那又怎樣？她知道。去和猴子關在一起？嗯，她確實和猴子關在一起，想要的話就讓那些人去試試看啊。麥提的未婚妻？那又如何？只要麥提想和她結婚，她很樂意。可惜的是，愚蠢的歐洲禮儀不允許她參與這場打鬥。

他們打得多爛啊！而且這些都是男孩。他們笨手笨腳，蠢頭蠢腦。他們已經打了九分鐘，還分不出勝負。這些男孩像公雞般跳來跳去，而他們大部分時間都在向空氣揮拳，沒有打中敵人。

菲列克真是笨蛋，他幹嘛同時丟墨水瓶和鈴鐺。如果是克魯—克魯，她就會只丟一個東西，而且命中紅心，如果是那樣，那傢伙現在就不會像個勝利者般站在桌子上了。

最後，克魯—克魯忍不住了。她一隻手抓住扶手，然後接下來抓住鐵欄杆，靈巧地靠在壁帶上，往前一彈——下墜的衝力因為反作用力而減弱了，她抓住電燈，跳過外國記者的桌子，推開正和安托克扭打成一團、像蒼蠅一樣黏在他身上的五個男孩。

「你想打架嗎？」

安托克掄起拳頭，但是他很快就後悔了。他只挨了四拳——或者該說一拳，因為克魯—克魯在同一瞬間用頭、腳和兩隻手出擊——然後他就躺在地上了，鼻子流血，脖子酸痛，雙手無力，還被打掉了三顆牙齒。

「可憐的白人，他們的牙齒多麼脆弱。」克魯—克魯想。

她跳上大臣的桌子，把手帕在水杯裡沾濕，然後用它來給安托克冰敷。

「別怕。」她安慰他：「手沒有斷。在我們那裡，這樣的傷躺一天就會好，你們比較柔弱，所以你要一個星期後才會康復。關於牙齒，我很抱歉。喔，我們的孩子比白人孩子強壯太多了。」

◇ ◇ ◇

麥提氣呼呼地回到王宮。

他再也、再也不要踏進兒童議會一步。

這些人多麼不知感恩。他如此為他們著想，替他們工作，為了他們到非洲去，差點送了半條命，像個英雄般保家衛國，結果，卻換來這樣的回報。

這些笨蛋，滿心想的就是叫別人把他們變成魔法師，或是給他們和天花板一樣高的娃娃。他們抱怨：屋頂漏水，食物難吃，沒有玩具。而在哪個國家的孩子有那麼漂亮的動物園？更別提煙火和軍隊的音樂了。麥提還給他們辦報紙，這一切根本不值得。這同一份報紙明天就會告訴全世界，孩子們叫他小花貓，還叫他金絲雀。不，這一切都不值得。

麥提下令，他不會再讀孩子們的信，也不會在午餐後接見他們，更不會給他們任何禮物。他受夠了！

麥提打電話到總理大臣家，要他趕緊過來處理重大的國事。他想要徵詢總理大臣的意見，問他接下來該怎麼做。

「請幫我轉接總理大臣的私人公寓。」

「請問您哪位？」

「國王。」

「總理大臣不在家。」總理大臣說，他不知道麥提認得出他的聲音。

「大臣，您現在就在和我說話啊。」麥提在電話中說。

「啊，是國王陛下，真對不起。但是我現在不能來，我病了，必須馬上躺下休息，所以我才說我不在家。」

麥提掛上電話。

「說謊。」他說，生氣地在辦公室踱步。「他不想來，因為他已經知道了一切。已經沒有任何人會尊重我，大家都會笑我。」

但在這時，僕人通報菲列克和記者求見。

「進來！」麥提說。

「陛下，我來見您，是想問您，我該如何報導今天進議會的會議。我可以什麼都不寫，但是人們會說閒話。所以我可以寫，會議中發生了許多衝突，勞克男爵請辭，這表示，他生氣了，不想再當大臣。但是國王不同意，於是勞克男爵繼續留任，而國王會頒勳章給他。」

「您會怎麼寫我？」

「什麼都不寫。畢竟這些事我們是不會寫的啊，因為不好看。最困難的，是我們該如何處理安托克。安托克是議員，所以我們不能處罰他。議員們彼此可以打架，但是國家不能對他們怎麼樣，因為他們有豁免權。再說，克魯─克魯已經修理他了，或許接下來他會安份一點。」

麥提很開心，因為報紙上不會寫到安托克嘲笑他的事，而他也很樂意原諒安托克。

「明天會議十二點開始。」

「我不感興趣，因為我不會去。」

「這不太好。」記者說：「因為人們可能會覺得國王害怕了。」

「那我該怎麼做？我可是受到了污辱啊。」麥提噙著淚水說。

「那麼議員們會派代表來向國王道歉。」

「好。」麥提同意。

記者離開了，因為他要去幫報社寫稿，這樣明天所有的一切都能刊登出來。菲列克留了下來。

「我上次就跟你說了吧，你應該改名為麥提烏什大帝的。」

「那又怎樣？」麥提受傷地打斷他：「你改名為勞克男爵，他們還是笑你是羊。這還比我更糟呢，貓至少沒什麼不好。」

「好啦，但我只是大臣，而你是國王，當羊大臣，總比當貓國王來得強。」

克魯—克魯沒去開會，但麥提一定得去。一開始他不是很高興，但是今天大家都安靜地坐著，而且談論的主題很有趣，麥提最後終於忘了昨天的事。

議員們今天討論紅墨水，還有要讓大人停止嘲笑孩子。

「老師改作業的時候都用紅墨水，而我們用黑墨水寫字。如果紅墨水比較漂亮，我們也想用漂亮的墨水寫字。」

「沒錯。」一個女孩議員說：「而且學校的作業簿應該要包書皮，因為封面可能會弄髒。而且也要有印章或是小花，這樣我們就能裝飾作業簿，讓它更漂亮。」

女孩說完後，大家都拍起了手。男孩們透過這種方式讓女孩們知道，他們一點都不生女孩的氣，而昨天的糾紛只是十幾個搗蛋鬼引起的。如果幾百個議員中有十幾個搗蛋鬼，那一點也不算多。

他們花了很長的時間討論，關於要大人停止嘲笑孩子的事。

「如果我們去問大人什麼事，或者做了什麼，他們不是對我們大吼大叫、生氣，就是嘲笑我們。不應該如此。大人們以為他們什麼都知道，但實際上根本不是這樣。我爸爸不知道澳洲有多少個海角，不知道美洲有多少條河，他也不知道尼羅河的源頭是哪座湖。」

「尼羅河不在美洲，而是在非洲。」另一個議員說。

「我比你清楚這件事，我只是用它來舉例。大人們不知道關於郵票的事，不會用手指吹口哨，這就是為什麼他們說這樣做不好看。」

「我叔叔會吹口哨。」

「但他不會用手指。」

「搞不好他會？你怎麼知道他不會？」

「你這笨蛋。」

也許他們會再次爭吵，但是這次主持會議的人搖了搖鈴鐺，說議員們不可以罵彼此是笨蛋，如果有人這麼做，就必須強制他離席。

「什麼是強制離席？」

「這是議會用語，在學校我們會說：趕出教室。」

於是，議員們慢慢學習，要怎麼在議會中應對進退。

會議快結束時，一個遲到的議員走了進來。

「對不起，我遲到了。」他說：「但是媽媽不讓我來，因為昨天我的鼻子被抓傷了，還有瘀青。」

「這是濫用權力。議員有豁免權，家人不可以禁止他來參加會議。這是什麼道理？如果他被選為議員，他就該來開會。在學校有時候也可能受傷，但爸媽可不會禁止孩子去上學啊。」

於是，兒童與大人的糾紛就這麼開始了，而這還只是序幕呢。

我們在此必須提到一件麥提和議員們還不知道的事：在國外，報紙開始報導兒童議會。孩子們在家裡和在學校裡都越來越常談論它，如果大人不公平地給了他們壞成績，或是對他們生氣，他們馬上就會說：「如果我們有自己的議會，就不會這樣子了。」

而在一個由康帕涅拉女王治理的南歐小國，孩子們因為某件事生氣，於是發起了罷工。有人得知，孩子們想要像工人一樣有自己的旗子，而旗子要是綠色的，於是他們在遊行時，就用了綠色的旗子。

大人們很生氣：「這真是聞所未聞。我們已經有夠多工人的問題了，還有他們的紅旗子，現在孩子們也開始造反，真是有完沒完。」

麥提讀到這個消息很高興，而在兒童的報紙中，有一大篇文章報導這件事，標題大大地寫著：「運動上路了。」

報上寫著，在康帕涅拉女王的國家很炎熱，孩子們覺得很不舒服，這是為什麼他們走上街頭爭取自己的權利。

報紙上寫著：

不久後，全世界的孩子都會使用綠色的旗子。那時候孩子們會明白，他們不該打架。社會將會很有秩序，人們會彼此相愛。根本不會有戰爭。因為如果人們在小時候就學會不打架，他們長大後也不會打架。

麥提國王是第一個說，孩子要有綠色旗子的人。麥提國王想出了這個主意，現在他不只會成為自己國家的孩子王，也會成為全世界的孩子王。

克魯—克魯女王會到非洲去，然後向所有的黑人孩子解釋所有的事。一切都會很好。

孩子們會擁有和大人相同的權利，會成為公民。

孩子們會聽話，不是因為他們害怕，而是因為他們自己希望擁有秩序。

報上還寫了許多其他有趣的事。麥提覺得很驚訝，為何憂鬱的國王說，當個改革者是件不容易的事，還有改革者的改革通常以失敗告終，人們在他們死後才會知道，他們做得很好，然後為他們蓋雕像。

「而我的改革進行得都很順利。我沒有遇到任何危險。我確實有許多煩憂和問題，但如果想成為一國之君，就要對此有心理準備啊。」

◇◇◇

有一天，一群已經滿十五歲的青少年在議會外聚集，其中一人爬到路燈上大喊：「你們完全忘了我們。我們也想要有議員代表，大人有自己的議會，小孩有自己的議會，我們難道就比較差嗎？我們不允許讓這些乳臭未乾的小子來代表我們。如果你們會給小小孩巧克力，那就給我們香菸。你們的所作所為一點都不公平！」

這時，議員們剛好要走到議會裡開會，但那些青少年不放他們通行。

「哼哼，真了不起的議員呢，連九九乘法表都不會。桌子的『桌』還會寫成『捉』，是要去

『捉』誰啊？」

「有些人甚至還不會寫字。」

「這種人竟然要來治理國家。」

「這種政府，該讓它下台！」

警長打電話告訴麥提，請他留在王宮裡，因為議會有人鬧場。同時他叫警察騎馬來驅離群眾。抗議的青少年不想離開，開始向警察丟書本、早餐，不只如此，他們還把人行道上的石頭敲了下來。這時，警長來到陽台，大喊：「如果你們再不離開，我會叫軍隊來。要是有人對軍隊丟石頭，軍隊會先向空鳴槍，如果還是沒用，就會向你們開槍。」

一點用都沒有。抗議者甚至更生氣了，他們把門拆了下來，闖入會議室。

「在我們得到像兒童一樣的權利之前，我們絕不離開。」

大家都束手無策。就在這時，麥提突然出現在國王的包廂中。他沒有聽警長的話，而是親自來此視察。

「我們也想要有議會，我們也想要有議員，我們也想要有權利！」青少年大喊，然後開始大吼大叫，根本聽不清楚誰在說什麼。

麥提靜靜站著，什麼也不做。他在等待。當抗議者發現他們的吼叫無法動搖麥提，於是發出噓聲，叫彼此安靜：「好啦，好啦，停止，不要叫了。」終於，有人大喊：「國王要說話了！」

於是，終於安靜了下來。

麥提發表了一段很長、很有智慧的演說。他承認青少年們是對的。「公民們，」麥提說：「你們確實有權利。但是你們再過不久就長大成人了，可以去大人的議會。我的改革從兒童議會開始，因為我依然是個孩子——我比較清楚，孩子需要什麼。我沒辦法一下子做到所有的事，即使是現在，我就已經有太多工作要做了。等我十五歲，而孩子的需要已經解決了，那時候我就會來照顧你們的需要。」

「那時候我們就不需要你的憐憫了，因為我們會去大人的議會。」

麥提看情況沒有改善，於是換了一個說法：「你們為什麼來煩我們？你們已經長鬍子了，也會抽菸，你們可以去大人的議會，要他們讓你們加入啊。」

比較年長的青少年（他們確實有些鬍子了）想：「沒錯。我們為什麼要來和這些小鬼頭一起開會？我們可以去真正的議會。」

而那些比較年輕的，不好意思說他們不抽菸，於是說：「好。」

他們就離開了。但是當他們來到大人的議會，軍隊卻不讓他們進去。士兵們拿著刺刀，擋下了遊行的人群。青少年們想要回頭，但是他們身後也是軍隊。於是他們分散開來，有些人往右，有些人往左。之後，他們再次分散，而軍隊一直在他們後方追趕。直到他們散成好多個小隊，警察才開始逮捕他們。

當麥提得知此事，他很生警長的氣，因為這就好像是國王欺騙了他們。但是警長說，沒有別的辦法。於是麥提命人在街角貼告示，要青少年們選出三個最有智慧的代表，來和他討論關於議會的事。

晚上，大臣們則請國王來開會。

「情況很糟糕。」教育大臣說：「孩子們不想唸書。如果老師叫他們做什麼事，他們馬上就大笑著說：『您能拿我們怎麼樣？我們不想做。我們會去和國王告狀。我們會和我們的議員說。』老師束手無策。比較大的孩子根本不想聽話，『這些小鬼頭要治理國家，而我們卻要被抓起來，我們可沒這麼笨。既然我們沒有自己的議員，那我們也可以不用去上學。』以前小小孩會和小小孩打架，現在那些大孩子會去欺負小孩子，然後挑釁他們：『去啊，去和你的議員告狀。』他們會拉小孩子的耳朵，狠狠揍他們。老師們說，他們會再等兩個星期，但是如果情況不改善，他們就不想教了。已經有幾個老師離職了。一個跑去賣蘇打水，另一個去開了鈕扣工廠。」

「普遍來說，大人們都很不高興。」內政大臣說：「昨天一個糖果店的男人說，孩子們惹了許多麻煩，他們以為他們愛怎麼樣就可以怎麼樣。他們在店裡大吵大鬧，讓人快瘋掉。他們在沙發上跳，在房裡踢球，沒有任何人允許就上街去，而且把衣服撕壞，再過不久，他們大概就會像黑人一樣光溜溜了。那個糖果店的男人還說了一些別的事，但是我不能重複他的話。他污辱了國王，也就是您，因此我命人把他抓了起來。」

「我知道怎麼做了。」麥提說：「就讓所有的學生成為國家的公務員。他們也寫、也算、也在工作。他們上學，就像公務員去辦公室上班。所以，他們也應該得到報酬。我們會付錢給他們。這沒什麼差別，我們可以給他們巧克力和娃娃，也可以給他們錢。這樣孩子們就會知道他們必須完成他們的工作，不然就沒有薪水。」

「可以試試看。」大臣們同意。

但是麥提忘了，現在執政者已經不是他了，而是國會。他命人寫了告示，貼在街角。

隔天一早，記者氣沖沖地來找麥提，對他說：「如果國王把重要的事都寫在告示上了，那還要報紙幹嘛？」

菲列克也來了，說：「如果國王自己頒布新的法令，那要議員幹嘛？」

「沒錯。」記者說：「勞克男爵是對的。國王只能說，他想要這樣做，但是議員會決定，是否同意這麼做。或許他們會想出更好的解決辦法？」

麥提發現他太快下決定了，而這一點都沒必要。所以現在該怎麼辦？

「請國王打電話通知大家，繼續發巧克力，不然可能會爆發革命。同時，我們今天會在開會時和議員們討論此事。」

麥提有不好的預感——確實，發生了很糟的事。議員們一開始決定，要讓委員會來決定這件事，但是麥提不同意。

「如果委員會要來決定，那就要等很久。而老師們說，他們只會等兩個星期，如果情況沒改善，他們就要離職。」

記者跑去對菲列克耳語。菲列克十分高興地咧嘴微笑，當麥提說完，他要求發言。

「各位議員，」菲列克說：「我有去上過學，我知道那裡的情況。在一年之中，我在座位上被罰站七十次，去角落罰站一百零五次，被趕出教室一百二十次，而這些處罰都很不公平。你們以為，只有一間學校這樣嗎？不。我上過六所學校，每個地方都一樣。大人們不上學，所以他們不知道學校有多麼不公平。我覺得，如果老師們不想等，不想要教導孩子，那我們可以訂一個法律，讓大人去上學。就讓大人看看，學校有多麼令人不愉快，這樣他們就不會一直逼我們唸書。而老師們則會看到，大人比孩子更難教，因為大人不像孩子一樣乖巧順從，他們就會停止抱怨了。」

孩子們一窩蜂地開始抱怨學校和老師。一個孩子不公平地被留級，另一個孩子只犯了兩個錯，就得到了壞成績。一個孩子因為腳痛而遲到，就必須在角落罰站，還有一個孩子無法把詩背起來，因為他的小弟把作業撕壞了，而老師說，這是藉口。

當議員們都累了、餓了。菲列克請議員們投票表決。

「委員會將會研商，如何讓學校變得更公平，也會討論，是否要把孩子們當成公務員來看待，給他們薪水。在此同時，大人們要去學校上學。同意的人請舉手。」

幾個議員還想多說些什麼，但是大部分人都舉手了，於是菲列克說：「議會同意立法。」

8.

VIII

當人們知道兒童議會的決定，他們都驚呆了。

「從沒來聽說過這種事。」有些人生氣地說：「為什麼我們要聽兒童的命令？我們有自己的議會，我們可以不同意。就讓他們的議會決定孩子要做什麼，但是他們沒有權利告訴我們，我們要怎麼做。」

「好啊，我們去上學，那誰要來工作？」另一些人問。

「如果孩子們立了這樣的法，那就讓他們去做所有的工作吧。這樣他們就會知道，這一切不像他們想像的那麼容易。」

「我們看著辦。」比較穩重的人說：「也許這甚至是好事。當孩子發現他們能力不足，沒有我們就無法過活，他們就會知道要尊重我們了。」

那些沒工作可做的工人甚至很開心。

「麥提真是聰明的國王啊。我們本來想要搞革命的，但他現在想出的辦法真是太棒了。我們因為挖土和搬磚塊而全身痠痛，現在我們可以舒舒服服地坐在教室的椅子上，而且還可以學到一些有趣的事。他們會給我們多少錢？」

於是，法令頒布了。現在，去上學的人和工作的人都會得到薪資，因為學習也是工作。另外，孩子們會做大人的工作，而大人們則會去上學。

一開始的情況十分混亂。因為大部分的男孩都想當消防員和司機，而大部分的女孩們則想在玩具店或糖果店工作。有些人說了蠢話，就像平常一樣：一個人想當劊子手，另一個想當印第安人，還有人想當瘋子。

「不能所有人都做同樣的事啊。」

「那就讓別人去做別的事。為什麼我要撿別人不要的工作？」

在家庭中也有許多爭執。當孩子們把課本和作業簿交給父母，媽媽不滿地說：「你們把書和作業簿畫得亂七八糟，現在老師會對我們吼，說我們是髒鬼。」

「你把鉛筆弄丟了，現在我要用什麼來畫畫？老師會生我的氣。」

「早餐那麼晚才上桌，現在你要寫張條子給老師，說我是因為早餐太晚做好，才會遲到的。」奶奶說。

老師們則很高興可以休息一下，因為大人們比孩子安靜乖巧。

「我們會給孩子們樹立好榜樣，讓他們看看該怎麼學習。」他們說。有些人嘲笑這一切，也有些人為了新奇的事物而開心。

「畢竟，這一切不會持續很久。」大家都這麼說。

城裡的光景非常奇怪。大人們拿著書本上學去，孩子們則去辦公室、工廠和商店代理大人的工作。有些人很沮喪，覺得很丟臉，有些人則無所謂。

「那又怎樣？我們又是孩子了，當孩子也沒什麼不好啊。」

大人們想起過去的時光，甚至以前坐在隔壁的老同學也相遇了。他們想起以前的老師，各種遊戲和惡作劇。

「你記得那個教拉丁文的老師嗎？」一個工廠的工程師問。

「你記不記得有一次我們打架，是為了什麼？」

「啊，我知道了，我買了剪刀，而你說，那不是鋼的，是鐵的。」

「然後我們被關禁閉。」

一個醫生和一個律師因為這些事吵得很兇，他們完全忘了自己已經不再是小男孩，於是在街上互相追逐，還把彼此推進水溝。一個路過的老師教訓了他們一頓，告訴他們在街上必須遵守禮儀，因為大家都在看。

但是有些人很生氣。一個胖胖的餐廳的老闆娘拿著書本去上課，她是如此氣呼呼，旁人看了都害怕。在路上，一個技師認出了她。

「看啊，是那個肥婆。她總是騙我們，她會給伏特加摻水，雖然只給我們一塊鯡魚，卻會算整條鯡魚的錢。嘿，我們來個惡作劇，把腳放在她腳下，讓她絆倒。既然我們是孩子，就讓我們做孩子做的事。你覺得怎樣？」

於是，他們就把腳放在她的腳前面。她差點跌了一跤，作業簿都掉到地上了。

「混帳！」胖胖的女士大叫。

「我不是故意的。」

「你們等著瞧，我去和老師說，告訴她你們不讓別人好好過馬路。」

另一方面，孩子們則安靜又嚴肅地去工作，才剛九點，所有的辦公室和商店都開門了。

在學校，大人們也在教室裡坐好了。老人們坐在最後一排，靠近火爐的地方，這樣子他們上課時可以小睡一下。

大人們讀書、寫字、算數。一切都進行得很順利。老師給大人們考試，看看他們是否還記得以前學過的事。老師只有幾次對大人們生氣，因為他們上課不專心。確實，大人們很難專心上課，因為每個人都在想，孩子們在家裡、工廠和商店工作的情況如何。

女孩們想要讓大人看看，她們很會做家事，她們希望自己煮出的第一頓午餐美味非凡。但是這對她們來說很困難，因為她們並不是什麼都會做。

「嗯，如果煮湯不成，吃果醬也可以啊。」

她們去商店買東西。

「啊，東西好貴。沒有一間店的東西像這裡的這麼貴。我要去別家買。」

有些孩子不停殺價，因為想讓大人看看，他們用便宜的價錢買到了東西。而那些賣東西的孩子，則想讓大人看到，他們賣了很多東西，賺了很多錢。所以，買賣進行得非常愉快。

「再給我十個橘子。」

「還有一鎊葡萄乾。」

「還要瑞士乳酪。但是不要燻焦的，因為我會退回來喔。」

「我的乳酪是最好的，而我的橘子皮很薄。」

「好了，我要付你多少？」

小販做出算錢的樣子，但其實他不是很會算。

「妳有多少錢？」

「一百。」

「太少了。這麼多東西要更多錢。」

「那我等下再拿來。」

「嗯，好。」

「但是請給我找零。」

「妳這笨蛋，妳給我的錢不夠，還要我找零？」

必須承認，在商店裡孩子們對彼此不是很有禮貌。而在政府機關裡，經常可以聽到這樣的話：「笨蛋、你說謊、滾出去、不要就是不要、少頂嘴、你也沒好到哪裡去、你又想要什麼、滾開」，諸如此類。

或者，也可以常常聽到：「等等，等媽媽從學校回來……」或「你等著看，我會告訴我爸爸，學校馬上就放學了。」

路人製造了最多麻煩。因為他們會到商店裡去拿東西吃，然後不付錢。

雖然有警察——男孩們在街角站崗——但是他們不是很清楚該做什麼。

「你看看你，你算是什麼警察啊。他們跑到商店，拿了一把李子乾就跑，你卻什麼都不做。」

「他們跑去哪了？」

「我怎麼知道。」

「你既然不知道，那我又能怎麼辦？」

「你是警察啊，你應該維持秩序。」

「好啊。你只有一間店，你自己都沒辦法顧好了，而我有五十間商店要顧，哪有時間管你？」

「你這個笨蛋。」

「哼，我是笨蛋。你不喜歡的話，就不要叫我來啊！」

警察走了出去，他的腰刀太長，妨礙了他的行動。

「生什麼氣嘛。叫我抓犯人，但是自己又不知道犯人在哪。叫我一直要像個柱子一樣在這裡站崗，但是什麼也不給我。如果他給我個蘋果，那還算好。哼，我要去跟他們說，我不想當警察了。就讓他們愛做什麼就做什麼。如果他們不高興，我可以回學校。」

爸媽都從學校回來了，孩子們打開門，問：「媽媽回答了老師的問題嗎？爸爸有好好做作業嗎？奶奶隔壁坐的是誰？妳坐第幾排？」

有些孩子從辦公室下班後，還跑去學校接父母回家。

「你今天在辦公室做了什麼？」爸爸問。

「沒做什麼。我坐在辦公桌前，然後看了一下窗外，因為有喪禮的隊伍經過。然後我抽了一點菸，但是味道很苦。然後桌上來了一堆紙，所以我每張都簽名了。然後來了三位先生，但是他們不知道是說英文還是法文，我於是跟他們說，我聽不懂。然後本來要有下午茶的，但是茶沒來，所以我只吃了糖。然後我打電話給我朋友，問他們在做什麼，但是電話不知道是壞了還是怎樣，沒有接通，只有一個在郵局工作的朋友告訴我，那裡有許多信，上面有國外的郵票。」

有些人家的午餐很好吃，有些人家的午餐則燒焦了，或是孩子根本沒有把火生起來。於是，必須趕緊煮飯。

「我必須動作快點。」媽媽說：「因為明天我有很多作業要交。老師說，大人的作業要比孩子多，這不公平，在其他的學校沒有這麼多作業。」

「有人在角落罰站嗎？」

媽媽有點不好意思，但是最後還是承認了。

「為了什麼而罰站？」

「第四排有兩個太太，她們以前認識，夏天時她們一起到鄉間小屋度假，所以上課時一直聊天。老師兩次提醒她們不要講話，但她們不聽，最後，老師就叫她們去牆角罰站。」

「她們有哭嗎？」

「一個還在笑，但是另一個眼眶裡有淚水。」

「男孩們會來捉弄妳們嗎？」

「有一點。」

「那跟我們一樣啊。」孩子們高興地說。

◇ ◇ ◇

麥提坐在辦公室裡讀報紙，報上詳細地描寫了，新政策頒布後大家第一天的生活。報紙的撰稿人承認，一切都還沒有上軌道，電話運作不良，郵局的信件還沒分類好，昨天有一輛火車出軌了，但是不知道有多少人受傷，因為電報線亂成一團。但是沒辦法，孩子們還在習慣。每個改革都需要時間。任何改革都會對國家的經濟帶來衝擊。

再說，委員會正在積極制定關於學校的法令，這樣老師、孩子和父母都能滿意。

突然，克魯—克魯開心地跑了進來，邊拍手邊跳。「你猜猜，發生了什麼事？」

「什麼事？」麥提問。

「一千個黑人小孩來了。」

麥提甚至忘了，之前他曾命人發電報給邦．德魯瑪國王，要他送一百個黑人小孩來。但是不知道是鸚鵡敲了電報機，還是怎麼著的，總之電報上多了一個零，於是邦．德魯瑪國王就送了一千個小孩來，而不是一百個。

麥提十分擔憂，但是克魯—克魯很高興。

「這樣更好。如果有更多孩子一起學習，我們就可以更快地在非洲建立秩序。」

克魯—克魯認真地開始工作。她讓所有的孩子在公園排隊站好，然後選出那些她認識的、守規矩的孩子，讓他們當百夫長。也就是說，他們每個人會管理一百個孩子。然後，再從這一百個孩子中選出十個孩子當十夫長。每個十夫長會在夏宮中得到一個房間，而百夫長則住在麥提的冬宮。克魯─克魯告訴百夫長，在歐洲可以做什麼，不可以做什麼，然後百夫長會去告訴十夫長，再由十夫長轉達給孩子們。

而他們也會用同樣的方式學習。

「孩子們要睡在哪裡？」

「目前他們可以睡地上，他們還很野蠻，沒關係的。」

「他們要吃什麼？」麥提問：「廚師去上學了，沒有人煮飯。」

「目前他們可以吃生肉，他們還很野蠻，沒關係的。」

克魯─克魯不喜歡浪費時間，午餐過後她就給孩子們上了第一堂課。她用孩子們都能理解的方式解釋，四小時後，百夫長已經學會了一些東西，然後開始教十夫長。

本來一切都會很順利的，但是突然信使騎著馬來到王宮，說孩子們不小心把動物園的籠子打開了，所有的狼都跑了出來。城市裡人們害怕得不得了，沒有人敢上街。

「我的馬一開始都怕得不想走，我必須用鐵做的馬鞭打牠，牠才肯走。」信使說。

「為什麼孩子們要把狼放出來？」

「這也不是他們的錯。」信使說：「管理員去學校了，但是他沒有告訴那些代理他的孩子，門閂會讓籠子打開。於是孩子們動了門閂，籠子就開了。」

「有幾匹狼？」

「十二匹。最可怕的是其中一匹，我根本不知道要怎麼抓住牠。」

「那些狼在哪？」

「不知道，牠們逃走了。人們說，在城裡看到牠們在街上跑。但是我們不知道他們說的是真是假，因為人們很害怕，搞不好會把狗認成狼。人們已經開始造謠說，所有的動物都逃出了動物園。一個女人對天發誓，說一隻老虎、兩頭河馬和兩隻蛇追著她跑──而且還是眼鏡蛇。」

當克魯─克魯知道這件事，她馬上問：狼是什麼動物？因為在非洲沒有狼，所以她不認識牠們。狼會叫嗎？牠們怎麼捉獵物？牠們會跳嗎？

牠們會不會用牙齒咬獵物？或是用爪子抓？牠們無論何時都會攻擊嗎？還是只有飢餓的時候？

牠們很勇敢，還是很膽小？

牠們的聽覺、嗅覺和視覺靈敏嗎？

麥提覺得很不好意思，他知道的並不多，但是他把所有知道的事，都告訴了克魯─克魯。

「我認為，」克魯─克魯說：「牠們還躲在動物園中。我會和百夫長一起去，這件事很快就會解決。啊，好可惜，跑走的不是獅子或老虎，不然打獵會更有趣。」

麥提、克魯─克魯和十個黑人小孩一起往動物園走去，人們在屋子裡，透過窗戶看他們。街上一個人都沒有，完全一片空曠，店也關門了，彷彿是座死城。

麥提覺得很羞愧，白人竟然這麼膽小。

他們來到了動物園，開始打鼓、吹笛子。他們製造出大量的噪音，彷彿整個軍隊都在行軍。

他們走過了濃密的樹林和灌木。

「停！」克魯—克魯說：「準備弓箭，我看到有東西在動。」

克魯—克魯跑了過去，爬上樹——她才剛抓住樹枝，就有一群狼圍住了她。一匹狼用爪子抓著樹幹，開始嚎叫，而其他的狼則呼應牠。

「這是牠們的領袖！」克魯—克魯大叫：「現在你們可以開始趕其他的狼，你們從灌木後面繞過去，然後從另一邊追趕牠們。」

於是孩子們照做了。狼群被追趕，開始逃竄，黑人孩子們一邊用鼓聲製造噪音，一邊朝狼群射箭，但是沒有用很大的箭，免得傷到動物。他們從左右兩方包抄，不到五分鐘，十一匹狼就被關進籠子裡了。

他們立刻把籠子關上。第十二匹狼發現自己孤立了，於是縱身一躍準備逃跑。

克魯—克魯從樹上跳下來。

「快點！」她叫：「不要讓牠從動物園跑出去！」

但是已經太遲了。狼瘋了似地奔向城市。現在城市裡的居民們真的看到「狼來了」，而在牠身後，則緊追著克魯—克魯和十個小黑人。麥提走在最後面，因為他沒辦法跟上這些人的腳步啊！他滿身大汗，累得快要無法前進。直到一個好心的老婆婆請他到他家，給了他牛奶和麵包。

「吃吧，麥提國王。」她說：「你是個好國王。我八十歲了，看過許多國王。有些國王好，有些國王差。像你這樣的國王，我還是第一次看到。你甚至為我們這些老人著想，讓我們去上學，你真是善良，不只如此，你還給我們錢。我有一個兒子在遠方，他每半年就會寫信給我，而我會把信收起來，但是無法讀它們，因為我不識字。但是我又不能給陌生人讀，因為信裡可能有秘密，而人們可能會騙我，或是捏造內容。現在我就能知道，他在那裡過得好不好了。老師說，如果我努力，兩個月後我就可以寫信給他了。我兒子收到信，一定會很高興的啊。」

麥提喝了牛奶，吻了老婆婆的手和他道謝，然後再次上路。

在此同時，狼跑進了下水道，不肯出來。克魯—克魯想去下水道抓狼。

「什麼？我不允許！」麥提大叫：「這在地底，那裡很黑。妳要不是窒息，就是被狼大卸八塊。」

但是克魯—克魯很堅持。她用牙齒咬住了獵刀，鑽到下水道中。其他的黑人孩子看了很害怕，因為在黑暗中和野獸搏鬥是件很危險的事。

麥提站在上面等，等著等著，他突然想起他有手電筒。他沒想太多，就跟著鑽進了下水道。下水道很窄，克魯克魯和狼去了哪裡？來到地底下，空間才開始變大。水從下面流過——那是水溝的水，充滿了髒兮兮的泥濘。四處臭氣沖天，讓人幾乎無法呼吸。

「克魯—克魯！」麥提大叫，他的回音從四面八方傳來，因為整個城市底下都是下水道。這麼多雜音，麥提聽不出克魯—克魯有沒有回答他。麥提把手電筒打開又關上，因為他怕手電筒會沒電，到時候就完全看不到路了。直到他來到一個轉角，在那裡水已淹過他的膝蓋，他突然聽到一聲巨響。

他打開電燈，看到了克魯—克魯和狼。克魯—克魯正用刀子插入狼的咽喉，而狼則咬住她的手臂。克魯—克魯很快地用另一隻手抓住刀子，再次攻擊狼。狼則鬆開克魯—克魯的手，把頭低下，正準備要去咬克魯—克魯的肚子。如果克魯—克魯的腸子被咬出來，那她就真的完蛋了。就在這時，麥提撲到狼身上，他的手電筒甚至碰到了狼的眼睛，他的另一隻手則握住了手槍。狼齜牙咧嘴，眼睛被強光刺得什麼也看不到。這時，麥提則把子彈準確地射到牠眼中。

克魯—克魯暈倒了。麥提拖著她走，同時也害怕他們走不出去，怕克魯—克魯會在泥淖中淹死，而他自己也快走不動了。情況本來可能會很糟，但還好上面的小黑人也沒有閒著。確實，克魯—克魯不准他們下去，但是他們要站在上面乾等多久？於是他們也鑽下了下水道，而且馬上就注意到麥提的手電筒發出的亮光。他們於是先把克魯—克魯抬了出來，之後是麥提，最後才是被殺死的狼。

◊ ◊ ◊

「麥提，你看看你惹出多少麻煩。」憂鬱的國王說：「麥提，停下來好好反省，因為你遇到了一場很大的危機。如果你誤入歧途，那就太可惜了。我怕我來得太遲了。我本來一個星期前就要來的，但是自從孩子們開始開火車，你們的鐵路根本一點用處都沒有，我從國界開始就要坐農車。但是這樣也好，我因此有機會經過許多鄉村和城市，聽到全國人民是如何談論你的。麥提，情況很糟，相信我。」

憂鬱的國王極度祕密地離開了自己的國家，為的就是來此拯救麥提。

「發生了什麼事？」麥提氣呼呼地問。

「發生了很多壞事，只是你被蒙在鼓裡，一無所知。」

「我什麼都知道。」麥提覺得受到了污辱。「我每天都會讀報紙。孩子們在習慣一切，委員會正努力工作。所有的改革都會對生活造成衝擊。我知道，有些事還沒上軌道。」

「聽著，麥提，你只讀一份報紙，自己的報紙，那上面滿口胡言。去讀讀其他的報紙。」

憂鬱的國王把一疊他帶來的報紙放在麥提桌上。

麥提慢慢翻開報紙。他只讀大標題，因為要知道發生了什麼事，沒有必要仔細讀每一篇文章。麥提突然眼前一黑，因為他讀到了：

麥提國王瘋了
國王要和非洲猴子結婚
黑惡魔的統治
大臣是個小偷　間諜越獄了
報童男爵菲列克
兩個堡壘被炸毀
我們沒有大砲也沒有火藥
戰爭即將爆發
大臣們把珠寶運走
暴君國王下台

「這裡寫的才是滿口胡言！」麥提大叫：「黑惡魔的統治是怎麼回事？他們指的是那些來這裡學習的黑人孩子嗎？他們幫了很多忙。當狼從籠子裡逃出來，是他們不顧生命危險，把狼群趕回籠子裡，克魯—克魯的手還因此受傷了。當煙囪阻塞，造成火災，是黑人孩子幫忙清掃煙囪，因為白人孩子不想清。我們有大砲也有火藥。我知道，菲列克曾經是報童，但他不是小偷，而我也不是暴君。」

「麥提，別發火，因為這一點幫助也沒有。我告訴過你了，情況很糟。你如果願意的話，我們可以一起進城，你可以親眼看到一切。」

麥提於是裝扮成普通小孩，憂鬱的國王也穿著平民的衣服，然後他們就出發了。

他們來到軍營旁——那是麥提之前和菲列克一起來過的軍營，那時候，他偷偷摸摸從王宮溜出去參戰——喔，那時他無憂無慮，什麼都不知道，那麼孩子氣。現在他什麼都知道了，也沒什麼事物會讓他感到新奇。

一個老兵坐在軍營前抽菸斗。

「軍隊裡情況如何？」

「啊，沒什麼，都是孩子們在管。他們因為好玩而開槍，把子彈用光了，還把大砲弄壞了。現在已經沒有軍隊了。」

然後老兵放聲大哭。

他們來到工廠，一個工人正在讀書，要在明天之前把一首詩學起來。

「工廠裡情況如何？」

「啊，你們可以進去看看，現在每個人都可以進去。」

他們於是進去了，櫃台上亂七八糟地擺著文件，主要的鍋爐破了，機器都沒在運作。幾個男孩在廠裡晃來晃去。

「你們在這裡做什麼？」

「嗯，我們本來有五百人，被送來這裡工作，但是有些人說：『我才沒那麼笨呢。』就翹班了。後來，只有三十個人來。我們什麼都不知道，所有的東西都壞了。那些人走了，我們就在這裡打掃。爸媽都在學校，家裡很無聊，拿了錢卻什麼都不做，感覺很不好。」

街上一半的商店都關門了，雖然大家都知道，狼已經回到籠子裡。

他們來到一家商店，一個和善的女孩在賣東西。

「小姐，為什麼那麼多家店都關門了？」

「因為東西都被偷走了。沒有警察，也沒有軍隊。那些混蛋們在街上跑來跑去，看到什麼都拿。人們都把東西拿回家裡藏起來了。」

他們來到火車站。在車站裡放著撞壞的火車。

「發生了什麼事？」

「鐵道員去踢球了，而站長去釣魚。火車司機員不知道緊急煞車在哪，於是出了車禍，死了一百個人。」

麥提咬住嘴唇，這樣才不會爆哭出聲。

車站附近有家醫院。孩子們在照顧病人，但是他們缺乏知識。醫生作業比較少的時候，會來幫忙半個小時，但是也沒有太大幫助。病人們呻吟著死去，因為沒有得到任何治療。而孩子們

哭泣，因為他們很害怕，不知道怎麼辦。

「怎麼樣，麥提，我們回王宮去吧？」

「不，我必須去我的報社，和記者談談。」麥提的語氣很平靜，但是你看得出來，他已經怒火中燒。

「我不能和你一起去。」憂鬱的國王說：「我可能會被認出來。」

「我馬上回來。」麥提說，然後很快地往報社走去。

國王看著麥提離去，點了點頭，然後回到王宮。

麥提現在不是用走的，而是用跑的。他握緊拳頭，感覺到他體內那屬於暴躁的亨利國王的血液正在沸騰。

「你等著，你這小偷、謊話連篇的騙子。你會為這一切付出代價。」

麥提來到記者的辦公室。記者坐在桌前，而菲列克躺在沙發上抽雪茄。

「啊，你也在這！」麥提大吼：「那更好，我會和你們兩個好好談談。你們到底做了什麼？」

「國王陛下想要休息。」記者用他安靜、悅耳的聲音說。

麥提全身顫抖。現在他已經確定，記者是個間諜。他老早就隱約感覺到這件事，但現在他明白了一切。

「你這個間諜，看招！」麥提大叫，對記者舉起了槍——自從上一次大戰，麥提隨身都會帶著它。但是間諜敏捷地跳到麥提身邊，把他的手握住，子彈於是打到了天花板。

「孩子不應該拿槍。」記者微笑地說，用力地捏緊麥提的手，麥提感覺他的骨肉似乎要分離了。他的手鬆了開來，記者就把槍奪下，收到抽屜中，還上了鎖。

「現在我們可以心平氣和地好好談一談。國王陛下，你對我有什麼不滿呢？我在我的報紙上為您說話，我安定人心，耐心解釋，還稱讚了克魯—克魯一番。而您竟然叫我間諜，還想要射死我。」

「那關於學校的愚蠢法律呢？」

「是我的錯嗎？這是孩子們投票作出的決定啊。」

「您為什麼沒在報上寫，我們的兩個堡壘被炸毀了？」

「這應該是戰爭大臣要告訴您的事。國民不應該知道這些，這是軍事機密。」

「外國國王的森林失火時，您為什麼對我問東問西？」

「記者應該知道一切，之後根據他得知的消息，他會選擇哪些事要報導。國王每天都會讀我的報紙，裡面有寫得不好的東西嗎？」

「喔，寫得很好，甚至太好了。」麥提痛苦地大笑。

記者看著麥提的眼睛，然後問：「國王陛下，你現在還要稱我為間諜嗎？」

「我會叫你是間諜！」菲列克突然從沙發上跳起來大喊。

記者臉色變白了，憤怒地看了菲列克一眼，在兩個男孩還來不及採取行動之前，他就已經到了門外。

「我們不久後會再見面的，小鬼們！」他大叫，然後就跑下了樓梯。

報社門前不知道什麼時候來了一輛車。記者對司機說了一些話。

「站住！快抓住他！」菲列克猛地打開窗戶，對下面的人大喊。

但是太遲了，車子已經消失在街角。而且，有誰會抓住他呢？報社前只有一些圍觀的路人和孩子，好奇地看著這場騷動。

麥提對發生的事感到很驚訝，而菲列克哭著跪倒在麥提腳邊，說：「國王，殺了我吧，這一切都是我的錯。喔，我真可憐，我到底做了什麼！」

「等等，菲列克，我們晚一點會好好談談。過去的事無法彌補，在危機中，最重要的是保持冷靜和理智。現在我們不應該想過去發生了什麼，而是要想：情況本來應該要如何，接下來會發生什麼事，我們又該怎麼做。」

菲列克想立刻告訴麥提一切，但是麥提不想浪費一分一秒。

「聽著，菲列克，電話壞了。我只有你一個夥伴，你知道，大臣們住在哪裡嗎？」

「當然知道。他們住在不同的街上，但是沒關係，我腳力很好，我以前當過兩年報童。你一定是想要找他們來開會吧？」

「沒錯，立刻。」

麥提看了看手錶，問：「你跑這一趟需要多久？」

「半個小時。」

「很好。叫他們兩個小時到謁見室來找我。如果有人說他病了，就告訴他，別忘了我是亨利國王的後代。」

「他們會來的！我馬上就去找他們！」菲列克說。

菲列克脫下鞋子和別著勳章的漂亮西裝外套。在辦公桌上有一罐印刷的油墨。菲列克把它抹在褲子和手上，還抹了一點在臉上，就光腳跑去找大臣們了。麥提則飛快地跑向王宮，想要在和大臣開會之前，再和憂鬱的國王說幾句話。

「早上那位和我談話的先生在哪？」克魯—克魯才剛幫麥提開了門，他就喘著氣問。

「他出去了，留了一封信在你桌上。」

麥提衝進辦公處，因為他有不好的預感。他拿起信，上面寫著：

親愛的麥提，我最擔心的事發生了。我必須丟下你。親愛的麥提，如果我不了解你，我會建議你和我一起到我的國家，但是我知道你不會同意的。我會走北方那條路，如果你想要找我，你可以騎馬，兩小時就追得上我。我會在一間酒店等你。也許你會來。如果你不來，記得，我是你的好朋友。相信我，甚至當你認為我背叛了你，也請相信我。我所做的一切，都是為你好。我只求你一件事：這必須是我們之間的祕密。沒有人能知道這件事。請務必把我的信燒掉。立刻。我為你感到遺憾，可憐的孩子，孤單的孤兒。你正面臨十分悲慘的命運，我真希望能救你，或至少，讓情況不要那麼糟。也許你會跟我走？請務必把這封信燒掉。

麥提很快讀完了信，點燃蠟燭，把信的末端放到燭火上。紙張一開始只冒出些許火苗，然後就熊熊燃燒，捲成了一個黑色的喇叭。火焰燙到了麥提的手指，但是他一點也不在乎。

「我的心比手指更痛。」他想。

辦公桌的對面掛著他父母的照片。

「可憐的、孤單的孤兒。」麥提看著死去父母的照片，嘆了一口氣。

他只是深深地嘆息，因為他不可以哭。因為他再過不久就要戴上王冠，不能有哭紅的雙眼。

克魯—克魯靜悄悄地溜了進來，謙卑地站著，雖然，她的存在立刻就惹惱了麥提。過了一會兒，麥提溫和地問：「克魯—克魯，妳要什麼？」

「白人國王在克魯—克魯面前隱藏自己的煩憂，因為白人國王不想告訴野蠻的黑人克魯—克魯自己的祕密，但是克魯—克魯知道，克魯—克魯不會在白人國王需要她時離開他。」

克魯—克魯說這話的時候十分莊嚴，舉起了雙手，就像邦．德魯瑪曾經向麥提宣誓那樣。

「妳知道什麼，克魯─克魯？」麥提感動地說。

「白人國王們嫉妒麥提有金子，想要打敗他，殺了他。憂鬱的國王同情麥提，但是他太弱了，所以他怕那些強勢的白人國王。」

「安靜，克魯─克魯。」

「克魯─克魯會像墳墓一樣安靜。但是克魯─克魯認出了憂鬱的國王。這封被燒掉的信可能會背叛麥提，但是克魯─克魯不會。」

「安靜，克魯─克魯，不要再說了！」麥提大叫，把燒成灰的信丟到地上，用腳去踩。

「克魯─克魯發誓，她不會再說一個字。」

現在正是結束談話的好時機，因為僕人們從學校回來了，又推又擠地闖進了辦公室。麥提氣得漲紅了臉，大聲說：「你們在吵什麼！從什麼時候開始僕人膽敢這麼大吵大鬧地闖進國王的辦公室？你們在學校裡鬧得還不夠嗎？」

宮廷司儀也漲紅了臉，甚至連耳根都紅了。

「國王陛下，我代替他們請求您原諒。這些可憐的孩子們從童年起就不能玩耍，他們從小就開始當小僕人和廚房的助手，然後等他們當上僕人，則必須一直安安靜靜，所以現在他們才會像瘋子一樣吵鬧……」

「好啦，好啦。請去準備謁見室，再半個小時就要開會了。」

「喔，我明天有這麼多作業要交。」

「我要畫地圖。」

「我有六項作業，還有一整頁……」

「你們明天不去上學。」麥提生氣地打斷他們。

他們聽話、安靜地離開了。只是在門外，他們差一點打了起來。因為有一個人推另一個人，而後者的下巴撞上了門把。

菲列克滿身大汗地跑了進來，渾身髒兮兮，褲子也破了。

「我辦到了，所有人都會來。」

然後他對麥提坦白說出了一切。

沒錯，報上寫的是真的。菲列克偷了錢，還收了賄賂。當他代替麥提接見孩子時，他只發了一半的禮物包裹，而那些他喜歡的禮物，他則自己收下了。如果有人給他錢或送他東西，他就會給那個人更好的禮物。他有幾個朋友，其中包括安托克，會每天來排隊拿禮物。但是菲列克並不是間諜。所有的一切都是記者叫他做的。記者叫他自稱為男爵，叫他向麥提要求勳章。他假裝是菲列克的好朋友。然後突然要他偽造一份文件，上面寫著：麥提解除所有大臣的職位，奪走所有大人的權利，現在孩子們會當政。菲列克不想同意，這時記者戴上帽子，說：「如果你不同意，我就去和國王說，你偷了孩子們的包裹，還收受賄賂。」菲列克很害怕，他不知道記者是怎麼知道這一切的，他以為記者們就是什麼都知道。現在他明白了，記者是間諜。而且，他們還偽造了另一份文件，那好像是一封給全世界孩子的信，或者那一類的。

麥提把手背在背後，在辦公室裡踱步了很久。

「你做了很多壞事，菲列克，但是我會原諒你。」

「什麼？您會原諒我？國王陛下，如果您原諒我，我知道我該怎麼做了。」

「你會怎麼做？」麥提問。

「我會告訴我爸爸一切，然後他會狠狠打我一頓，之後我就會記得教訓了。」

「別這麼做，菲列克。那有什麼用？你可以用別的方式贖罪。現在情況很危急，我需要人手。也許你可以幫上我的忙。」

「戰爭大臣到了。」宮廷總管通報。

麥提戴上王冠——喔，這王冠是多麼沉重——然後來到謁見室。

「戰爭大臣，您有什麼要對我說的嗎？請簡短，不用開場白。因為我已經知道許多事了。」

「國王陛下，我向您報告，我們現在有三個堡壘（原本有五個）、四百個大砲（原本有一千個）、兩萬把可用的步槍。子彈可以讓我們撐十天（原本可以讓我們撐三個月）。」

「鞋子、背包和乾糧呢？」

「東西都在，只是果醬吃完了。」

「您的消息正確嗎？」
「正確無誤。」
「您認為戰爭很快會爆發嗎？」
「我不管政治。」
「壞掉的大砲和步槍，可以很快修好嗎？」
「有些已經完全壞了，有些還可以修，如果工廠裡的鍋爐可以用的話。」
麥提想起他在工廠看到的景象，垂下了頭。聽到戰爭大臣的話後，王冠變得更沉重了。
「大臣，軍隊的士氣如何？」
「士兵和軍官垂頭喪氣。他們最難過的是，要去平民的學校上課。當我收到免職通知……」
「那是一份偽造的免職通知，我什麼都不知道，簽名是假的。」
戰爭大臣皺起了眉頭。
「當我收到偽造的免職通知，有一群士兵來找我，說想去軍人學校，而不是平民學校。我生氣地把這些人趕了回去。如果國王命令我們去平民的學校上課，我們就會去平民的學校上課。如果國王命令我們赴湯蹈火，我們就會赴湯蹈火。」
「那如果所有一切照舊呢？士兵們會原諒嗎？」
戰爭大臣抽出腰刀。

「國王，從我到最後一個士兵，我們會上下一心，聽您指揮，為了國家，也為了軍人的榮譽。」

「很好，太好了。」

「我們還沒有陷入絕境。」麥提想。

◊ ◊ ◊

大臣們遲到了，而且氣喘吁吁，因為他們不習慣走路來。宮廷總管說，他們是坐車來的，但是實際上，他們是走來的，因為車子壞了，而司機在做隔天要交的作業。

麥提一開始就告訴大家，所有的混亂都是間諜記者搞出來的。現在必須想想，接下來要怎麼做。他們立刻在報紙上公布，說孩子明天要去上學，如果有人太晚知道消息，可以遲到，但是一定要去。大人們可以在學校待到下課，然後就讓他們回去做平常的工作。失業的工人還可以領一個月學校的薪水，但是之後如果他們想要的話，可以到邦．德魯瑪國王的國家去蓋房子、學校等設施。大人和孩子的議會都將暫停運作。首先恢復運作的是大人的議會，之後大家會討論，十五歲以上的青少年要去哪一個議會。兒童議會也會恢復運作，但是孩子們只會表達他們想要什麼，然後大人的議會則會決定，能不能這樣做。孩子們不能命令大人。只有守規矩、認真學習的孩子才會被選為議員。

麥提和所有的大臣都在這份公告上簽了名。

麥提又寫了另一份公告給軍隊。他提到上次的戰爭，以及他們獲得的勝利。他寫道：「敵人把我們最重要的兩個堡壘炸毀了，現在，就讓士兵英勇的拳頭成為我們的堡壘，不讓任何人侵犯我們的土地。」然後，麥提和戰爭大臣都在上面簽了名。

貿易大臣請工匠們盡快把壞掉的東西修好，這樣商店才能開張，不然城市看起來既醜陋又悲慘。

教育大臣向孩子們承諾，如果他們好好學習，他們的議會很快就會恢復運作。

警長保證，從明天開始，警員們就會回到自己的崗位盡忠職守。

「除此之外，我們無法做更多了。」總理大臣說：「我們必須等電報和郵局恢復正常運作，那時候我們就能知道全國及國外的情況。」

「發生了什麼事嗎？」麥提不安地問，因為在他看來，一切都進行得太順利、太容易了。也許憂鬱的國王只是嚇嚇他而已？

「我們不知道發生了什麼事。目前，我們一無所知。」

第二天，一切都很好。第一節下課後，大家讀完了報紙，老師們和自己的學生們道別。然後大人就回家了。他們把課本和作業簿還給孩子，這又花了一點時間。但是從十二點開始，一切又像往常一樣。我必須說，大家都很高興：大人、孩子和老師們都是。

老師什麼都沒對孩子說，但是他們很高興孩子回來了，因為大人惹了不少麻煩。尤其是，那些還沒滿三十歲的人之中有許多搗蛋鬼：他們會在課堂上挑釁、嘲笑別人，製造許多噪音。老一點的人則覺得無聊，說椅子很難坐，說他們頭痛，教室太悶，墨水不好用。而更老一點的，則一直在睡覺，根本沒學到東西。就算老師對他們大吼，那也一點用處都沒有，因為許多人的耳朵都聾了。年輕人會想出各種方法捉弄老人，而老人則抱怨年輕人不讓他們清靜。再說，老師們已經習慣教導孩子了，所以他們寧願一切照舊。

在辦公室裡，人們表面上抱怨孩子把所有東西都弄亂了，但他們私下則想：也許這樣比較好。如果有什麼重要的文件遺失了，他們可以把責任推給孩子。在公務員之中，雖然有做事井井有條的人，但也有丟三落四的人。

工廠的情況就比較糟了。但是失業的工人很樂意幫忙，因為他們認為，如果人們看到他們很辛勤工作，就會讓他們留下，他們就不必去邦．德魯瑪的國家了。

雖然有人鬧事，但是警察都休息夠了，所以一早就開始工作。小偷們都安靜地待在家裡，因為他們在這段期間吃飽了，也偷夠了東西，現在他們只怕自己的罪行會被人發現。有些只是偶爾順手牽羊的人，甚至把自己拿走的東西還了回來。

傍晚，當麥提坐車巡視街道，已經看不出來，昨天發生了什麼事。

啊，那就好。現在麥提只能等待消息。晚上他就會知道一切。

在此同時，克魯—克魯再次和黑人孩子們開始上課。麥提去看了，覺得很驚訝，黑人孩子們竟然學得這麼快。克魯—克魯向他解釋，她選了最聰明、最用功的孩子來當百夫長，其他的孩子學得就沒那麼快了。可憐的克魯—克魯現在還不知道，她的課再過不久，就會被無情地打斷。

就像平常一樣，第一個來找麥提的是總理大臣。昨天戰爭大臣第一個到達，只是因為他有在行軍，因此比別人習慣走路。

總理大臣腋下夾了一堆文件，看起來垂頭喪氣，憂心忡忡。

「總理大臣，怎麼了？」

「情況很糟。」他嘆氣：「但這是可預期的，也許這樣還比較好。」

「所以是怎樣？請快說。」

「戰爭！」

麥提打了個冷顫。所有的大臣都來了。

白髮老國王退位了，把王位讓給兒子。新國王和麥提的國家宣戰，不只如此，他已經率領大軍，向首都前進。

「他們跨過國界了嗎？」

「兩天前就跨過了，而且還往前走了四十多俄里。」

他們開始讀電報和信件，這耗費了很長一段時間。

麥提瞇上疲倦的雙眼。他一邊聽一邊想，但什麼也沒說。

也許這樣還比較好。

戰爭大臣說話了：「我還不知道敵人選了哪條路，但是我認為，他正往兩個堡壘被炸毀的那個方向前進。如果他動作快，那他五天後就會到首都。如果慢的話，就是十天後。」

「什麼？我們不會去迎擊嗎？」麥提突然大聲說。

「不可能。人民必須自力救濟。我們必須送幾個小隊去，雖然這樣會折損人力和步槍。我的想法是：就讓他們來。我們會在首都前的田野和他們交戰，我們要不就成功，要不就……」

他沒有說下去。

「也許另外兩個國王會幫助我們？」外交大臣插嘴。

「沒這個時間。」戰爭大臣打斷他：「而且這不是我的專長。」

外交大臣發表了長篇大論，解釋要怎麼做，才能讓其他兩位國王站在麥提這一邊。

「憂鬱的國王一定會站在我們這邊。只是他不喜歡戰爭，也沒有很多軍隊。他自己沒辦法做任何事。上次的戰爭他也沒有參加，只是在後方靜觀其變，有需要就會出手。第二位國王怎麼做，他就會怎麼做。麥提把黃種人的朋友讓給那位國王了，他沒有必要和麥提為敵。但是誰知道？也許他也會想要搶走一些黑人朋友。」

總理大臣說話了。

「各位，你們不需要照我建議的去做，但是請不要生氣。這是我的建議：寫一封信給敵人，說我們不想要戰爭，請他清楚告訴我們，他想要什麼。我想，他只是想要獲得戰爭賠償。我解釋給你們聽：他為什麼那麼輕易就給了我們一個港口，還用便宜的價錢賣給我們十艘軍艦？因為他想要邦．德魯瑪的黃金。我們有很多錢，分他一半又有什麼損失？」

麥提沉默不語。他握緊拳頭，一言不發。

「總理大臣，」財政大臣說：「我認為他不會同意。當他可以獲得一切，為什麼只要一半？當他想要勝利，為什麼要中斷戰爭？戰爭大臣，請發言。」

麥提把拳頭握得更緊，指甲都嵌進了肉裡。他等著。

「我認為，必須寄這封信。」戰爭大臣說：「如果他有回應，那我們再回應他。這不是我的專業領域，但我知道，這可以拖延一點時間，兩三天，或甚至一天都好。現在，對我們來說每個小時都是寶貴的。同時，我們會修好一百個，或甚至五十個大砲都好，還有幾千把步槍。」

「那如果他同意拿走一半的黃金、終止戰爭呢？」麥提用安靜、悅耳、彷彿不是自己的奇怪聲音問。

一片鴉雀無聲。所有人都看著戰爭大臣，他的臉刷地變白，然後又變紅，然後再次變白。他很快地說：「那我們就同意。」

他又加了一句：「我們光靠自己，無法打贏這場戰爭。要搬救兵又太遲了。」

麥提瞇上眼，到會議結束時，都一直那樣坐著。有些大臣甚至認為，他睡著了。但是麥提沒有睡。其他人在擬定給敵人的信時，他聽到好多次：「我們請求敵國的國王……」每聽到一次，麥提的嘴唇就會抖一下。

當麥提要簽名的時候，他只問了一句：「我們可以用別的字代替『請求』嗎？」

於是，他們又寫了一次，這一次把「請求」改成「渴望」。

我們渴望終止這場戰爭。

我們渴望和平結束爭端。

我們渴望把一半的黃金給貴國，作為終戰的代價。

麥提簽了名。已經是凌晨兩點。麥提衣服也不換就躺上床，但是他沒有睡。第二天已經開始了，但是麥提沒有睡。

「不成功，便成仁。」他重複。

9.

IX

老國王的兒子帶著軍隊緩慢地往被炸毀的堡壘前進。這一點，戰爭大臣猜對了，因為這是他的專業領域。但是他走得很慢，這一點戰爭大臣沒有料到。

年輕的國王必須很小心，他必須慢慢走，在四處挖地洞和壕溝。這是他的第一場戰爭，他怕被敵人包圍，怕犯了他父親在上一次戰爭犯的錯——麥提進入了他們的國家，然後從後方包抄前線的軍隊。年輕的國王必須非常小心，這樣才不會輸掉這場戰爭。因為那時候所有人都會說：「老國王比較好。我們寧願父親繼續當國王，也不要兒子。」他必須讓大家看到，他比父親強。

他寧可小心、慢慢走。再說，他有什麼好急的？無論如何，麥提都無法打仗，因為軍隊去上學，而孩子把大炮玩壞了。聰明的間諜記者在首都好好地看著麥提，竭盡所能確保麥提的國家一片混亂。孩子們——不只如此，還有間諜們——把火車和電報弄壞了，這真是太完美了。麥提既無法在第一時間獲知戰爭的消息，也無法送來足夠的軍隊。

年輕的國王這麼想著，一點都不急著趕路。就讓軍隊養精蓄銳，這樣才能在麥提首都附近的田野好好打一仗。畢竟，一場戰役是不可避免的。

軍隊走著，走著，走著。沒有人攔下他們。人民看到沒有人來保衛他們，而且他們也因為之前的混亂生麥提的氣，於是也沒有自衛，反而開心地敞開雙臂歡迎敵軍，把敵軍視為拯救者。

「往前，往前，孩子們去上學，麥提的政府下台……」直到，突然有人舉著白旗過來。「啊哈，麥提已經知道戰爭爆發了。」

年輕的國王讀了麥提的信，然後開始哈哈大笑。

「喔呵呵，你們的麥提好大方啊，想要給我黃金。這麼棒的禮物，呵呵呵！誰會不動心啊。」

「我要對我的國王說什麼？如果一半的黃金太少，我們可以給更多。請給我回覆。」

「嗯，就去告訴你們的麥提，我不會和小孩討價還價，只會狠狠打他們一頓。不要再寄更多這樣的信給我了，不然我會給你好看。快滾吧！」

年輕的國王把麥提的信丟到地板上，還用腳狠狠去踩。

「國王陛下，國際法規定，你要給我們的國王寫回信。」

「好啊，寫就寫。」

於是，他在麥提那皺巴巴、沾滿泥巴的信背面，寫上了四個字：「我才不笨。」

就在這時，首都的人們知道了關於戰爭的事，也知道麥提給年輕的國王寫了信，他們迫不及待地等待回音。而當大家等到這樣的答案，他們都怒不可遏。

「這個自大狂！一點格調都沒有。你等著，我們會給你好看。」

全城的人狂熱地開始準備防禦工事。

「我們會給你好看。」

所有人上下一心，都站在麥提這邊。他們已經忘了憤怒和傷口，而是記得麥提的好處。現在不只一家報紙，而是所有的報紙都寫了關於改革者麥提、英雄麥提的事。

工廠沒日沒夜地工作。軍隊在街上及廣場上訓練。大家都重複麥提的話：「不成功，便成仁。」

每天都有新的消息和流言，有好有壞。「敵人逼近首都了。」「憂鬱的國王承諾給予協助。」「邦．德魯瑪將派所有的黑人軍隊前來。」當克魯─克魯帶著她那一千個孩子上街，人們陷入無比的狂熱，拼命向孩子們撒花，還把他們抱在手上。有許多人說：「克魯─克魯雖然很黑，但是麥提也不是完全不可以和她結婚啊。」

在此同時，敵人真的步步逼近了。最後，戰爭終於開打了。

在城裡已經可以聽到槍砲聲。晚上人們爬到屋頂上去看，說他們看到了火光。他們的話千真萬確。

第二天，槍砲聲比較模糊了。大家說，這表示麥提贏了，正在追趕敵人。

第三天一片寂靜。

「敵人已經跑遠了。」

但是戰場上傳來了消息，說敵人往後退了五俄里，但是沒有被擊敗，只是守在他們之前為了以防萬一而準備好的壕溝中。

麥提本來可以得勝的，但是他的大砲和火藥太少了。他本來可以得勝的，因為敵人沒有預料到首都會如此堅定地防守。但是麥提必須很小心地使用火藥，這樣才不會手邊什麼彈藥都不剩。真可惜，但是有什麼辦法？

同時，間諜記者去見了年輕的國王。

年輕的國王氣憤地對他大吼：「你告訴我，麥提沒有火藥也沒有大砲，這是什麼鬼話？啊，你這個沒用的東西。要不是我小心謹慎，我就會輸掉戰爭了。」

國王吼完了，間諜才開始解釋，說麥提揭穿了他，對他開槍，他好不容易才逃走，必須在地下室躲藏一個星期。一定有人背叛了他們，因為麥提自己跑到城市，看到裡面一團混亂。他也說了關於菲列克的事，還有所有的一切。

「麥提的情況很糟：他的火藥和大砲太少。但是防守比攻擊容易。再說，他的軍隊就在首都附近，所有的一切都唾手可得。而我們必須從遠處運來軍備。我們只靠自己沒辦法，第二位國王必須來幫助我們。」

「必須，必須，你說要他來他就一定會來嗎？他不太喜歡我。再說，他如果來，所有的東西就得和他分一半。」

「嗯，那沒辦法。」

「也許應該拿走一半的金子，終止這場戰爭。」年輕的國王想。

啊，現在才想到已經太遲了。於是，間諜就去找第二位，也就是有黃種人朋友的國王，開始遊說他，要他和麥提為敵。

但是第二位國王不想這麼做。

「麥提沒有對我做什麼。」

間諜於是開始更賣力地遊說他。

他說，國王應該出手。因為如果麥提戰敗了，年輕的國王已經在首都，他會自己獨佔一切，畢竟他走了這麼遠，而且靠一己之力打贏了戰爭。年輕的國王根本不需要任何人的幫助，他只是想要讓大家平分戰利品，這樣以後才不會招人嫉妒。

「那好，我會和憂鬱的國王商量。我們要不就同時參戰，要不就都不參戰。」

「我要等多久才能得到回覆？」

「三天。」

「好。」

第二位國王於是寫信給憂鬱的國王，問他想要怎麼做。同時，他接到一封信說，憂鬱的國王生了重病，不能回信。然後，麥提的信也來了，請求他的幫助，因為年輕的國王毫無理由就攻打他的國家。

您看看他的行為：他假裝是我的朋友，給了我港口，還賣了十艘軍艦給我。在此同時，他炸毀了兩個我的堡壘，利用孩子們把電話和電報弄壞的時候，帶領軍隊來攻打我國。當我問他，他到底生什麼氣，也許是開玩笑才把港口給我，或許他想要我付一半的黃金給他，但他卻講了一些蠢話，還在回給我的信上寫：「我才不笨。」這符合常規嗎？

麥提也寫了同一封信給憂鬱的國王，只是語氣更親切、更誠懇。

憂鬱的國王根本沒生病，只是那時候他祕密地去找麥提時，命令醫生對大家說，他病了，這樣其他人就不會進他的寢室，除了醫生。

醫生每天早上會到空無一人的寢室，假裝給國王做檢查，拿各種藥物進來，然後馬上倒掉，並且把給國王的食物吃掉。

當憂鬱的國王終於結束旅程，回到自己的國家，他真的在床上躺下休養了。他看起來如此疲累，所有人都相信他大病初癒。因為在有戰爭發生的國家旅行，是一件很不愉快而且辛苦的事，尤其，他又必須隱藏自己的身份。

當憂鬱的國王來到辦公室，讀了麥提的信，他立刻說：「幫我準備皇家的火車，我要去找第二位國王。」

憂鬱的國王以為，他會說服第二位國王去幫助麥提，因為他還不知道間諜的陰謀。

◊◊◊

「麥提沒有對你做什麼。」間諜從第二位國王那裡出來時，氣呼呼地想：「我只有三天的時間。現在我必須想個辦法讓你生麥提的氣，那時候你就會改變主意了。」

間諜口袋裡有一封給全世界孩子的宣言，上面有菲列克的簽名，和偽造的麥提的簽名。信的內容是這樣的：

孩子們：我，麥提國王一世，向你們呼籲，請你們協助我進行改革。我想讓孩子們再也不必聽大人的話。我想讓孩子們能做自己想做的事。我們一直聽到大人對我們說：「不可以。」或「這很糟。」或「你不乖。」這一點都不公平。為什麼大人愛幹什麼就幹什麼，我們卻不行？他們總是對我們生氣、大吼大叫，甚至會打我們。我想要讓孩子們擁有和大人一樣的權利。我是國王，而且我很了解歷史。以前農民、工人、女人和黑人也沒有權利。現在大家都有權利了，只有孩子沒有！

在我的國家我已經給了孩子權利，在康帕涅拉女王的國家，孩子們已群起反抗。你們也起來革命、爭取自己的權利吧。如果你們的國王們不同意，你們就推翻這些國王，選我來當國王。我想要當全世界孩子們的國王：白人、黃種人和黑人的。我會給你們自由。所以，請你們協助我在全世界進行革命。

麥提國王
勞克男爵

記者去印刷廠，命人印了很多份宣言，然後把它丟到全城，又把幾張紙丟到泥淖裡，之後把它們曬乾，摺一摺放進口袋。

兩位國王開會討論該怎麼做，當他們正要做出協助麥提的決定時，記者跑了進來，說：「您們看看，麥提做了什麼。他煽動孩子反抗，他想要成為全世界的國王。我在街上找到這三張紙，抱歉，它們有點髒。」

兩位國王讀了信，非常擔憂。他們想：「沒辦法了。我們必須與麥提為敵。他竟然想要來插手管我們的孩子，這些孩子根本不屬於他——黃種人的孩子也不屬於他，他這樣做真的很惡劣。」

憂鬱的國王眼中泛起了淚光。

「麥提在幹嘛？他到底在幹嘛？他為什麼要這樣寫？」

但是沒有其他的辦法。

「如果我也對麥提宣戰，這樣也許反而對他比較好？因為要是那些人得勝，他們一定會置他於死地。如果我加入，或許我還可以幫到他。」

當麥提得知，第二位國王和憂鬱的國王也要與他為敵，他一開始不敢相信。

「所以連憂鬱的國王也背叛我了。哈，沒辦法，上次我讓他們看到麥提是如何打了勝仗，現在他們會看到，麥提是如何戰死的。」

全城的人都帶著鐵鍬，開始幫軍隊挖溝渠、築土堤。他們挖了三道壕溝的防線，一條在首都二十俄里外，另外兩條則在離首都十五俄里、十俄里處。

「我們會一步一步往後退。」

當年輕的國王得知，另外兩位國王的軍隊已經在不遠之處，他自己就先發動了攻擊，因為他想要搶第一。他以為他可以成功。他一開始確實有所斬獲，因為他攻下了第一道防線。但是第二道防線比較堅固，土牆更高，壕溝更寬，鐵絲網也更多。

這時援兵也來了。三個軍隊於是同時出手攻擊麥提的軍隊。

戰役又持續了一整天。敵軍傷亡慘重，而麥提依然堅定地防守。

「也許我們現在收手？」憂鬱的國王建議，但是另外兩個國王狠狠地對他吼：「不，我們一定要擊潰那個自大的小鬼。」

然後，戰役繼續如火如荼地進行，一直到早上。

「喔呵，他們比較少開火了。」敵軍高興地說。

確實，麥提的軍隊那天比較少開火，因為命令說：「我們要節省彈藥。」

「該怎麼辦？」麥提問。

「我覺得，」總理大臣說：「我們得再試一次，看看能不能終止戰爭。沒有彈藥，我們要怎麼打勝仗？」

但是克魯—克魯也在現場和他們一起開軍事會議——她是黑人部隊的指揮官。這個部隊到目前為止還沒有參戰，因為他們沒有武器。黑人孩子只會使用弓箭。他們一開始找不到可以讓他們拿來做弓箭的樹木，等他們找到了，製作弓箭又花了一些時間。現在，剛好是他們發揮所長的時候。

「你們聽著，」克魯—克魯說：「我建議我們在夜晚退到第三道防線。今天晚上我們會派一個人到敵營散佈謠言，說邦．德魯瑪派了軍隊和野獸來支援麥提。明天早上我們會把獅子和老虎從籠子裡放出來，並且開始射箭。如果我們成功地嚇阻了他們，我們到時候再來問，他們要不要和我們談和。」

「這不是詐騙嗎？」麥提不安地問。

「不，這叫欺敵戰術。」司法大臣說。

「好，我們就這麼做。」大家都同意了。

那天晚上，菲列克裝扮成敵軍的士兵，匍匐前進爬到了敵軍的軍營。然後若無其事地對士兵們說起關於獅子和黑人的事。

但是那些人嘲笑他，不肯相信他。

「屁啦，笨蛋，你大概是夢到的吧。」

但是這些蠢話慢慢在士兵間流傳了開來。菲列克繼續走著，有兩個士兵攔下了他，說：

「欸，同志，你聽到了最新消息嗎？」

「什麼消息？」菲列克問。

「邦・德魯瑪好像送了一些黑人和野獸來幫麥提。」

「屁啦，你說這什麼鬼話。」菲列克說。

「這才不是鬼話。有人好像聽到了野獸的吼聲。」

「牠們愛叫就讓牠們去叫，干我屁事。」

「等獅子把你撕成碎片，你就會開始擔心了。」

「怎樣，你覺得我比不上獅子？」

「啊，你這個愛逞強的傢伙。你和獅子比？你們看看，他甚至還不是一個真正的士兵，就這麼臭屁。」

菲列克繼續走著。這時，士兵們已經開始說，邦．德魯瑪派了一整條軍艦的毒蛇來。菲列克已經不需要自己散播謠言，只是聽大家說，有時候還嘲笑他們，說他不相信這些蠢話。而那些人則大吼著叫他不要笑，而是該禱告，因為他愚蠢的笑聲可能會招來災禍。

這些士兵們這麼快就相信了謠言！

啊，因為士兵們已經打了好幾天的仗，他們都很疲倦、很憤怒了，而且，他們還離家這麼遠。上頭說，他們不費吹灰之力就可以打贏戰爭，說麥提沒有火藥，根本不會防守，而現在他們看到，事情沒有想像中容易——他們於是更生氣了，這時候，任何人隨便編個什麼謊話他們都會信。

菲列克回到自己的陣營，把一切都告訴大家。麥提心中又生出了新的希望。

「我從絕境中反敗為勝這麼多次，也許這次我也會成功。」

他們晚上靜悄悄地離開壕溝，來到靠近城市的最後一道防線。士兵們把關著獅子和老虎的籠子拿了過來，讓一半的黑人在旁鎮守，而其他的黑人則十人一組，分散在各個部隊，這樣敵人就會認為黑人到處都是。

所以，他們的計劃是這樣的：

敵人會對空無一人的壕溝開火，當他們發現，沒有人回應，他們就會發動攻擊。當他們看到壕溝裡沒有人，他們會很高興地歡呼，一想到馬上可以進城偷搶拐騙、吃喝玩樂，他們就會更高興。這時，黑人們會突然打鼓，發出恐怖的吼聲，放出野獸，並且朝牠們射箭，把牠們趕向敵人。敵人會陷入恐慌，亂成一團，這時，麥提會一馬當先率領騎兵攻擊敵人，後面則跟著步兵。

這會是一場可怕的戰役。但是這樣更好，這樣敵人就會學到教訓。

「一定會成功的。士兵最害怕的時刻，就是當他鬆懈戒心、毫無警覺，然後突然遇上令他措手不及的狀況。」

我還忘了說兩件事。麥提的士兵們在壕溝裡留了很多伏特加、啤酒和葡萄酒。另外，為了讓野獸們跑得更快、更瘋狂，他們在籠子旁放了許多稻草、紙張和木頭。當籠子打開，他們就會點火。

有人擔心，獅子會來攻擊麥提的軍隊。

還有人建議，把蛇也放出來。

「最好不要去打蛇的主意。」克魯─克魯說：「牠們很難掌控，你永遠無法預測牠們心情如何。獅子就好掌控多了。」

◇◇◇

但是敵人自有打算。

「聽著，」年輕的國王說：「明天我們一定得攻下首都。不然會有麻煩。我們離家很遠，所有的東西都要用火車從後方運來。麥提就像在家裡一樣。在城市附近打仗很好，因為一切唾手可得。但是城市也很危險，因為市民會怕。所以我們必須好好嚇嚇他們。明天早上，飛機會去城裡投炸彈，這樣市民就會強迫麥提投降。同時，我們必須讓我們的部隊無法後退。我們會在軍隊後方放機關槍部隊，如果有人想逃，我們就會對他們開槍。」

「向自己的弟兄開槍？那怎麼行？」

「我們明天一定得攻下首都，不然會有麻煩。」年輕的國王重複：「如果有士兵臨陣脫逃，那他就不是我們的弟兄，而是敵人。」

他們在部隊中頒發了命令，說明天將發動全線攻擊，而且這是最後一場戰役。

命令說：

我們有三個軍隊，而麥提只有一個。麥提沒有大砲也沒有火藥。他的首都正發生革命。他的士兵不想戰鬥，他們又餓又累。明天我們會俘虜麥提，攻下首都。

空軍接到命令，黎明就要起飛，現在他們正在給飛機加油、裝炸彈。

機關槍部隊也來到了軍隊後方。

「為什麼？」士兵們問。

「因為機關槍部隊是要拿來防守的，而不是用來發動攻擊。」軍官們回答。

但是士兵們不是很高興。

這個晚上，不管是在敵軍的軍營還是麥提的軍營，都沒有人睡覺。有些人在擦槍，有些人則寫信給家人，和親人道別。

四下一片寂靜，只有營火在燃燒。士兵的心都在寂靜中猛烈跳動。

清晨。雖然天空依然灰濛濛一片，大砲已經射向麥提那空蕩蕩的壕溝了。大砲接二連三地射出，而在麥提的陣營中，士兵則哈哈大笑。

「儘管去浪費火藥吧。」他們笑著說。麥提站在山丘上，用望遠鏡觀察敵情。

「喔，他們來了。」

有人用跑的，有人則謹慎地匍匐前進。越來越多士兵跳進壕溝，他們一開始很膽怯，但之後就越來越大膽。有些人因為這寂靜而高興，有些人則感到不安。

突然，天空中出現了二十架飛機——直奔麥提的首都。可惜，麥提只有五架飛機，因為孩子們最喜歡飛機，他們當家時，把許多飛機都玩壞了。

他們展開了激烈的空戰。六架敵軍的飛機被擊落，但是麥提的飛機也被擊落了，不然就是必須迫降。

一開始，戰局的走向就像麥提他們預期的一樣。

敵人佔領了壕溝，然後大聲歡呼：「啊，他們逃走了。這些人沒有大砲，一定嚇得屁滾尿流。你看看他們逃得多匆忙，甚至來不及把酒帶走。」

幾個士兵打開了酒瓶。

「好酒，來一口吧。」

他們喝酒、大笑、大叫，幾乎準備好要在這裡過夜。

但是年輕的國王固執地重複：「今天我們一定要攻下首都。」

砲兵隊和機關槍部隊開始向前移動。

「衝鋒！」

士兵們心不甘情不願地走著，因為酒精而頭昏腦脹。但是沒辦法，命令一定要達成。而且，討厭的事還是早點解決比較好。於是，他們就昂首闊步，有些人甚至用跑的往麥提的最後一道防線前進。

突然，傳來一陣隆隆炮聲，還有步槍喀噠喀噠的聲響，子彈如雨落下——而且更奇怪的是，還有箭。

突然，麥提的陣營中傳來一陣狂野的吼聲，伴隨著鼓聲、笛聲、鍋子敲擊的鏗鏘聲。

突然，黑人的戰士出現在壕溝中。這些黑人看起來很矮小，但是也許是因為距離太遠的關係？他們雖然人數不多，但是他們確實在那裡——士兵們頭昏眼花，什麼都看不清楚。

突然，被槍炮聲和熾熱的鐵籠嚇得跑出來的獅子和老虎，猛地撲到往前衝鋒的敵軍面前。真奇怪，死一百個人還不會讓大家如此害怕，但是一個人被獅子撕裂，就造成了恐慌，彷彿野獸的牙齒比子彈還厲害。其實是，士兵們每天看人被槍砲打死，看得都麻木了，但是獅子把人撕成碎片卻是第一次看到。

我很難描述現在發生的一切。一些士兵瘋了似地往鐵絲網那裡跑，把步槍丟在地上。另一些人則想逃，但是他們自己的機關槍部隊卻朝他們開槍。他們於是以為自己被前後包抄了，趕緊臥倒，或是舉起雙手投降。

敵軍的騎兵隊原本要支援步兵隊發動攻擊，但是現在他們使盡全力衝向機關槍部隊，許多人被馬蹄踩過，受了重傷。

四處瀰漫著煙霧、灰塵，情況一片混亂。大家什麼都看不到，也什麼都不知道，情況就這麼持續了一兩個小時。

後來，當歷史學家嘗試描述這場戰役，每個人寫出的版本都不同。但是他們同意一件事：像這樣的戰役，是史無前例的。

「啊！」戰爭大臣幾乎是用哭叫地說出：「如果我們的彈藥還夠用兩個小時就好了。但是有什麼辦法？我們沒有！」

「騎兵隊向前！」麥提大叫，坐上了漂亮的白馬。

沒錯，這是唯一的路：利用敵人自亂陣腳的當下，乘勝追擊，把他的軍備搶來，將他逐出城市，這樣他就不會知道，也猜不到，並不是邦・德魯瑪的軍隊讓麥提得勝，而是一小群黑人孩子，以及幾十隻動物園的動物。

但是突然，當麥提匆忙跳上了馬，他回頭看了一眼城市——然後驚訝得說不出話來。

不，這不可能。這一定是搞錯了。不，他一定是眼花了。

但可惜的是，這件事千真萬確。

在城裡所有的高塔上，都掛起了白旗。首都投降了。

他們趕緊快馬送信使去城裡傳達命令：「把白旗拿下來！把膽小鬼和叛國者槍斃！」

可惜，已經太遲了。

敵人注意到這塊有著恥辱及奴性象徵的布，一開始很驚訝、不知所措，但很快就定下心來。

戰爭有個特色：你只要喝一杯酒，就會喝醉。但是只要聽到一聲子彈的呼嘯，醉鬼馬上就

會清醒。

恐懼、希望、絕望、復仇的渴望，很快地在敵軍心中湧現。

士兵們揉了揉眼睛。這是什麼？這是夢還是現實？麥提的大砲不響了，獅子和老虎被子彈打死，倒在地上。而這面白旗則代表著，麥提的城市投降了。這一切到底有什麼意義？

年輕的國王懂了。

他大叫：「前進！」

在他身後，軍官們異口同聲地大叫：「前進！」他們身後的士兵也是。

麥提看到了這一切，但是無能為力。

敵人回去整隊，士兵們把丟下的步槍拿起。白旗消失了，但大勢已去。

敵人來了，他們已經在用剪刀剪開鐵絲網。

「國王陛下……」一個老將軍用顫抖的聲音說。

麥提知道他想要說什麼。他從馬上跳下來，臉色慘白，慢慢地大聲說：「有人想死的話，就跟我來。」

沒有多少人願意，只有菲列克、安托克、克魯—克魯還有幾十個士兵。

「我們要去哪？」他們問。

「有一個地方很空，但是很堅固，那就是放獅子籠的小屋。我們會在那裡像獅子一樣死守，以國王的方式。」

「那裡擠不下我們所有人。」

「那更好。」麥提低聲說。

附近有五輛車：他們坐上了車，把可以拿的彈藥都拿去了。

當他們開了一段路，麥提回頭一看，發現軍營上也飄著白旗。

「命運真是開了我一個大玩笑。」麥提想。他下令要首都摘下那充滿恥辱的白旗，但現在不是那些被炸彈嚇壞的老人、女人、小孩背叛了他，而是在敵人面前束手無策的軍隊背叛了他，轉而請求敵人大發慈悲。

「還好，我已經不在那裡了。」麥提說：「克魯─克魯，不要哭。我們會壯烈成仁，而人們再也不會說：國王去打仗，但是死的只有士兵。」

壯烈成仁，這是麥提唯一的希望。但是突然，他又好奇地想：「敵人會給我舉辦什麼樣的葬禮？」

◇　◇　◇

但是，麥提的願望也無法實現。命運沒有給他來個痛快，反而為他準備了幾天幾夜充滿屈辱和痛苦的時光，還有多年痛苦的贖罪。

軍隊投降了。在整個國家，麥提只剩下最後一小塊自由之地：原本放著獅子籠的小屋。

敵人試圖以蠻力進入小屋，但是沒有成功。他們派使者去談和，但是拿著白旗的使者一接近麥提，就被克魯—克魯一箭射穿了心臟，而麥提的子彈則打穿了他的腦袋。

「他殺了講和的使者。」

「他破壞了國際法規。」

「他犯了罪。」

「從來沒聽過這種事。」

「首都必須為國王犯的罪受到懲罰。」

但是首都之前就說過：「麥提已經不是我們的國王。」

當敵軍的飛機攻擊首都，城裡那些有錢有勢的人於是聚在一起開會。

「我們受夠了這個頑劣小鬼的政府，這個瘋狂男孩的獨裁。如果這次他打贏了，情況會比他打輸更糟。我們能預料他和他的菲列克還會想出什麼餿主意嗎？」

但是也有人為麥提辯護。

「不管怎麼樣，他還是做了許多好事情。他的錯誤來自於缺乏經驗，但是他的想法開放，他會從經驗中習取教訓的。」

誰知道，也許支持麥提的人會勝利，但就在這時，一顆炸彈剛好掉在附近，會議室中所有的玻璃都破了。

「掛起白旗！」有人恐懼地大叫。這雖然是卑劣的叛國行為，當時卻沒有人敢不同意。之後發生的事，你們都知道了。

人們掛起了充滿屈辱的白旗，並且寫下一份聲明，說首都和麥提斷絕關係，不想為他的瘋狂行為負責。

「我受夠了這場鬧劇！」年輕的國王大吼：「我們征服了麥提的整個國家，但是卻攻不下這棟雞舍。砲兵隊將軍，我要你用大砲從兩邊轟炸這座小屋，如果麥提還不出來，我們就用第三顆大砲讓他和他的黨羽上西天。」

「遵命。」砲兵隊將軍說。

但是這時，憂鬱的國王大聲說：「等一下，國王陛下！請別忘了，您不是只有一個人，這裡總共有三個國王的軍隊。」

年輕的國王咬了咬嘴唇，說：「沒錯，我們有三個人。但是我們的權利並不平等。是我開始戰爭的，在戰役中，我的軍隊也是主力。」

「而您的軍隊也是最先從戰場上開溜的。」

「但是我堅持下去了。」

「因為您知道，如果有什麼萬一，我們會出手幫忙。」

年輕的國王沒有回答。確實，這場戰爭的勝利讓他付出了許多代價，一半的士兵不是死就是傷，無法再上戰場。在這種情況下，他必須很小心，免得他的同盟轉眼間就變成敵人。

「所以你們打算怎麼做？」他不情願地問。

「我們沒有必要急。麥提關在放野獸的小屋裡，他不可能對我們怎麼樣。我們會包圍動物園，也許等他餓了就會投降。在此同時我們可以好好談談，等我們俘虜了他，該拿他怎麼辦。」

「我建議廢話不多說，就把他斃了。」

「而我認為，」憂鬱的國王強硬地說：「如果我們傷了那勇敢、可憐的孩子一根毛髮，歷史永遠不會原諒我們的卑劣手段。」

「歷史是公平的！」年輕的國王大叫：「如果麥提要為這麼多死傷負責，他就不是一個小孩，而是罪犯。」

另一位國王——也就是有許多黃種人朋友的國王沉默不語。他和那兩位吵架的國王都很清楚，現在是他說了算。而他很聰明。

「麥提是黑人國王的朋友，我們幹嘛為了麥提得罪那些人呢？」他想：「殺了麥提沒有必要，只要把他放逐到一個無人島上，讓他待在那裡就好了，這樣可以一石二鳥。」

於是，他們就這麼決定了。

第一點：必須活捉麥提。

第二點：麥提要被流放到無人島。

講到第三點，國王們又開始爭論不休。因為憂鬱的國王想要麥提可以帶十個親信去陪伴他，但是年輕的國王不同意。

「只有三個軍官和三十個士兵會和麥提去，我們每人都派一個軍官和十個士兵。」

他們吵了兩天，都沒有結果。最後，兩人都各讓一步。

「好，」年輕的國王說：「他可以找十個朋友去陪伴他，但那是在一年後。我們會對麥提說，他被判了死刑，然後在最後一刻赦免他。我們一定要讓整個國家看到麥提哭叫哀求，這樣這些愚蠢、盲從的國民才會終於了解，麥提根本不是什麼英雄，而是個魯莽又沒種的小鬼。否則，再過幾年他們可能會想要起義反抗，要求麥提回來。那時候麥提已經比較大了，會比今天還危險。」

「不要吵了。」另一位國王說：「因為麥提可能會餓死，你們吵這麼久也沒用。」

憂鬱的國王於是讓步了，他們在同意書上又加了兩項條款。

第三點：麥提會在野戰法庭被審問，並被判處死刑。但是在最後一刻三位國王會赦免他。

第四點：在獨自被監禁一年後，麥提可以選十個想要跟隨他的親信去陪伴他。

之後，他們開始談其他的條款，比如哪個國王會拿走哪些城市，還有他們各自會分到多少錢。他們也談到，會讓首都成為自由市，諸如此類。

突然，有人來通報，說有一位先生想求見三位國王，說有很重要的事要談。

那是一個化學家，他發明了一種會讓人昏睡的瓦斯。他說，把瓦斯放到小屋中，又餓又累的麥提一定會睡著，那時候就可以抓住他，給他上銬了。

「你們可以先用我的瓦斯做動物實驗。」化學家說。

他們馬上拿了一罐瓦斯，放在離皇家的馬廄半公里之處，然後倒出那彷彿水一樣的液體，液體很快蒸發了，整個馬廄就像是被煙霧包圍，這持續了五分鐘。

之後，他們來到馬廄，所有的馬都睡著了。甚至躺在稻草堆上打盹、對實驗一無所知的馬僮也沉沉睡去。人們試著搖醒他，或在他耳邊開槍，但是他眼皮連動都沒有動一下。過了一小時，馬和馬僮才醒了過來。

實驗非常成功。於是國王們決定，今天就結束麥提的困獸之鬥。

這是個好時機。因為麥提這三天來什麼也沒吃，只是靠幾個忠心的同伴和意志力，才勉強撐了下來。

「我們必須做好死守一個月的準備。」麥提說。

因為麥提依然沒有放棄希望。也許首都的人們會後悔自己的所作所為，和麥提聯手，這樣他們就可以裡應外合剷除敵人。

當麥提注意到，有平民出現在動物園裡，他以為，那是首都派來的代表，於是命人不要開槍。

但是這玩意兒是什麼？

好像下了雨，但又不是——某種冰冷的液體被噴到窗戶上，如此猛烈，甚至幾個窗戶都破了。之後，四周瀰漫著一片煙或霧。嘴裡和鼻子裡有某種甜味，和令人作嘔的氣味。麥提自己也不知道，這令人舒服還是難過。他拿起步槍，因為他已猜到這是陰謀。但是他的手變得很重。他吃力地抬起眼，想看穿這團雲，看清楚到底發生了什麼事。

「當心！」他奮力大喊。

他的呼吸越來越急促，眼睛也瞇了起來。步槍從他手中滑落。麥提搖搖晃晃地想要撿起槍，但是他已經站不起來了。

他什麼都不在乎了。

他忘了自己身在何處。

他睡著了。

◇　◇　◇

麥提痛苦地醒來。

麥提不是第一次被俘虜。但是那時候他們不知道他是國王，現在情況不同了。

麥提被上了手銬腳鐐。在監獄的窗戶上都裝了很粗的鐵條，而且位置像天花板一樣高。沉重的鐵門上有一個小小、圓圓的貓眼，透過它，守衛的士兵可以把麥提的動靜看得一清二楚。

麥提想起，發生了什麼事。他睜著眼，躺在地上。

「該怎麼辦？」

麥提不是那種在不幸發生時，只會悔恨過去的人。他總是在想，該怎麼辦，才能扭轉局勢。但是能怎麼辦？要知道現在該怎麼做，必須了解之前發生了什麼事。而麥提什麼都不知道。

麥提躺在牆邊的一張稻草墊子上。他輕輕地敲了敲牆。也許會有人回應？他又敲了一次，但是沒有任何人回應他。

克魯—克魯在哪？菲列克怎麼了？城裡發生了什麼事？

鐵門中傳來鑰匙轉動的聲音，兩個敵軍的士兵進來了。一個站在門邊，另一個把一個麵包和一杯牛奶放在麥提身邊。麥提一開始想要把杯子打翻，讓牛奶灑出來。但是他想了想，覺得這沒有意義。沒辦法，他打輸了戰爭，現在是俘虜，他想吃東西，他需要力氣。

他在床墊上坐了起來，艱難地抬起上了手銬的手，去拿牛奶。而士兵只是靜靜地站著看他。

麥提吃完了麵包，說：「你們的國王們真小氣。一個麵包太少了。當他們來拜訪我的國家時，我給他們的食物比這好太多。老國王被我俘虜時，我也好好地招待了他。而現在有三個國王來餵食我，卻只給我一小杯牛奶和一個麵包。」

麥提哈哈大笑。

士兵們什麼也沒說，因為他們嚴禁和俘虜交談。但是他們出去後立刻向典獄長報告，而典獄長打電話給國王們問該怎麼辦。

一小時後，士兵們給麥提拿來了三個麵包和三杯牛奶。

「喔，現在又太多了。我不想讓這些好心人難過，他們有三個人，我就從每個國王那裡拿一個麵包吧，另一個多的請拿走。」

麥提吃飽了，然後就去睡。他睡了很久，他本來還會睡更久，但是他在半夜被叫醒了。

「前任的國王，改革者麥提國王一世，會在午夜十二點接受軍事法庭的審判。」敵軍的軍事檢察官宣讀了文件，上面有三個國王的印鑑。「請站起來。」

「請告訴法庭，命人把我的手鐐腳銬解開，因為它們很重，我沒辦法走路。」

手銬腳鐐其實並沒有妨礙麥提的行動，因為它們甚至太鬆了。但是麥提想要在法庭上行動自如，而不是因為那些可笑的、給大人用的鎖鏈而顯得笨手笨腳。他堅定地表達了自己的意見，於是國王們決定把沉重的鐵鍊換成比較輕盈小巧的金鏈子。

麥提高傲地抬起頭，踏著輕快的腳步走進監獄的大廳，不久之前，他還在這裡和自己被監禁的大臣們簽訂了合約。

他好奇地東張西望。

在桌子旁邊，坐著三位國王派出來的將領們。國王們則坐在大廳左側，右側則坐著一些穿皮大衣、戴白手套的平民。他們是誰？他們古怪地側著頭，麥提沒辦法看清他們的臉。

檢察官的起訴書是這樣的：

一、麥提國王寫了一份宣言給孩子們，要他們反抗大人，不聽大人的話。

二、麥提國王想要在全世界煽動革命，成為全世界的國王。

三、麥提國王殺死了舉著白旗去找他談和的使者。因為麥提那時候已經不是國王了，所以他會以平民的身份為自己的罪行付出代價。他應該被吊死，不然就是被槍斃。

「麥提對此有什麼意見？」

「我寫了一份宣言，這是謊言。我在殺死使者時不是國王，這也是謊言。至於我是否想要當全世界的國王？這件事除了我自己，沒有人能知道。」

「很好，那就請在座的各位先生們，宣讀你們的決議書。」主審的法官轉頭對那些穿皮衣、戴白手套的人說。

那些人討論了一下，站了起來，其中一人宣讀決議書，但是他的手在抖，臉色慘白。

「我們在戰役進行期間聚集在城裡開會，因為炸彈摧毀了城市，甚至包括我們開會的地方，所有的玻璃都被炸碎了。我們，這個城市的居民想要拯救自己的妻兒，我們不想要麥提繼續當國王。首都奪去麥提的王位和王冠。我們十分不願意這麼做，但是我們已經撐不下去了。於是我們舉起白旗投降，表示我們不想要繼續戰爭，從現在起，在打仗的已經不是我們的國王，而是普通的平民麥提，他會為自己的所作所為負責，我們是無辜的。」

「請簽名。」主審的法官把筆拿給麥提，麥提拿起筆，想了一下，然後在文件下方寫：「我不同意這份由叛國者和膽小鬼所寫下的文件。我現在是，以後也會是麥提國王一世。」

然後，他大聲讀出自己寫下的內容。

「各位將軍法官們。」麥提對自己的敵人說：「如果你們想要審判我，請用『麥提國王』的頭銜稱呼我，因為我不管活著還是死後，都是麥提國王。如果你們不想根據法律好好審判我，而是要以違法的手段置一位戰敗的國王於死地，你們就是有損自己身為士兵和身為人的尊嚴。你們愛怎麼說就怎麼說，我是不會回應的。」

將軍們去開會討論該怎麼辦。麥提哼著一首軍歌。然後，他們回來了。

「麥提是否承認，他寫了一份宣言給全世界的孩子們？」主審的將軍問。

沒有回應。

「國王陛下，您是否承認，您寫了一份宣言給全世界的孩子們？」

「我不承認，我沒有寫這樣的宣言。」

間諜記者走入大廳，麥提連抖都沒有抖一下。

「這是我們的證人。」法官說。

「沒錯。」記者說：「我可以作證，麥提想要成為全世界的國王。」

「此話是否屬實？」

「沒錯。」麥提說：「我想要這麼做，而且一定會這麼做。但是這份文件上我的簽名是偽造的。這個間諜偽造了我的簽名。但是沒錯，我想要成為孩子們的國王。」

法官們開始研究麥提的簽名，點點頭，表示他們看不出來，他們假裝他們不知道。

但是現在這已不重要。因為麥提自己承認了。

檢察官說了很長一段話：「我們必須殺死麥提，不然的話，世上就沒有秩序，也沒有和平。」

「麥提希望有人為他辯護嗎？」

沒有回應。

「國王陛下，您希望有人為您辯護嗎？」

「完全沒有必要。」麥提說：「已經很晚了，沒必要浪費時間，最好去睡覺。」

麥提用愉快的聲音說這句話。他不想讓人察覺他心裡真正的感覺。他決定到最後一刻，都要抬頭挺胸。

法官們到另一個房間，裝出討論的樣子。然後他們回來宣讀判決。

「槍斃。」

「請簽名。」主審的法官說。

沒有回應。

「國王陛下，請您簽名，表示審判按照正當的法律程序執行。」

麥提簽了名。

這時，一個穿皮衣、戴白手套的人突然雙膝跪地，抱著麥提的腳，開始哭叫：「親愛的國王！請原諒我卑劣的背叛！現在我才明白，我們到底做了什麼。我知道，如果不是我們這些下流的膽小鬼，現在您就不會在這裡被審判，而是以勝利者的身份審判他們了。」

士兵們花了好大一番力氣才把他拉走。但是有什麼用？後悔已經太遲了。

「法官們，祝你們一夜好眠。」麥提以國王的威儀說，然後平靜地走出大廳。

二十個亮著刀的士兵隨著麥提走過走廊、院子，然後走回麥提的囚房。

麥提立刻在自己的墊子上躺下，假裝睡著。

神父來了，但是他不忍吵醒睡著的麥提。他說了一段普通的禱詞給死囚，然後就離開了。

麥提假裝他睡了。這一晚，他想到了什麼，感覺到什麼，只有他自己才知道。

◇◇◇

麥提被帶到刑場。

他戴著金色的鎖鏈，走在大街中央。街上佈滿了軍隊，在軍隊後方，則站著首都的人民。

那是個美好的一天。太陽出來了。所有人都上了街，來看自己的國王最後一眼。許多人眼中都有淚水。

但是麥提沒看到這些淚水。這樣他會比較輕鬆地赴死。

那些愛著麥提的人沉默不語，因為他們害怕公開在敵人面前向麥提表達自己的愛戴及尊敬。再說，他們能說什麼呢？他們已經習慣了高呼：「國王萬歲！」然而現在國王要被處死了，他們怎麼能喊這句話？

在此同時，許多酒鬼和流浪漢（年輕的國王在前一天就命人把皇家酒窖的伏特加和葡萄酒發給這些人）大聲喊著：「喔喔喔，是國王，小國王走過去了！小國王麥提，你在哭嗎？來來來，我們給你擤鼻涕喔。」

麥提把頭抬得高高的，這樣每個人都可以看到，他眼中沒有淚，只是皺緊了眉頭。他看著天空，看著太陽。

他甚至什麼都沒聽到，也什麼都沒看到，對周遭的一切無感。他腦中縈繞著別的問題：「克魯—克魯怎麼了？安托克到哪去了？為什麼憂鬱的國王背叛了我？我的國家會如何？當子彈射穿了我，我會見到爸媽嗎？」

他就這樣走過城市，然後站在廣場的行刑柱前，站在挖好的洞前面。當士兵們舉起了步槍，對他瞄準，他也依舊這樣臉色蒼白、平靜地站著。

然後，在最後一刻，他也同樣平靜地聆聽赦免令。

「我們將槍斃改成流放到無人島。」

一輛汽車開來，將麥提帶回他的囚房。一星期後，他就會被流放到無人島。

◇◇◇

麥提在無人島上會做什麼？他接下來的命運又會如何？等我知道後，我就會告訴你們的。

※關於麥提接下來的命運，請見第二部《麥提國王在無人島》。

只要手中有一枝彩色筆

楊翠／東華大學華文文學系副教授

《麥提國王執政記》見證了一部兒童文學所能敞開的故事疆域和意義幅員。這確實是一部兒童文學，它比許多兒童文學更貼近「一個兒童」的日常生活，盈滿細節描繪，具有鮮活實感；但它又超越「一般兒童」的經驗範疇，小說中的戰爭、間諜、議會、政策謀劃、國際角力，一切都顯得非常魔幻。

柯札克以一名十歲國王為主角，成功地讓日常與魔幻交互並陳。麥提是兒童，但他也是國王，他被各種規矩和制度管轄，也要以各種規矩和制度來管理人民。他的日常既是兒童的日常，也是國王的日常。在他的國度中，他獨一無二，但這個獨一無二的國王，每天都必須努力把全國人民裝進心裡。

就小說藝術而言，這樣的設計充滿戲劇張力，就主題意識而言，它讓這部小說很難定義。我們很難以一般的框架來定義《麥提國王執政記》的主題意識和文本意涵；你可以說它是一部兒童歷險記，所有的奇幻旅程都是在架空的世界中發生；你可以說它是一部勵志文學，演譯麥提國王從無知兒童到獨當一面的國王的心路歷程；你也可以說它是一則政治寓言，觸及治理、主權、國際、民意、人權等課題，傳達一種政治思想。

但是，這些都不能概括《麥提國王執政記》的主題意識，也無法窮盡小說的思想幅員。另一方面，你甚至無法指陳《麥提國王執政記》有一個，或者數個「明確的觀點與答案」，因為整部小說大多數的情節都是在拋問題、拋難題，而不是給答案，我覺得這正是《麥提國王執政記》最迷人的地方。

簡單來說，《麥提國王執政記》不是用來說一則故事，或者倡議某種思想，也不打算告訴我們一個答案，整本書最精彩的地方，其實是在描繪生命中的各種遭遇、難題、抉擇，以及各種抉擇的難題，而這些難題，正是麥提國王的日常生活。

麥提總是被動或主動地來到一種「中間地帶」。首先，麥提的身份本身，就是一種弔詭的「中間地帶」，無論對他自己、對大臣們，或者對全國人民而言都是如此。他是兒童，也是國王，但是在世俗的認知中，「兒童」與「國王」，是一個根本無法順暢連結、幾乎是反義的組合。因此，麥提做為「兒童國王」，他自身，就是難題本身。

小說中的第一個難題，對大臣而言是：麥提是「兒童」或「國王」；對麥提自己來說，則是要如何成為「兒童國王」。對大臣而言，麥提做為「兒童」與「國王」，兩者必須區隔看待，他不可能、也不能順理成為「兒童國王」。在大臣心目中，「兒童」與「國王」必須維持表裡不一；以「國王」為表，用來讓人民展示他們的忠誠，以「兒童」為裡，藉以強調他們使用各種規矩與法律來控制麥提的正當性與必要性。

大臣們的難題，在於如何讓麥提的「兒童」內裡與「國王」表象，看起來很平衡，但實際上又不能讓它們融合。麥提的難題恰好相反，他不僅必須面對「兒童」與「國王」的矛盾，更必須讓它們共存，成為獨一無二的「兒童國王」。因為，麥提體認到，如果他謹守「兒童意識」，就會成為傀儡，但如果拋棄「兒童意識」，馴服於「國王意識」，同樣會失去自我。

《麥提國王執政記》讓麥提以「兒童國王」的身分，揭露、面對、實踐、穿越這個難題。麥提必須先成為自己，才能成為國王，然而，也正因為成為國王，他必須更小心，以免失去自我。

如果是大人的國王，可能會短暫抵抗，但很快就會馴服，更可能不僅安於被規矩法條駕馭，更習於以此駕馭大臣與人民，樂此不疲。但麥提不是，所以有了這個故事。

小說以麥提與排長的兒子菲列克的友情，展開「兒童國王」的自我追尋與主體建構之旅。為了跟菲列克成為朋友，麥提學寫信，勤練口哨，小說中，菲列克從欄杆縫隙擠進來，濃密的覆盆子樹成為他們的祕密基地，這些畫面非常「兒童」；然而，兩人以口哨聲與布穀鳥聲營造另一種通報系統，在祕密基地展開另一場高峰會議，例如討論有關外國宣戰之事，又極其「兒童國王」。

小說以這些難題，逐一推展故事情節。另一個難題是時間與空間，身為國王，麥提的日常生活被各種時間表填滿，被各種規矩分割；身為兒童，他卻不斷想要打破這些規矩，踰越時間表，任性出走。

麥提真的一再出走，實踐主體的各種踰越。這讓我想起美國兒童文學作家克拉格特・強森（Crockett Johnson）筆下的阿羅，阿羅有枝彩色筆，通過手中的彩色筆，阿羅成為旅行主體，上天入地，當過國王，也曾落難，他以彩色筆為自己加冕，為自己戴上皇冠，也以彩色筆陷自己於風險之中，又以彩色筆拯救自己。

麥提何嘗不是如此。麥提以心志的彩色筆，到處出走與遭遇，他做為「兒童國王」主體的自我思辨，在戰場中最為深刻。麥提和菲列克偷溜出去，到了戰場，先是化名湯姆，後來被叫成阿樹，在戰爭中，透過各種名字，麥提進入多重主體的思辨旅程。國王麥提的主體，思慮著戰爭的成敗，聆聽眾人談論國王麥提，心中橫溢各種滋味；然而，做為十歲兒童的麥提，他的主體拒絕菲列克的替代發言，他想要以麥提本人參與這場戰爭，為自己說話，為自己負責。

而在皇宮中，正上演一場由大臣主導的大騙局。國王失蹤，大臣們製作了一個替身娃娃，讓娃娃每天坐車，在首都遊行，坐上王位，接見大臣。在戰場的麥提戰士去冒險，挖過戰壕，當過間諜，打過勝仗；在皇宮的麥提娃娃，大臣繩索一拉，乖乖點頭敬禮。這樣個劇情有高度隱喻性：做為行為主體的麥提，與做為傀儡的麥提正式分裂了。最後，麥提娃娃摔成碎片，麥提國王凱旋歸來，表徵著麥提的主體已然脫框而出。

當然，主體脫框而出，並不代表它已完備，事實上，這只是冒險、遭遇、思辨的開始而已。麥提將大臣關進監獄時，自省改革者和暴君的一線之隔；在拜訪各國的見聞中，麥提對於「要當一個什麼樣的國王」反覆思考；招待來訪的國王時，他發現野蠻與禮貌，都牽涉到主體與他者的關係。

小說中提及，兩個黑人國王為了打招呼的方式不同，打了十五年的仗，這並非小說的戲劇性裝置，而是真實世界景觀的鏡面。打招呼是一種文化，打招呼的方式不同，體現出不同文化對人我關係的不同思考；有些人太沒禮貌，太多身體與心靈的粗暴碰撞；有些人又太有禮貌，眾多繁文縟節，顯得虛假。麥提體認到，這兩種都可能造成人際的干擾，都可能破壞人我的和平關係。

這是哲學思考，也是政治思索；設置議會的情節也一樣。麥提期許自己當個改革者，他設置兩個議會，大人的與兒童的，宣告全國人民一起執政，但這不表示兒童從此當家做主，過著幸福快樂的日子。兒童議會的進行有如鬧劇，這樣的橋段有著深刻的啟發性：並非具備議會的形式，人民執政就可以完成，兒童是有了議會，但議會運作荒唐，兒童就必須為自己的苦難負責。

國王要如何成為好的治理者，人民要如何全民執政，《麥提國王執政記》沒有給答案。這個問題本來就沒有終極答案，對麥提來說如此，對全人類來說也是如此。小說前段，「兒童國王」

的主體逐漸長大，充滿正能量；小說後半，連續幾段情節，兒童議會亂象、外國大軍入侵、菲列克劣化、記者成為外國間諜、首都叛變、麥提被囚禁並流放……，全是失敗的結局。

表面看來，麥提國王執政的結果是失敗的。然而，在我看來，麥提與阿羅，他們之所以迷人，與成功或失敗沒什麼關係，而是因為他們都有一枝彩色筆，可以描繪自己的人生風景，面對自己的生命難題。

我們都是麥提，我們都是阿羅。我們的人生，都在成與敗、對與錯、喜與憂之中不斷浮沉，而我們的主體，也都在實踐、困挫、創痛、奮起中逐漸長大。只要我們手中有一枝彩色筆。

附錄1

雅努什・柯札克生平

林蔚昀／撰文

大約在一八七八或一八七九，本名為亨利・哥德施密特（Henryk Goldszmit）的柯札克在華沙出生。他的父親約瑟夫・哥德施密特（Józef Goldszmit）是個知名律師。柯札克小時候家境優渥，和父親、母親西西莉（Cecylia）、姊姊安娜（Anna）及外婆艾蜜莉（Emilia）一起住在市中心一間有七個房間的公寓裡，家裡有僕人及家教。

柯札克先後在奧古斯汀・施穆渥小學（szkoła początkowa Augustyna Szmurły）及波拉斯基中學（Gimnazjum Praski）受教育，他不是很喜歡學校，甚至留級過一年，但非常喜愛閱讀。

柯札克的外婆在一八九二年過世，這對柯札克是個沉重的打擊。他從小就和外婆很親，父母不了解他，外婆卻理解他、欣賞他，稱他為「哲學家」。另一打擊則是，柯札克父親的精神疾病也開始發作，多次進出治療機構。父親最後在一八九六年過世，柯札克一家人變賣家產、搬了家，母親把房子出租給學生，柯札克也開始兼家教，幫忙負擔家計。

柯札克從一八九六年開始在報紙上發表文章，一八九八年，他以揚那什・柯札克（Janasz Korczak）的筆名參加劇本獎——這個筆名的靈感來自波蘭作家約瑟夫・伊格內茨・克拉謝夫斯基（Józef Ignacy Kraszewski）的小說主角姓名——並且得了獎。但公布得獎者名單時，柯札克的筆名被錯印成雅努什・柯札克（Janusz Korczak），之後，柯札克就一直沿用這個筆名。一八九九年，柯札克通過中學考試，去華沙大學攻讀醫科。一九〇一年，他的第一本著作《街童》（*Dzieci ulicy*）出版。

自一九〇〇年開始，柯札克就是夏令營協會（Towarzystwo Kolonii Letnich）的成員。他在一九〇四、一九〇七、一九〇八年擔任夏令營的帶隊老師，這些經驗對他的教育方針影響深遠。一九〇五年，柯札克從醫科畢業，開始在一家兒童醫院擔任小兒科醫師，同時也會去私人家庭出診。

一九〇五到一九〇六年，他以軍醫身份被派到哈爾濱參加日俄戰爭。在一個小村莊，他從一名中國教師手中買下用來打孩子手心的尺，帶回波蘭，後來在他的孤兒院，這把尺變成孩子的球棒。

一九〇七到一九一一年間，柯札克為了增進自己的醫學知識，到柏林和巴黎去進修。他在那裡也參觀了兒童醫院和兒童的教育及治療中心。大約在一九一〇到一九一一年之際，他在倫敦參觀學校和孤兒院，也就是在此時，他決定終生不組自己的家庭，而是要為孩童奉獻、教育他們。

一九一二年，柯札克離開了醫院的工作，開始擔任「孤兒援助協會」（Pomoc dla Sierot）所成立的猶太孤兒院「孤兒之家」（Dom Sierot）的院長。他從很早以前就關心孤兒及窮苦的孩子，童年及青年時代看到的貧民窟，在他心中留下深刻的印象，讓他立志要改善孩子們的處境。

一九一四年，第一次世界大戰爆發，柯札克被徵召至今日烏克蘭地區當軍醫。柯札克一開始負責野戰醫院，後來在基輔附近的兒童收容所擔任小兒科醫師。他就是在那裡寫下了為人稱道的《如何愛孩子》的第一章，一九一八年戰爭結束後，柯札克再次回到「孤兒之家」服務，但沒多久後又被徵召去參加蘇波戰爭（一九一九～一九二一），他在照顧傷患時得到了傷寒，回家休養，母親照顧他時被他傳染，不幸過世。

母親過世後，柯札克搬進了「孤兒之家」。在「孤兒之家」運作的三十年時光中，柯札克和他的合作夥伴史蒂芬・維琴絲卡（Stefania Wilczyńska，1886 – 1942）及孩子們一同實踐尊重孩子、讓孩子享有自治權的教育理念，以兒童法庭、兒童議會、兒童報紙、公布欄、投書等制度，取代傳統的威權管理和打罵。同時他也和瑪麗亞・法絲卡（Maria Falska）所成立的、照顧波蘭孤兒的孤兒院「我們的家」（Nasz Dom）密切合作。

一九二六年，柯札克發起了一份兒童週報《小觀點》（*Mały Przegląd*），作為《我們的觀點》（*Nasz Przegląd*）的副刊（《我們的觀點》是兩次大戰期間，最大的波蘭語猶太人報紙）。《小觀點》的主編雖然是大人（柯札克到一九三〇年擔任編輯，後來由他人接任），但作者都是孩童，內容也與孩童的生活息息相關。

一九三四年底，柯札克開始和波蘭電台（Polskie Radio）合作，化名「老醫生」（Stary Doktor）進行一連串給兒童的教育廣播節目。他也和許多雜誌合作，以波蘭語和希伯來語（從波蘭語翻譯）發表文章。雖然孤兒院的工作繁重，柯札克多年來創作不懈，寫了一千四百多篇文章和超過二十本書，其中包括著名的《沙龍的孩子》（*Dziecko salonu*）、《麥提國王執政記》（*Król Macius Pierwszy*）、《麥提國王在無人島》（*Król Macius na bezludnej wyspie*）、《如何愛孩子》（*Jak kochać dziecko*）、《孩子有受尊重的權利》（*Prawo dziecka do szacunku*）、《當我再次是個孩子》（*Kiedy znów będę mały*）、《巫師卡特》（*Kajtusz Czarodziej*）等作。

一九三九年九月一日，二次大戰爆發，那天，《小觀點》最後一次發行。同月，柯札克在波蘭電台的節目也結束了。一九四〇年夏天，柯札克還順利地帶孩子們去鄉下度假，但在秋天，「孤兒

位於波蘭華沙的柯札克紀念雕像。

之家」就被迫遷到猶太隔離區，搬到一座以前的中學建築中，隔年，又被迫搬了一次家。

即使生存條件十分艱困、絕望，柯札克依然努力尋找資金，維持「孤兒之家」的運作，並且讓一切盡量像以前一樣。一九四二年初，除了「孤兒之家」中的兩百名孩童，柯札克也正式開始照顧「主要收容之家」（Główny Dom Schronienie）中的五百五十名嬰幼兒，希望能改善那裡惡劣的環境，提升孩子的居住、醫療品質。同年五月，柯札克開始寫此生最後一本著作《猶太區日記》（*Pamiętnik*）。

一九四二年八月五日，猶太隔離區中的猶太人被聚集到烏姆斯納（Umschlagplatz）車站，坐上火車，被送到離特雷布林卡滅絕營（Obóz zagłady w Treblince）。除了柯札克和「孤兒之家」的孩子們，猶太隔離區中其他三十所孤兒院和收容所的負責人、老師和孩子們，也都在這次屠殺事件中喪生了。

雖然柯札克的結局充滿悲劇性，但他的理念及著作深深影響了聯合國兒童權利公約的制定。這個公約由波蘭在一九七八年提出，一九八九年通過，有超過兩百個國家簽屬，台灣的「兒童及少年福利法」即依據公約的精神與內容所制定，二〇一四年，台灣也將聯合國兒童權利公約國內法化了。

聯合國教科文組織（UNESCO）把一九七八年訂為柯札克年，聯合國亦將一九七九年訂為「國際兒童年」，向柯札克致敬。

延伸閱讀

- 《如何愛孩子：波蘭兒童人權之父的教育札記》（2016），雅努什・柯札克（Janusz Korczak），心靈工坊。
- 《好心的國王：兒童權利之父—柯札克的故事》（2012），湯馬克・包格奇（Tomek Bogacki），親子天下。
- 《小小的穩定：波蘭百年經典劇作選》（2017），維卡奇（Stanis aw Witkiewicz/Witkacy）、魯熱維奇（Tadeusz Ró ewicz）、瓦恰克（Micha Walczak），開學文化。
- 《人，你有權利》（2017），瑪格澤塔・凡葛潔茨卡（Malgorzata Wegrzecka）、伊沃娜・札別絲卡—斯達德尼克（Iwona Zabielska-Stadnik），玉山社。
- 《閱讀孩子的書：兒童文學與靈魂》（2017），河合隼雄，心靈工坊。
- 《故事裡的不可思議：體驗兒童文學的神奇魔力》（2016），河合隼雄，心靈工坊。
- 《孩子與惡：看見孩子使壞背後的訊息》（2016），河合隼雄，心靈工坊。
- 《轉大人的辛苦：陪伴孩子走過成長的試煉》（2016），河合隼雄，心靈工坊。

Master 019

麥提國王執政記

Król Maciuś Pierwszy

雅努什・柯札克 Janusz Korczak—著　林蔚昀—譯

出版者—心靈工坊文化事業股份有限公司
發行人—王浩威　總編輯—王桂花
執行編輯—趙士尊　內頁排版—李宜芝
封面設計—蕭佑任　插畫—鄒享想
通訊地址—10684台北市大安區信義路四段53巷8號2樓
郵政劃撥—19546215　戶名—心靈工坊文化事業股份有限公司
電話—02）2702-9186　傳真—02）2702-9286
Email—service@psygarden.com.tw　網址—www.psygarden.com.tw

製版・印刷—彩峰造藝印像股份有限公司
總經銷—大和書報圖書股份有限公司
電話—02）8990-2588　傳真—02）2290-1658
通訊地址—248新北市新莊區五工五路二號
初版一刷—2018年8月　初版三刷—2022年11月
ISBN—978-986-357-128-5　定價—400元

This publication has been supported by the ©POLAND Translation Program.
本書由波蘭圖書協會補助部分翻譯費用出版

國家圖書館出版品預行編目資料

麥提國王執政記 / 雅努什.柯札克(Janusz Korczak)著 ; 林蔚昀譯. -- 初版. -- 臺北市 : 心靈工坊文化, 2018.08
面；　公分
譯自 : Krol macius pierwszy

ISBN 978-986-357-128-5(平裝)

882.157　　107013002